ログイン！
ゲーマー女子のMMOトリップ日記

草野瀬津璃
Setsuri Kusano

RB
レジーナ文庫

主な登場人物
ユーノリア
りあが作った、オンライン
ゲームのアバター。
魔王の封印を守る『番人』の
使命から逃れるため、
魔法でりあと入れ替わった。
レクス
凄腕の冒険者。ゲーム世界
に来て死にかけていた
りあを助け、それ以来面倒を
見ている。魔人ヴィクターを
追っているらしいが、
果たしてその理由とは――？
ハナ（精霊）
エディ（精霊）
夕野りあ
22歳の図書館司書。
オンラインゲーム『4spells《フォースペルズ》』
が趣味。昔から夢や目標が
なく、ただ流されるままに
生きてきた。

モニカ
冒険者ギルドの受付嬢。
種族は木の妖精である
ドリアード。クックのことが好き。
魔人ヴィクター
魔王復活を企む魔人。
悪辣《あくらつ》非道《ひどう》な性格。
ユーノリアが持つ『白の書』
を狙っている。
クック
冒険者ギルドのマスター
種族は犬の妖精である
クー・シー。顔は怖いが
優しくて頼りがいがある
ウィル
冒険者ギルドの教官。
体育会系で暑苦しいが、
面倒見のいい男性。
アネッサ
男装の女冒険者。
騎士になることを夢見ている。
可憐で美しい女性を見ると
放っておけない。
ラピス
レクスの従者。種族は
猫の妖精である
ケット・シー。ただの
猫扱いされると怒る。

目次

ログイン！
ゲーマー女子のMMOトリップ日記

一章　魂の共有者

「夕野《ゆうの》さん！」

　急に名前を呼ばれて、夕野りあはぎくりとした。棚に戻そうとしていた本を落としてしまい、慌てて拾い上げて軽く汚れを払う。

「どんくさいわねえ。あなた、またぼーっとしてたんでしょう。いいわよねえ、仕事ぶりが適当でもお給料をもらえて」

　ずけずけとした言い方で、関口秋穂《せきぐちあきほ》はりあに嫌味をぶつけた。

「あ、配置を間違えてるわよ。それは下の棚だって前にも言ったでしょ」

「……すみません」

　りあは素直に謝りながらも、内心「また始まった」とうんざりしていた。

　この市立図書館で司書として働くりあに、古株のボランティアである関口は、たびたび口出ししてくる。

新人の頃は『仕事を教えてもらえてありがたいな』と思ってのほほんとしていたりあだが、あれから二年経《た》った今では、関口と顔を合わせるのが嫌になっていた。関口はりあを出来損ないと見なして、少しのミスでも大袈裟《おおげさ》に騒ぐのである。

「だいたいあなた、なんで司書になったのよ？　夢とか目標とか、何かあったんじゃないの？」

「ええと……」

りあは口ごもった。

なんとなくです、と正直に答えたら、関口が更にヒートアップするのは目に見えている。

(今日はツイてないわ……)

りあは幼い頃から、この手の質問を苦手としていた。

――あなたは何がしたいの？　夢は何？　人生の目標は？

りあには胸を張って語れるような夢はなく、親や教師が喜びそうな模範解答を口にして、どうにかやりすごしてきたのである。彼らに『こうすれば大丈夫』『こうした方がいい』と言われた道を選び、二十二歳になる今までずっと、ただ流されるままに生きてきた。

「……本が好きだからです」

今回も、りあは無難な返事をした。

本が好きなのは本当だが、司書になって何がしたいという目標は特にない。単に、自分にもどうにかこなせそうだという理由で、りあは司書になることを決めたのだ。短大で司書課程を学び、卒業してすぐに就職。とはいえ実務は思ったより大変で、最初はかなり苦労した。だが、二年経《た》った今は仕事にも慣れてきている。

上司や同僚にも恵まれたが、関口とだけはどうしてもうまが合わなかった。

「はいはい、そんなの知ってるわよ。本が好きじゃなきゃ、こんなところで働かないでしょ」

関口はそう言って、他に何かないのかと無言のプレッシャーをかけてくる。りあは肩をすくめ、話題を逸《そ》らすことにした。

「ああ、そういえば、他にも仕事があるのを思い出しました。申し訳ありませんけど、また後ほど」

りあは会釈《えしゃく》をして、ブックカートに積まれた本を素早く棚に戻していく。一方的に話を打ち切られた関口はむっとしていたが、館長に名前を呼ばれた瞬間、ころりと表情を変える。そして、いかにも機嫌がよさそうに「はーい」と返事をしながら去っていった。

昼休みになり、りあは休憩所代わりの会議室でスマートフォンをいじっていた。

「あー、魔法が使えたらいいのにー」

りあの呟《つぶや》きを聞いて、同期の山中香苗《やまなかかなえ》が眉を寄せる。彼女は弁当を食べる手を止めて、りあの方を見た。

「どうしたの、急に。頭でも打った？」

「しぃっ！　大きな声で聞いちゃ駄目よ、香苗ちゃん。……りあちゃん、今日も関口さんとトラブってたから……」

心配そうに言ったのは、先輩職員の伊藤泉《いとういずみ》だ。

「ああ、またあのおばさんか～。りあって大人しいから、いっつも標的にされてるもんね。たまには言い返せばいいのに！」

「まあまあ」

気の強い香苗を泉が宥《なだ》める。泉はりあ達より五つ年上だが、いつも穏やかで優しい。

りあのスマートフォンを覗《のぞ》き込んで、香苗が怪訝《けげん》な顔をした。

「何それ」

「今、私がハマってるオンラインゲームの攻略サイトだよ。作りたい武器があるんだけど、どのエネミーが素材をドロップするのか分からなくてさ」

「もしかして『4spells《フォースペルズ》』？　前からプレイしてるやつ」

「そうなの！　ほら見て、精霊とか魔物とか、デザインがすごく可愛いでしょ？　私は魔法使いなんだけど、この間、やっとレベルがカンストしたの！」

りあの言葉に、同僚の二人は顔を見合わせた。

「エネミー？　素材？　ドロップ？　カンストって何かしら」

きょとんとした顔で尋《たず》ねた泉に、香苗はああ、と言って説明する。

「先輩、ゲームしない人だから分かりませんよね。エネミーっていうのは敵キャラのことで、倒すと色んなアイテムをドロップ——つまり落とすんですよ。それを集めて武器や防具を作るんです。カンストっていうのは、レベルを限界まで上げたって意味です」

「へえ、ずいぶんやり込んでるのね。なんだか意外。りあちゃんって、休みの日は木陰で読書してそうな雰囲気なのに」

「今はスマフォのアプリゲームもたくさんあるから、りあみたいな女の子のゲーマーも珍しくないですよ。……それで、りあ。魔法を使ってどうしたいのよ。あのおばさんを、ドカンと吹き飛ばしちゃうとか？」

そう言って、香苗はにやりと笑う。

「香苗ちゃんってば、物騒《ぶっそう》だなぁ。そんなことしないよ～。魔法で透明になって、関口さんに見つからないようにしたいだけ」

「私が透明になれたら、犯人が誰か分からないし遠慮なくドカン！　とさせてもらうな」

正直すぎる香苗を、泉が苦笑しながら宥《なだ》める。

「まあまあ。気持ちは分かるけれど、危ないこと言わないの。……りあちゃんも、関口さんのことは適当にあしらった方がいいわよ。あんまりひどいようなら、館長に頼んで注意してもらうから」

「はーい」

「分かりました」

香苗とりあは素直に返事をした。

「先輩と香苗ちゃんがいてくれてよかったなあ。私一人だったら、毎日泣いてたかも」

「そうね。私も先輩がいなかったら、毎日あのおばさんと喧嘩《けんか》してたかも」

「あなた達って、本当に正反対よねえ」

泉は呆《あき》れたように笑って、壁掛け時計を見た。そして、自分の休憩時間は終わりだと言って会議室を出ていく。

そこで香苗が、ふと何かを思いついた様子で、りあに話しかけてきた。

「ねえ、りあ。今度、旅行に行かない？　魔法が使えるファンタジー世界には行けないけど、せめて夢の国に」

「いいね、行く行くっ。後でシフトチェックしてみる！」

香苗のナイスな提案に、りあは明るい声で賛成した。


りあが自宅アパートに帰ると、夜の九時を回っていた。遅番の日はいつもこんな感じだ。コンビニ弁当で夕食を済ませ、お風呂に入ってから、お気に入りのルームウェアに着替える。

こぢんまりとしたアパートのワンルームが、りあのお城だった。

ベッドの横に置かれたこたつ机の上には、白いノートパソコンがある。その電源を入れると、りあは冷蔵庫の方へ向かった。

コンビニデザートと、オンラインゲーム。たまに読書と映画鑑賞。それらが、りあの毎日に小さな楽しみを与えてくれている。

中でもオンラインゲームは一番の趣味と言えた。故郷の妹にすすめられて、なんの気なしに始めたのだが、今ではどっぷりハマってしまっている。

「夢の国かあ……」

ショートケーキを皿に載せ、炭酸ジュースをグラスに注《つ》ぎながら、りあは溜息《ためいき》まじりに呟《つぶや》いた。

夢の国というのは、ファンタジックな世界観が人気のテーマパークのことだ。そこにいる間はとても楽しいけれど、日常に戻るとすぐ憂鬱《ゆううつ》な気分になる。

その原因は、りあの引っ込み思案な性格にあると思う。たとえば誰かに嫌味を言われたとしても、反論できたためしがない。おかげで相手が去った後、もやもや感だけが残ってしまう。

そうした日々のストレスを、りあはオンラインゲームで発散しているのだ。

ゲームの世界はりあにとって、まさに夢の国。ファンタジックな世界を自由に歩き回り、夢と冒険に満ちたストーリーを追っていると、心が躍《おど》った。

「もしもあの世界で暮らせたら、いったいどんな気持ちなのかしら……」

ふとそんなことを考えてしまい、りあは苦笑いして首を横に振る。

「……いや、あんな時代遅れな世界では生活できないわ。水洗じゃないトイレなんて最悪だし」

夢見がちなくせに妙に現実的なところもあるりあは、そんな面白味のない結論に行き着くだけだった。

「それよりも、早くゲームしようっと」

明日は水曜日で、りあにとっての定休日だ。毎週火曜の夜はおいしいコンビニスイーツをお供に、夜更《よふ》かしするのが恒例となっている。

ケーキの皿とグラスを手に、りあはこたつ机に戻る。ちょうどいいタイミングでパソコンが立ち上がったので、さっそくゲームのアイコンをクリックした。

――ネットワーク型オンラインゲーム『4spells《フォースペルズ》』。

りあがこの一年、ずっとハマっているゲームである。可愛らしいキャラクターや世界観、そして初心者にも優しい操作性が売りだ。

……はるか昔、大魔法使いが魔王を荒地に封印し、その時の呪文を四冊の本に分けて書き記した。それを四人の魔法使いが一冊ずつ持ち、『封印の書の番人』として守っている。プレイヤーは旅をしながら番人達と関わり、魔王復活をもくろむ魔物や魔人と戦う……というストーリーになっている。

りあがゲームにログインすると、画面にアバターが表示された。

腰まで届く灰色の髪と、菫色《すみれいろ》の目をした美女が、優しい微笑《ほほえ》みを浮かべている。りあがマウスを動かしてカーソルを載せると、美女はにっこり笑って手を振った。

アバターの名前はユーノリアという。本名の『夕野りあ』を片仮名にしただけという、安直な名前だ。

りあは自分のアバターを眺めて、ほうっと息を吐く。

（可愛いな～。もし私がファンタジー世界に生まれ変わったら、こういう乙女ちっくな服を着てみたい……）

白と青を基調とした清楚《せいそ》なワンピースに、膝《ひざ》下丈のサブリナパンツ。左手に籠《かご》バッグ、右手に白い杖を持ったユーノリアは、童話に出てくる善《よ》き魔女といったイメージだ。

こんな容姿だったら、にっこり微笑むだけで、関口のような人間も簡単に撃退できるだろう。いや、そもそも意地悪してくる人などいないのかもしれない。

「いいなあ、ユーノリアは。強くて美人で、悩みなんて一つもなさそうで。私も気ままに冒険したり、旅をしたり……そんな生活してみたい」

普段なら思わないようなことを呟《つぶや》いて、りあは自嘲気味に笑う。今日も関口にやり込められたせいで、精神的に疲れているのだろう。

その時、ふいに強い視線を感じた。

「ん？」

つい周りを見回したが、当然誰もいない。窓のカーテンが中途半端に開いていたので、そのせいかなと思ってきっちり閉め直す。

そうして再びパソコンの前に座ると、りあはゲームをスタートさせた。

翌朝、いつもより遅い時間に目を覚ましたりあは、簡単な朝食を取ってからゲームを再開した。

強い武器を作るための素材が、あと少しで集まる。それを午前中に終わらせて、お昼ごはんはちゃんとしたものを作ろうと考えていた。

画面の中では、アバターのユーノリアが雪山のエリアに立っている。年中雪風が吹きすさぶ、ホワイトローズ・マウンテンと呼ばれる場所だ。

りあが使いたい武器を作るには、このエリアに棲息《せいそく》する魔物が落とす、レアアイテムが必要だった。だが、三十匹倒して一回落とすかどうかという低めのドロップ率なので、地道に戦うしかない。

「こういう時は、誰かとパーティを組んだ方が楽なんだけど……。一人でのんびりプレイしたいのよね」

パーティは三人まで募《つの》ることができる。フレンドと呼ばれる仲よしのプレイヤーに頼むか、もしくは手が空《あ》いているプレイヤーに臨時で頼むかだ。

りあにはフレンドがいないので、誰かとパーティを組むならば後者しかない。けれどゲーム内でまで人に気を遣いたくなくて、りあはパーティを組むことを避けていた。たまに他のプレイヤーから誘われて乗ることもあるが、基本的にはソロプレイを楽しんでいる。

ぼやいていても仕方がないと、りあは地道に魔物を倒していく。レベルが最高値の100に到達しているりあにとって、レベル40台の魔物しか出ないホワイトローズ・マウンテンは、難しいエリアではない。せっせとマウスを動かし、魔物にカーソルを合わせては、魔法で遠距離攻撃を仕掛けた。

キーボードのF1やF2などのキーを押せば、一発で魔法を発動させられる。画面の右側にはウインドウが出ており、そこから好きな魔法を選んで発動させることもできるが、F1やF2のようなショートカットキーを使った方が速い。右手でマウスを操作しながら、左手で攻撃できるのだ。

ちなみにF1キーには炎の魔法が登録してある。押すと鮮やかな真紅《しんく》の炎が杖から飛び出し、魔物にぶつかって派手な爆発を起こした。

怒った魔物の反撃を、ユーノリアがひらりとよける。すると、ワンピースの裾《すそ》がひらひらとはためき、まるでダンスをしているみたいだった。

「いいなあ……こんな風に冒険しながら、自由気ままに生きてみたいな」

ファンタジー世界を旅する自分を想像して、りあは一人頬《ほお》を緩《ゆる》める。魔法使いとして仲間の援護をしていると、そのうち友情や恋が芽生えて……

そんな夢のようなストーリーが頭の中で展開し始めた時、奇妙なことが起きた。


——それなら……私と入れ替わってみる？


「へ？」

突然誰かの声が聞こえて、りあはきょとんとする。パソコンの画面を見ると、いつの間にか戦闘は終わっていて、ユーノリアがこちらを向いていた。

りあは思わず目を丸くする。ゲーム内のカメラを操作して、視点を変更しない限り、アバターがこちらを見ることはないはずだ。

（しかも今、アバターの口が勝手に動いてなかった？）

このゲームにおいて、アバターは一切しゃべらない。ゲーム内に元々存在するキャラクターはしゃべるが、アバターは彼らと話す時も、簡単なジェスチャーしかしないのだ。

りあはユーノリアの顔をまじまじと見つめてから、視線を逸《そ》らして大きな溜息《ためいき》を吐《つ》く。

「ストレスのせいで、とうとう幻聴まで聞こえ始めたのかしら」

まさか、ここまで精神的に追い込まれているとは思わなかった。今日は大事をとって早めに寝た方がいいかもしれない。りあは、そう思っていたのだが……

――ねえ、こっちを見て？


また声が聞こえた。鈴を転がすような綺麗な声だ。

りあが恐る恐る画面を見ると、ユーノリアが籠《かご》バッグから白い本を取り出し、大きく広げる。

開かれたページに、青色の魔法陣が浮かび上がった。

ユーノリアがどこか申し訳なさそうな笑みを浮かべた瞬間、画面からまばゆい光が迸《ほとばし》る。

「きゃあっ！」

りあは思わず悲鳴を上げ、腕で目をかばった。

しばらくして、光の洪水がやんだのを感じたりあは、目をかばっていた腕を下ろす。

「あれ？」

りあは暗い空間に、ふわふわと浮かんでいた。

ここはどこだろうと思ったが、すぐに夢の中だろうと考える。ゲームをしていたはずなのに、いつの間に眠ってしまったのだろう。しかし、ずいぶんとリアルな夢だ。

まるで水の中にいるようだけれど、不思議と息はできる。

背後に明るさを感じて振り返ると、うっすらと輝く鏡のようなものを見つけた。

りあはスーッとそちらに近付く。

「何これ？」

鏡のようなものを覗《のぞ》き込むと、向こう側に誰かが立っていた。

長い灰色の髪を持ち、青と白のワンピースを着た美しい女性——アバターのユーノリアだった。

「初めまして、天界の方。私はユーノリア、あなたと同じ魂を持つ者です」

「魂……？」

ユーノリアはこくりと頷《うなず》いて、深く頭を下げる。

「私の召喚《しょうかん》に応じてくださり、感謝いたします。あなたは私をうらやましいと言った……だからきっと、この禁じ手の魔法も上手くいくと思いました」

「うらやましいなんて、言ったっけ？」

りあは首を傾《かし》げたものの、昨日ゲームをしながら確かに言ったなと思い出した。

そういえばと頷くりあを見て、ユーノリアは再び話し始める。

「私の住む地界と、あなたの住む天界には、稀《まれ》に同じ魂を持つ者が生まれることがあります。その場合、こうして魔法で呼び出すことができるんですよ。失礼ですが、あなたのお名前を伺《うかが》っても？」

「りあよ。夕野りあ」

「名前も、私と同じなんですね……」

大きく見開かれたユーノリアの目から、涙が零《こぼ》れた。ぱたぱたと音を立てて、次々と落ちていく。

「本当に……いたんですね、私を見守ってくれている人が。私は、ずっと一人ぼっちだと思っていました。でも、そうじゃなかったんですね」

「あ、あの、大丈夫？」

りあは心配になって、鏡越しに尋《たず》ねた。すると、ユーノリアは首を横に振る。

「いいえ……。辛《つら》すぎて、もう死んでしまいたいくらいなんです。でも、私が死んだら魔王が復活してしまう。罪のない人達を巻き添えにすることなんてできない……」

はらはらと涙を流しながらも、ユーノリアはりあをまっすぐに見つめる。

「平凡を望んだ私と、非凡を望んだあなた。二人の意思が重なり、引き合ったのです。私の術《じゅつ》に応《こた》えてくださったんですもの、本当はあなたも私の望みを分かっているのでしょう？」

ユーノリアは小首を傾《かし》げて、そう問いかけてきた。

りあは意味が分からず、言葉に詰まってしまう。

「ごめんなさい……。私は弱いから、あなたを呼んでしまった。でも……お願いです、私を助けてください」

ユーノリアはそう言って、鏡のようなものに左手で触れた。そこから光の波紋が広がる。

彼女の声はこちらの胸が引き裂かれそうになるくらい、深い悲しみに満ちていた。アバターに助けを求められるなんて本当におかしな夢だと思うが、それでもりあには放っておけなかった。

「大丈夫よ。……ね？」

優しく慰《なぐさ》めて、りあはユーノリアの左手に自分の右手を重ねる。

その瞬間、変な感じがした。

意識が飛んだような、何かが切り替わったような、不可思議な感覚。

りあが目を瞬《しばたた》かせると、鏡の向こうに自分が立っていた。背中まである長い黒髪と、

一重《ひとえ》の目をした地味な女は、間違いなくりあ自身だ。

「あれ？　やっぱり普通の鏡だったの？」

驚くりあを見て、鏡の向こうの、〝りあ〟が不思議そうにしている。

「違います。これは境界線ですよ。あなたのいる天界と、私のいる地界の狭間《はざま》」

〝りあ〟はりあをじっと見つめて、丁寧に説明した。

「夕野りあ様、これから私が言うことをしっかり聞いて、覚えてください。あなたは白の番人ユーノリア。魔王を封印した呪文を、魔人や魔物から守るのが役目です。この役目から解放されるのは、あなたが死ぬ時だけ。私はそんな生活に疲れ果てて、でも死にたくはなくて……この禁じ手を見つけたんです」

ごめんなさい、と〝りあ〟は謝った。

「入れ替わってくださって、ありがとうございました。詳しいことは、私の使役《しえき》している宝石精霊《ほうせきせいれい》達から教わってください。これからは、お互い楽しく生きていきましょう」

「た、楽しく生きていきましょうって……え!?　入れ替わり!?」

りあは慌てて鏡に張りついたが、その表面は次第に白く濁《にご》っていく。

向こう側が完全に見えなくなる寸前、〝りあ〟がこちらに手を振って、頭を深く下げるのが見えた。

「ちょっと、りあ！　いや、ユーノリア？　待ってよ！　待って！」

もはやただの白い壁と化した鏡を叩いてみたが、返事はない。そこでふいに、りあは自分の体が後ろに引っ張られるのを感じた。

◆

ぱちりと目を開けると、ごつごつした灰色の天井が広がっていた。りあは地面に仰向《あおむ》けになった状態で、右手を天井に向かって伸ばしたまま、数回瞬《まばた》きをする。

「あ……れ……？　夢……？」

やはり夢だったのかと、りあは安心する。手を下ろして目を瞑《つぶ》り、ふうと息を吐いた。

「……ん？」

さっき、アパートの天井とは明らかに違うものが見えたような気がする。

恐る恐る目を開けた瞬間、りあの視界は白くてもふもふしたものに覆《おお》われてしまった。

『起きたんですね、ユーノリアしゃまーっ！』

「むぐっ⁉」

鼻と口を塞《ふさ》がれ、りあは驚いて飛び起きる。その勢いで、もふもふはりあの顔から転がり落ちた。

『駄目じゃないの、エディ。驚かせちゃ』

『ごめんなしゃい』

ピンク色のリボンをつけたハリネズミが叱ると、青いリボンをつけたフェレットが、耳をぺたんと寝かせて謝った。どちらの背中にも、光り輝く羽が四枚生えている。

しかも二匹は、完全に宙に浮かんでいた。

「しゃべった……浮かんでる……何これ」

上半身を起こしたりあは、まじまじと二匹を見つめる。

『ひどいです、ユーノリアしゃま。宝石精霊《ほうせきせいれい》のエディとハナです！「これ」じゃないです！』

『エディ、静かに。……私達がお分かりにならないということは、禁じ手の魔法が成功したのですね。私はハナ、そちらはエディ。どちらも宝石精霊です』

「エディ、ハナ……宝石精霊？　ゲームと同じだわ」

りあは呆然《ほうぜん》として呟《つぶや》いた。

『4spells《フォースペルズ》』では、宝石に宿る精霊——宝石精霊をペットとして飼うことができる。戦闘をサポートしてくれるので序盤は重宝《ちょうほう》するが、基本的な能力が低すぎるため、中盤以降はただのマスコットでしかない。けれど可愛らしくて癒《い》やされるという理由で、ほとんどのプレイヤーはペットとして連れていた。

りあは二匹の宝石精霊を飼っていて、それぞれエディとハナという名前だった。フェレットとハリネズミであるところもゲームと同じだ。

「まだ夢を見てるのかしら……。それにしても変な夢ね」

いくらゲームにハマっているとはいえ、これはひどい。

頭痛を覚えたりあが首を横に振った時、地面から冷気が這《は》い上がってきていることに気付いた。寒さに震えながら地面を見下ろすと、何かの魔法陣の上に座っているようだった。

魔法陣はチョークで書かれているらしく、地面についていた手には白い粉が付着している。りあは手をはたいて粉を落としてから、改めて周りを見回した。

どうやら、どこかの洞窟の中にいるようだ。魔法陣の四隅には青く光る石が置かれていて、その光が洞窟内をぼんやりと照らし出していた。

ためしに立ち上がってみると、天井がかなり高いことが分かる。灰色の岩肌に囲まれた空間は広く、左右に通路が伸びていた。通路は光が届かず真っ暗で、その奥に何があるかは見えない。

落ち着かない様子で辺りを見回すりあに、ハナが話しかけてくる。

『これは夢ではありません。ユーノリア様は、同じ魂を持つ天界人が召喚《しょうかん》に応じてくださったら、禁じ手の魔法を使うとおっしゃっていました。……あ、安心してください。ユーノリア様から頼まれていますから、あなたにも忠義を尽くします』

ハナは丁寧に説明すると、つぶらな黒い瞳でりあを見上げた。

「……夢の中でこれは夢じゃないって言われるなんて、初めてだわ」

りあが思わず呟《つぶや》くと、ハナが困惑したように言う。

『あの……ですから、これは夢ではありません。あなたはユーノリア様と入れ替わったのです』

「そうそう、アバターと入れ替わるっていう変な夢で……え？」

りあは何度か頷《うなず》いた後、目を大きく見開いた。

「ええ⁉　本当に入れ替わったの⁉」

仰天《ぎょうてん》するりあの言葉を、エディとハナがそろって肯定した。

『その通りです』

『そうです、夢じゃないですよ。ユーノリアしゃまはちゃんと起きてます。お寝坊さんですけどね』

「あははははは……って、どうしよう、笑えない。あれ？　でも、感触とかすごいリアル！」

混乱しながらも頬《ほお》をつねったり引っ張ったりするりあに、ハナが尋《たず》ねてくる。

『私達の新しい主《あるじ》、あなたのお名前はなんでしょうか？　なんとお呼びすれば？』

「夕野りあ……だけど」

りあは混乱したまま、とりあえず質問に答える。すると、ハナは驚いた様子で言った。

『魂だけでなく、お名前も同じなのですか？　ではユーノリア様、これからよろしくお願いします』

『よろしくお願いします、ユーノリアしゃま。……ねえ、ハナ。なんで今更挨拶《あいさつ》してるの？』

『エディったら、主の話をちっとも理解してなかったのね。とにかく、前と同じようにお仕えしてくれればいいから』

『分かった！』

元気よく返事をしたエディを、ハナは呆《あき》れを込めた目で見やる。

可愛らしい二匹のやりとりに癒《い》やされたりあは、はいっと右手を挙げた。

「ねえ、質問していいかな。どうやったら元に戻れるの？　入れ替わることができたんだから、元に戻ることもできるんでしょう？」

ようやく動き出したりあの頭が、素晴らしい解決策を導き出した。そう、元に戻ればいいのだ。

しかし、ハナとエディはそっと顔を見合わせた。そして、ハナが申し訳なさそうに答える。

『禁じられた魔法のことは、ユーノリア様にしか分かりません。術式《じゅつしき》の詳細については、私達にも秘密にしておいでだったので』

『僕にも分かりません！　だってユーノリアしゃまって、すごく頭がよくって、難しいことばっかり言うんですもん！』

エディはあっけらかんと答えた。りあは再び頭痛を覚えて、額《ひたい》に手を当てる。

そこでふいに、あの鏡の世界でユーノリアから言われた言葉を思い出した。

――覚えてください。あなたは白の番人ユーノリア。魔王を封印した呪文を、魔人や魔物から守るのが役目です。

「白の番人……。『4spells《フォースペルズ》』でも、魔王を封印した呪文を守る番人のことだったわ」

『ええ、その番人のことです』

ハナがほっとしたように言った。

（なんで？　白の番人はＮＰＣ《ノン・プレイヤー・キャラクター》のはず。ユーノリアは、私が作ったアバターなのに……）

本を守る四人の番人は、ＮＰＣ――つまりプレイヤーが操作するキャラクターではなく、ゲーム会社が作って動かしているキャラクターだ。単なるアバターであるユーノリアが、番人になれるわけがない。

りあは更に混乱してきたが、ふとゲームのストーリーを思い出して青ざめる。

――白の番人は、ゲームではストーリー序盤に登場し、敵キャラの魔人ヴィクターに殺される。そこに駆けつけたプレイヤーが、キーアイテムである白の書を、次の番人に渡すようにと託《たく》されるのである。

「よりによって白の番人と入れ替わるなんて、最悪じゃないの……！」

この世界が本当にゲームの世界だとしたら、魔人ヴィクターに殺されるかもしれない。なぜユーノリアが白の番人になっているのかということよりも、自分の身の安全の方が断然気になってきた。

りあが頭を抱えていると、左側の通路から靴音がした。ユーノリアの知り合いだろうかと思ってそちらを見れば、暗闇から一人の青年が現れる。

二十代後半くらいに見える彼は、ゆっくりとこちらに歩み寄ってきた。長い銀髪を一つに束ねており、瞳は赤く、左頬《ひだりほお》にある青い紋様がとても印象的だ。黒いシルクハットに黒のフロックコート、茶色い革靴に杖。そんな英国紳士のような格好をしており、肩には目玉にコウモリの羽が生えた奇妙な生き物を乗せている。

その姿を見たハナとエディが、りあの前にさっと飛び出した。

「ああ、やはりお目覚めでしたか、白の番人殿。そのような気配がしたので戻ってきたのです。外は吹雪《ふぶ》いていて、ひどく寒いですよ。どこを歩いても景色は代わり映えしないし、退屈で仕方ありませんでした」

うんざりしたように言い、青年は溜息《ためいき》を吐《つ》く。歓迎すべき客ではなさそうだと感じ、りあは無言で様子見する。

「まさか一週間も眠り続けるとは思いませんでしたよ。あなたが渾身《こんしん》の力を込めて作った結界は、さすがの私にも破れません。ずっと目覚めなかったらどうしようかと……」

『うるさいぞ、ヴィクター！　お前なんか、氷漬《づ》けになればよかったんだ！』

エディが白い毛を逆立てて青年を睨《にら》み、ハナは不安げにりあの傍《そば》に寄る。

りあはエディの言葉に、飛び上がるほど驚いていた。

（ヴィクターですって⁉）

ゲームの３Ｄ映像を思い浮かべて、目の前の青年と比較する。正直に言って、生身のヴィクターの方がずっと綺麗な外見をしていたので、全く気付かなかった。だが、氷のように冷たい瞳はゲームと同じだ。

彼は白い手袋をはめた右手を、すっと差し出してくる。

「さあ。いい加減、諦めて白の書を渡しなさい」

「ええと……。ねえ、どうしたらいい？」

りあが小声で尋《たず》ねると、ハナは頭をぶんぶんと横に振った。

『絶対に渡してはいけません！　殺されてしまいますよ！』

やはり、ヴィクターはここでも悪役のようである。

「わ、分かった。ところで……白の書ってどこにあるの？」

りあはヴィクターに注意を払いながら、白の書を探して周りを見回す。だが、あるのは杖と籠《かご》バッグだけで、本など一つも見当たらない。

ヴィクターは鳩が豆鉄砲を食らったような顔で、首をわずかに傾《かし》げる。

「本のありかを知らないなんて……まさか、本当に禁じ手の魔法を成功させたんですか？　さすがは稀代《きだい》の天才魔法使い。いやあ、人間にはたびたび驚かされますよ。時に、その何倍も生きる魔人にも為《な》せないことを為してしまう」

愉快そうに言って、ヴィクターは洞窟内をじっくりと眺め回した。

「……なるほど。ようやく分かりましたよ。自然の魔力ラインを利用して、魔法陣に魔力を呼び込む術式《じゅつしき》ですね。これは面白い」

『いけない！　ユーノリア様、走ってください！　あっちの道です！』

「え？　え？」

ハナはりあの耳元で叫ぶと、四方を囲む石の一つに体当たりした。

その瞬間、ガラスの割れるような澄んだ音が洞窟内にこだまする。

「ぐあっ」

ヴィクターが見えない力に弾き飛ばされ、洞窟の壁に背中から激突した。

直後、洞窟全体がぐらぐらと揺れ始める。

『今のうちに逃げましょう！　荷物も持って！』

『早く逃げなきゃ潰《つぶ》されちゃう！』

「ええっ、嘘でしょっ⁉」

ハナとエディに急《せ》かされるまま、りあは白い杖と籠《かご》バッグを引っ掴《つか》み、右側の通路へと走った。

天井から細かい石片《せきへん》が落ちてくる。このままでは洞窟の崩落に巻き込まれて死んでしまうかもしれない。強い恐怖を覚え、りあは必死に外へ飛び出した。

そこは一面、真っ白な世界だった。

驚いて足を止めた瞬間、横から突風が吹きつけてきて、りあは思わずよろめく。

「さむっ」

洞窟の外は激しく吹雪《ふぶ》いていたが、それどころではなかった。背後の洞窟が、ピシビシと嫌な音を立てている。

『早く走って！』

『洞窟から離れて、ユーノリアしゃまっ。巻き込まれるっ』

ハナとエディが叫びながら先導し、りあは慌てて二匹を追いかける。

「いやあああっ」

めちゃくちゃに手足を動かして走っていたら、後ろでドーンと雷が落ちるような音がした。洞窟が崩れたのだろう。

爆風にあおられ、りあは派手に転ぶ。

「きゃあっ！　痛っ……やだ、これって本当に現実なんだ……」

転んだ拍子に、雪の下にあった岩に膝《ひざ》を打ちつけたようだ。血は出ていないが、あまりの痛みに、りあは涙目になる。

夢みたいな話だが、今りあはゲームの世界にいるらしい。いや、ゲームとは違う展開が起きているから、ゲームに似た世界と言うべきだろうか。

りあは地面に座り込んだまま、後ろを振り返ってみる。さっきまでいた洞窟の辺りに、もうもうと土煙が立っていた。

その視界にハナが割り込んできて、心配そうに尋《たず》ねてくる。

『ユーノリア様、大丈夫ですか？　あれは前のユーノリア様が仕掛けた罠《わな》です。あの方は魔人ヴィクターにずっと付け狙われていて……入れ替わりの儀式の間に、白の書を奪われては困ると言って、強力な魔法陣を仕掛けていらしたのですよ』

「私が魔法陣を出たから、洞窟が崩れたってこと？」

『いえ、洞窟が崩れたのは、私が青い石を倒したからです。あの魔人が潰《つぶ》されて死んでいれば幸いなのですが……あいつはしぶといから、きっと生きてます。早くここを離れましょう』

「あなた達、結構容赦《ようしゃ》ないのね」

りあは恐れおののきながらも、ハナの言葉に頷《うなず》く。ヴィクターが危険人物なのは、ゲームでよく知っている。

膝《ひざ》の痛みを我慢して立ち上がったりあは、とにかくこの場を離れることにした。吹雪《ふぶき》の中、なるべく平坦な面を選んで歩き出す。

ハナがその傍《かたわ》らを飛びながら、小さな前足を使って説明してくれる。

『ここはホワイトローズ・マウンテン。そして、あそこに見えるのがカノンという町です。魔人や魔物は町には入れませんから、ひとまずあそこまで逃げれば安心ですよ』

「ホワイトローズ・マウンテン……」

りあはハナの言葉を繰り返した。

奇《く》しくもユーノリアと入れ替わる直前のりあが、素材集めをしていた場所だ。一年中雪が吹きすさび、凍《い》てついた風が薔薇《ばら》のトゲのように肌を刺すため、そんな名前がつけられている。

慣れない雪道を慎重に下りながら、りあは山裾《やますそ》に広がる針葉樹の森を眺めた。遠くにある三角屋根の家が集まっている場所、そこがカノンの町らしい。

相変わらずわけが分からなかったものの、りあは少しほっとした。町に行けば人がいるから助けを求められるし、食べ物や寝る場所なども確保できるだろう。

目的地が見えているせいか、だんだんと駆け足になってしまう。そのまま順調に山道を下っていたりあだが、やがて前方の岩の上に人影を見つけた。

「そんなに急がなくてもよろしいのに」

「ヴィクター……！」

ハナの予想通り、彼は生きていたようだ。しかも、先回りするだけの余裕があったらしい。

驚いて立ち止まったりあに、ヴィクターは再び右手を差し出してくる。

「あなたのことも興味深いのですが、それより大事なのは白の書です。さっさとよこしなさい」

「えっ」

りあが瞬《まばた》きした次の瞬間、ヴィクターはすぐ目の前に立っていた。彼女が何か言う前に、白い手袋をはめた手で首を掴《つか》まれる。

「大人しく白の書を渡せば、命は助けて差し上げますよ？」

「うう……っ」

ヴィクターの右手がギリギリと首を締めてくる。そのまま持ち上げられ、りあの踵《かかと》が宙に浮いた。

『ユーノリアしゃまっ』

『ユーノリア様っ』

エディとハナが叫んでヴィクターに飛びかかった。しかし、ハナは目玉の使い魔に跳ね飛ばされ、エディはヴィクターの手によって払い落とされる。

ひどく息苦しくて、りあの視界が霞《かす》む。思わずヴィクターの右手を両手で掴んだが、どうやっても外れそうにない。

(なんで私がこんな目にっ)

そこでふと、りあはゲームの操作方法を思い出した。ここがゲームと同じような世界なら、きっと魔法も使えるはずだ。

だが、今はウインドウなんて見えないし、キーボードもなかった。りあは半《なか》ばヤケクソで、右手の指を一本立てる。

(F1キー……小規模爆発魔法！)


――ドォンッ！


辺りに轟音《ごうおん》が鳴り響いた。

「くっ……！」

ヴィクターの手が外れ、りあは爆風に吹き飛ばされる。その体は山道を外れ、空へと放り出された。

「きゃあああ」

悲鳴を上げながら、りあは針葉樹の森へと真っ逆さまに落ちていく。白くけぶる灰色の空を見たのを最後に、りあの意識はぷつりと途切れた。

◆

「ここには初め、何もなかった。そこに神は、美しき青い宝玉を入れて世界を作った。その世界アズルガイアには人や妖精族が生まれ、平和に暮らしていたが、宝玉に含まれていた小さな不純物から魔王が生まれ、その配下である魔人や魔物が人々を苦しめている」

雪山の斜面を登りながら、青年は歌うように呟《つぶや》いた。息を吐き出すたびに、目の前の空気が白く染まる。

青年――レクスは背が高く、紺色《こんいろ》の防寒着姿が様《さま》になっている。大剣を背負って山を登る様子は、険《けわ》しい崖《がけ》に棲息《せいそく》するカベヤギ並みに軽快だ。

目元はオレンジのゴーグルで覆《おお》われ、耳当て付きの帽子の下からは茶色い髪が覗《のぞ》いている。首や耳につけた銀製のアクセサリーが、きらりと光を放っていた。

静かで冷たい雰囲気を持つ彼には、雪山がよく似合う。

「どうせ世界を作るなら、不純物のない宝玉を使えばよかったのに。そう思うだろ？　ラピス」

「またですか～？　王子。イライラすると、すぐ創世神話にケチつけますよね」

レクスの後ろを歩くケット・シーの青年――ラピスは呆《あき》れたように言った。レクスの胸くらいの身長しかない彼は、青い宝石がはめられた白木作りの杖に、全体重を預けて息を吐く。

手と足先だけが白く、他はふかふかした青い毛で覆われているにもかかわらず、毛糸の帽子や毛織のマントを身につけ、白いマフラーをぐるぐると首に巻いていた。

レクスは足を止め、猫の姿をした従者を赤茶色の目で睨《にら》む。

「王子はやめろと言ってるだろ。これで何回目だ」

「申し訳ありません。ですがボクからすれば、王子は王子なので。だって、こーんなに小さい頃からお傍《そば》にいるんですよ？」

ラピスが手で小ささを表現すると、レクスは鼻で笑った。

「五番目の王子など、いてもいなくても同じだろ。だから王子なんて呼ばなくていい」

「まあ、世間じゃ『幻の王子』と呼ばれたり、実は死んでるんじゃないかと囁《ささや》かれたりしてますけどね。それは王子が――いいえ、レクス殿が悪いんですよ。十六の時に城を出て以来、たまに思い出したように里帰りするだけなんですから。誰も想像していないでしょうね、まさか王子が冒険者になって、しかもSランクに到達してるだなんて！」

ラピスはそう言って、「にゃしし」と笑う。

「カノンの町の皆だって、驚くと思いますよ。あの『竜殺しのレクス』が、実は王子だなんて知ったら！」

「……ばらすなよ」

「はーい」

しっかりと釘を刺されたラピスは、不満げに返事をした。

「レクス殿はただの剣術馬鹿のふりをしてますけど、ボクはちゃんと分かってるんですよ。本当はお兄さんを助けるためなんだって！　各地を回ってお城に情報を送りながら、魔物を倒して治安維持……実に涙ぐましい話です。ううう、ボク、涙で目の前が見えなくなってきました」

「泣くなよ、鬱陶《うっとう》しい」

レクスが嫌そうに言ってみせても、ラピスは気にした様子もなく鼻をズズッとすする。

「ああ、本当に寒いですね、ここ。涙と鼻水が凍っちゃいましたよ。やだなあ」

ラピスは面倒くさそうに呟《つぶや》くと、金色の目で周りを見回した。

「ところでレクス殿。本当に、こんなところに魔人がいるんですか？　例の目撃情報、怪《あや》しすぎると思うんですよね。だって人っ子一人いやしませんよ。ガセだったんじゃないですか？」

レクスも周囲に目を向けた。ホワイトローズ・マウンテンの中腹であるここは、眼下には雪が積もった灰色の岩肌が、その向こうには針葉樹の森が見える。更に遠くには、カノンの町の時計塔がうっすらと見えていた。

「確かに辺鄙《へんぴ》なところだが、人や魔人がいてもおかしくはない」

「なんでそう言えるんです？」

「現に、俺とお前がここにいるだろ」

「……」

ラピスはあからさまに苦い表情をした。

「ボクはレクス殿の付き添いでもなきゃ、こんな寒いところには来ませんよ。家でゴロゴロしています。あ、言うのを忘れてましたが、危険手当はたっぷりお願いしますね」

今度はレクスが渋面《じゅうめん》を作る番だった。

「がめつい奴だな。嫌ならついてこなくていい」

「冷たい殿下。レクス殿の従者が務まるのは、アズルガイア中を探しても、ボクくらいなものですよ？　ドラゴンの巣穴に、ヒドラの棲《す》む火山……あなたについていって、まともなところに行けたためしがありません。今日もほら、こんな雪山ですしね！」

「帰っていいぞ」

すげなく言って、レクスはさっさと歩き出した。ラピスはその後を必死に追う。

「帰りたいですけど、帰れないんですよ！　レクス殿を放って帰ったら、母さんにどやされます。お優しい王妃様と違って、ボクの母さんはドラゴンより……いや、荒地の魔王よりおっかないんです」

「そうかそうか、大変だな」

完全に他人事なレクスの背中を、ラピスは恨《うら》みがましく見つめた。だが、レクスはその視線を平然と受け流す。

「俺だって、好きでこんなところに来ているわけじゃない。ここにはホワイトドラゴンの姿をした大精霊が住んでいるという伝説があるくらいで、狩りがいのある魔物もいないしな。だが、魔人ヴィクターを見かけたという噂《うわさ》があるなら別だ」

「……レクス殿をここまで怒らせるなんて、あの魔人も余計な真似を。おかげでボクまでこんな目に遭《あ》うんですから。ああ、寒い」

大袈裟《おおげさ》に身震いするラピス。レクスは呆《あき》れ顔で溜息《ためいき》を吐《つ》いた。

「なあ、ラピス。俺はいつも不思議に思ってたんだが、立派な毛皮があるのに、なんでそんなに着込むんだ？　マフラーなんてするだけ無駄だろ」

「寒がりなんです！　もう、猫扱いしないでくださいよ。ボクは猫じゃなくてケット・シーですって、小さい頃から何度も言ってるでしょう？」

まったく、とぼやくラピスに、レクスは苦笑する。そう言われても、レクスには羽が生えた猫にしか見えないのだから仕方ない。

それより魔人を探さねばと思い出したレクスは、意識を切り替え、雪を踏みしめながら山道を歩く。

その時、遠くから轟音《ごうおん》が響いてきた。

「やばいですよ、レクス殿。雪崩《なだれ》かもしれません！」

「ああ、そうだな」

「そう言いながら、なんでまだ登り続けているんですか？」

「雪崩ぐらいじゃ死なないから平気だ」

「ボクは平気じゃありません！」

戻ろう逃げようとわめくラピス。それを無視して山道を歩くレクスの耳に、今度は爆発音が届いた。続いて女の悲鳴も聞こえてくる。

――真上だ。

はっとして上を向くと、灰色の髪を持った女が針葉樹の森へと放り出されたのが見えた。その体はこちらの方へ落ちてくる。

レクスはとっさに高く跳躍《ちょうやく》し、空中で女を受け止めた。

背中からまっすぐ森へと落ちていく中で、山道の端からこちらを見下ろす男と目が合った。

「王子――っ！」

ラピスの叫び声を聞きながら、レクスは下の状況を確認する。そして騎士の固有スキルである〈ミラーシールド〉を使った。これは一日に一度だけ、物理攻撃によるダメージをゼロにできる。

そのまま雪の積もる地面に背中から落ちたが、スキルのおかげでダメージは受けずに済んだ。先ほど、雪崩《なだれ》くらいじゃ死なないと言ったのも、このスキルがあるからだ。

レクスは女を抱えたまま起き上がり、もう一度山道を見上げる。だが、そこにいた男の姿はすでになく、物寂しい風音が聞こえるばかりだった。

二章　始まりの町カノン

パンの焼ける香ばしいにおいに誘われ、りあの意識はまどろみからふっと浮かび上がった。

目を開けると、木でできた天井が見える。視界の端で白いカーテンが揺れていた。

（……どこ？　ここ）

寝ていたベッドの上で、ゆっくりと上体を起こす。白い花弁が窓からひらりと舞い込んできて、掛け布団の上に落ちた。りあは指先で花弁をそっと摘《つ》まみ上げる。

近くに桜の木でもあるのかと思い、窓から外を見た。すると、見慣れぬ三角屋根の向こうに広がる青空に、島が浮いていた。花弁はそこから降ってくるようだ。

本来なら驚くべき光景だが、寝ぼけているりあは、綺麗だなあとぼんやり考える。

『ユーノリア様ーっ！』

『しゃまーっ！』

そんな声とともに、もふもふしたものが顔に張りついてきた。

りあはぎょっとして、それらを掴《つか》んで引きはがす。すると、羽の生えたハリネズミとフェレットが目をうるうるさせて、りあを見上げていた。

「あ……っ」

気を失う前のことを思い出し、りあは改めて部屋を見回す。こぢんまりとした木造の部屋には、アンティークっぽくて可愛らしい雰囲気の家具が置かれている。どう見ても、りあのアパートではない。

もう一度窓の外を見てみると、浮島から花弁が降ってくるという不思議な光景がそこにあった。

「そうだった。私、『4spells《フォースペルズ》』のアバターと入れ替わって……」

りあは、さあっと青ざめた。チェストの上に置かれた鏡に、急いで駆け寄る。

「うっそぉ……」

鏡に映る姿は、アバターのユーノリアそのものだった。

「本当に入れ替わったの？　わあ、人形みたい。綺麗……」

りあは頬《ほお》や髪にぺたぺたと触れてみる。ユーノリアは神々《こうごう》しいくらいの美人なので、すぐにでもモデルか女優に転職できそうだ。雪のように真っ白な肌は滑《なめ》らかで、爪の先まで整っている。菫色《すみれいろ》の目は神秘的だし、灰色の髪は緩《ゆる》やかに波打っていて気品が感じられた。

だが、口を閉じて無表情になると、機嫌が悪そうに見える。綺麗すぎる人が無表情だと少し怖いだなんて、りあは初めて知った。

「美人も大変なのね」

そんな能天気な感想を呟《つぶや》いた後、りあは自分の着ている服を見下ろす。綿のネグリジェは似合っているが、ちょっとサイズが大きい。誰が着せてくれたのだろうと考えていると、宝石精霊《ほうせきせいれい》達が両肩に飛びついてきた。

『急に起き上がって大丈夫なんですか？　ユーノリア様ったら、あれから丸一日眠っていらしたんですよ。ハナ、とっても心配しました！』

『あの魔人は近くにいませんから、安心してくださいね、ユーノリアしゃま』

「……そっか、町には結界があって、魔人や魔物は入れないものね。体は大丈夫よ、ありがとう」

りあがお礼を言うと、二匹は嬉しそうに飛び上がり、小さな前足でハイタッチをした。

なんとも癒《い》やされる光景である。

「ところで、あれから何があったの？」

『ユーノリア様が崖下《がいか》に落ちたところを、通りかかった冒険者の方が助けてくださったんです。おかげで無事にカノンの町まで来ることができました』

ハナの説明を聞いて、りあは首を傾《かし》げる。

「冒険者？」

そこで、部屋の扉をノックする音が響いた。

「は、はいっ」

りあが返事をすると、ふくよかな中年女性が部屋に入ってきた。

茶色い髪をひっつめて束ね、三角巾でまとめている。赤色のエプロンをつけている姿は、面倒見のいい近所のおばさんといった雰囲気だ。

「ああ、やっと目が覚めたんだね！　昨日からずっと寝たままだったから心配してたんだよ。うん、顔色もずいぶんよくなったね」

「あの、あなたは……？」

顔を覗《のぞ》き込んでくる女性に、りあはおずおずと尋《たず》ねた。

「私はマリア・ガイス。この宿のおかみさ。昨日はびっくりしたよ。あの女嫌いの旦那が、あんたを腕に抱えて帰ってきたんだから。なんて堂々としたお持ち帰りだろうと思ったら、ただの人助けだっていうじゃないか。あの人らしいったらないねえ」

やれやれと大袈裟《おおげさ》に溜息《ためいき》を吐《つ》くと、マリアは扉の方へ向かう。

「ちょいと待っておくれ、旦那を呼んでくるから。あ、その寝間着《ねまき》は私のだよ。着替えさせたのも私だから、安心しなね！」

「はあ」

叫ぶように言いながら廊下へ消えたマリアに、りあは気の抜けた返事をする。いったい旦那とは誰のことだろうと首をひねっていると、すぐにマリアが戻ってきた。その後ろには、二十代半《なか》ばくらいの背の高い青年がいる。

マリアに背中を押された青年は、部屋へ入ってたたらを踏んだ。そして迷惑そうにマリアを睨《にら》んだ後、こちらにやってくる。

彼が傍《そば》に来ると、りあは少し威圧感を覚えた。背が高いので見上げなくてはいけないというのもあるが、それ以上に彼の持つ冷たい雰囲気のせいだ。

（格好いい人だけど、なんだか不良っぽくて怖いなあ）

灰色の服に身を包んだ青年は、短い茶色の髪をしていて、耳や首には銀製のアクセサリーをじゃらじゃらとつけている。赤茶色の目が、じろりとりあを見下ろしていた。

「やっと起きたか。俺はレクス、冒険者だ。今はこの町の冒険者ギルドで教官をしている。ついでに言うと、山から落っこちてきたあんたを拾った」

「はあ……」

淡々とした自己紹介に、寝起きで頭が回らないりあは、とりあえず頷《うなず》いた。すると戸口から、青毛の猫が顔を覗《のぞ》かせる。

「レクス殿、体の具合くらい聞いてあげてくださいよっ。彼女、びっくりしてるじゃないですか……あ、申し遅れました。ボクはラピスといって、レクス殿の従者をしています」

「従者……」

りあはラピスの姿に目を奪われながら、呆然《ぼうぜん》と口にした。手と足の先だけ白い青猫が、ゲームに出てくる精霊教《せいれいきょう》という宗教の神官服である白いローブを着ている。その背中には、トンボに似た羽が一対生えていた。身長がレクスの胸くらいまでしかないので、まるで子どもが着ぐるみを着ているかのように見える。

りあはふと、ゲーム『4spells《フォースペルズ》』の設定を思い出した。

ゲームの舞台であるアズルガイアという世界では、人間と妖精族が共生している。妖精族には猫・犬・木・魚の四種類があり、それぞれケット・シー、クー・シー、ドリアード、人魚と呼ばれていた。プレイヤーがアバターを作る際は、人間を含めた五つの種族から選ぶことができたのだ。

ラピスはその中の一つであるケット・シー、つまり猫の妖精だろう。

「すごい……。本物？」

好奇心に駆られたりあは、ラピスの耳を引っ張ってみる。すると、柔らかくてふわふわしていた。

「痛い！　触らないでくださいっ」

「あ、ごめんなさい！」

りあはすぐに手を離して謝った。ラピスはりあから少し距離を取り、ぶつぶつと文句を言う。

「まったくもう、失礼なお嬢さんですねっ。あなただって初対面の方に耳を触られたら、いい気はしないでしょう？」

「本当にごめんなさい！　もうしませんからっ」

りあがぺこぺこと頭を下げて謝ると、ラピスはようやく怒りを静めた。その頃合いを見計らったようにレクスが尋《たず》ねてくる。

「で？　あんたは？」

「私は夕野……いえ、ユーノリアといいます。助けてくださってありがとうございました」

りあはユーノリアと名乗った。発音が違うだけで文字の並びは本名と同じだし、ネットで使うハンドルネームのようなものだと思えば、特に抵抗はない。

丁寧に頭を下げてから体を起こすと、レクスが疑いを込めた目でこちらを見ていた。

あまりにじろじろ見てくるので、りあは心持ちのけぞりながら問いかける。

「な、何か？」

「あんた、まさか魔人じゃないよな？」

「……は？」

一瞬、質問の意味が分からず、りあは目を点にする。

「ええと……魔人ってあれですよね？　人型の魔物のことですよね？」

魔人は頭に角が生えているか、もしくは顔に青い紋様があるから一目で分かる。それらの特徴を隠してただの人間に化けることもあるが、そんなことができる魔人はめったにいない上に、ダンジョンから出てくることも稀《まれ》なはずだ。それともこの世界はゲームと違い、人間に化けた魔人がそこら中にいるのだろうか。

「あー、なんでもないです！　今の質問は忘れてください！　すみませんね、お嬢さん。レクス殿、もう少し自重《じちょう》してくださいよっ」

ラピスが誤魔化《ごまか》すように笑いながら、レクスの腕を引っ張った。

レクスはむっとした様子で反論する。

「だがラピス。あんな雪山に、こんな女が一人でいるなんて怪《あや》しいだろ」

「山から落ちて死にかけてたんですよ？　そんな間抜けな魔人がいますか！」

「それもそうだな」

ラピスの言葉に頷《うなず》くと、レクスは再びりあに向き直った。

「あんた、あんなところで何してたんだ？」

「ええと……分かりません。気付いたらあそこにいて……」

ユーノリアと入れ替わったと思ったら、あそこに倒れていたのだ。それに、本物のユーノリアが禁じ手の魔法に手を出したなんて言えば、どんなことになるか分からない。

りあが困ってうつむくと、レクスは更に質問してきた。

「崖《がけ》の上にもう一人いたようだが、あいつは誰だ？」

「崖の上にいた人……？　見たんですか？」

りあはヴィクターのことを思い出し、若干身を乗り出して尋《たず》ねた。小規模魔法とはいえ、あれほどの至近距離で爆発を起こしたのだ。ヴィクターも無事では済まなかっただろうが、念のため結果を確認しておきたかった。

「いや、顔までは見えなかった。すぐにいなくなったからな」

「そうですか」

りあは、ほっとした。ヴィクターが追いかけてこなかったということは、少なからずダメージがあったということだろう。そこで宝石精霊《ほうせきせいれい》のエディが口を開く。

『あいつ、本当にしぶといで……むぐっ』

「エディ、ちょっと静かにしてなさい」

りあは慌ててエディの口を塞《ふさ》いだ。ヴィクターのことを誰かに話すのはよくない気がする。少なくとも、ゲームの中の彼は悪辣非道《あくらつひどう》だった。ここで迂闊《うかつ》に話して、助けてくれた人を危険な目に遭《あ》わせるわけにはいかない。

「で？　あいつは誰なんだ？」

「私自身もよく分かっていないことを誰かに話すのは、気が引けます」

「つまり、俺達には何も話せないと？」

「……すみません」

よく分かっていないのは本当だ。だから、りあは深々と頭を下げて、これ以上追及されないように祈る。

「ふーん……」

少し和《やわ》らいでいたレクスの目が、怪《あや》しいものを見るような目に戻った。りあは首をすくめて縮こまる。そこで、マリアが耐え切れないとばかりに噴き出した。

「あはは、レクスの旦那、そうしてると虐《いじ》めてるようにしか見えないよ。よく覚えてないんじゃ仕方ないだろう。倒れたショックのせいかもしれないし、しばらくゆっくりしてたら、そのうち思い出すよ」

「そうですよ、レクス殿。今のあなたは完全に、善良な市民を追い詰めるチンピラです。その辺でやめておいた方が無難ですよ」

「うるさいぞ、ラピス。お前はほんっとうに一言多いな！」

レクスがじろりとラピスを睨《にら》んだ。だが、ラピスの方はどこ吹く風といった感じである。

これ以上言っても無駄だと思ったのか、レクスは再び険《けん》のある眼差《まなざ》しをりあに向けた。

「なんだか知らないが、あんたは怪しい。だから、しばらく俺の監視下にいてもらう。少しでも妙な真似をしたら衛兵に突き出してやるからな。しっかり覚えておけ」

「は、はいっ」

涙目でこくこくと頷《うなず》くりあを、マリアとラピスが同情的な目で見ている。だが、それも気にすることなくレクスは平然と尋《たず》ねてきた。

「ところであんた、金は？」

「えっ？　……まさか、助けてやったんだから有り金を全部よこせとか、そういうことですか？」

だとしたら、なんて恐ろしい人だろう。親切なふりをして金銭を要求するだなんて、正真正銘《しょうしんしょうめい》のチンピラではないか。

りあが青ざめながらぶるぶる震えていると、またラピスが間に入ってきた。

「もう、レクス殿っ。なんでそういう聞き方しかできないんですか？　どう考えたって悪者の台詞《せりふ》ですよ、それ」

「何言ってんだ。ただ金を持ってるのかどうか聞いただけだろ」

不機嫌そうに返すレクスに、ラピスは溜息《ためいき》を吐《つ》いた。そして、諦めた様子でりあに頭を下げる。

「申し訳ありません、お嬢さん。この方は、宿代を払えるのかどうかを聞いているだけなんです」

「あ……宿代」

現実的な問題にぶち当たり、りあは冷や汗をかいた。

（ゲームだと、画面の上の方にコインの枚数が表示されてたけど……ここにはそんなの見当たらない。だいたい、お金を持ってたとしても、どうやって使うんだろう）

ゲーム内の通貨はディル銀貨というものだったが、この世界の通貨もそれと同じなのだろうか。

りあが困っていると、エディが籠《かご》バッグを運んできた。

『ユーノリアしゃま、お財布はここですよ』

「あ、ありがとう、エディ」

りあはお礼を言って籠バッグを受け取る。

（なんだ、お金はバッグの中にあるのね。……あれ？）

籠バッグの中を覗《のぞ》いたが、完全に空《から》だった。その代わり、内側に魔法陣らしきものが刺繍《ししゅう》されている。りあが固まっていると、レクスが籠バッグを覗き込み、怪訝《けげん》そうに聞いてきた。

「防犯魔法付きのバッグか。こんな高価なものを持ってるなんて……あんた、そこそこ名の知れた冒険者か？　それとも貴族か？」

興味津々《きょうみしんしん》な様子でバッグに触れようとするレクスの腕に、ラピスが飛びついて止めた。

「レクス殿！　いくら怪《あや》しいからって、他人のバッグに触っちゃ駄目ですよっ。マナー違反ですし、もし防犯魔法が発動したら怪我《けが》しちゃいますよっ」

「え、これって危ないんですか？」

りあはびっくりして、恐る恐る籠バッグを見下ろす。

すると、今度はラピスが怪訝な顔をした。

「持ち主は安全ですよ。防犯魔法っていうのは、あくまで盗難防止のためのものなので……。やっぱりこの方、ショックで記憶が飛んでるんじゃないですか？　レクス殿」

その言葉を聞くに、防犯魔法というのは、この世界では一般常識のようだ。苦笑いを浮かべるりあに、ハナが丁寧に説明してくれる。

『ユーノリア様。籠《かご》バッグの中に手を入れて、アイテムの名前を口にするか、もしくは思い浮かべてください。そうすると、手を引き出した時にアイテムが出現します』

（つまり、この籠バッグって、インベントリみたいなものなのかしら？）

インベントリというのは、ゲーム内におけるアイテム入れのことだ。『4spells《フォースペルズ》』の初期設定では五十個までしか入れられず、それ以上のアイテムを持ち運びたければ、課金して容量を増やすしかない。

「なるほど、分かったわ。えっと、お財布お財布……」

りあが籠バッグに手を入れると、水に浸《つ》かったような不思議な感じがした。次の瞬間、りあの前に四角いウインドウが浮かび上がり、アイテムリストが表示される。

白の書、財布、回復アイテム……それ以外にもモンスターがドロップしたと思《おぼ》しきものがいくつか入っているが、アイテムの数はそう多くはない。だが財布の他に、化粧品セットと着替えも入っているところがゲームと違っていた。

「このリストに書かれたものが入っているのよね？」

『リスト……ですか？』

「これよ、ここに浮いてるやつ」

『ハナには見えませんよ？　うーん、もしかして本当に打ちどころが悪かったんでしょうか……』

ハナはおろおろしていたが、はっと気付いたように言う。

『お、お医者さんっ』

慌ててどこかに飛んでいこうとするハナを、りあは急いで止めた。

「待って！　大丈夫だから落ち着いて。……ごめんね。変なこと言っちゃって」

どうやらこのウインドウは、りあにしか見えていないらしい。その証拠に、りあ達の会話を聞いたレクスとラピスが、やばいなという顔で囁《ささや》き合っている。

（理由は謎だけど、私には他の人達と違うことができるみたい。変に思われないよう、気を付けなきゃ……）

頭がおかしいと思われて、病院などに閉じ込められては困る。りあは平静を装《よそお》いつつ、籠バッグから財布を取り出した。

財布は革製の巾着袋《きんちゃくぶくろ》で、中に入っていたのは10ディル銀貨一枚だけだった。日本円に換算するなら、だいたい千円くらいだと思う。

固まるりあの様子を不審に思ったのか、ハナが財布を横から覗《のぞ》き込んでくる。

『……そういえばユーノリア様、この間、そちらの杖を買ったばかりでしたね』

ハナが目線で示した方向には、いかにも高そうな白い杖が置かれていた。

ゲームでは魔物を倒すと、魔虹石《まこうせき》と呼ばれるアイテムをドロップする。それを売ればお金が手に入る。だが、ここでも同じかどうかは分からないし、同じだったとしても、すぐにはどうこうできない。

「え……と」

りあが困惑していると、今度はラピスが財布の中を覗き込んだ。そして恐る恐る尋《たず》ねてくる。

「まさかとは思いますが、これが全財産ですか？」

りあは無言で頷《うなず》いた。そのままうなだれるりあから視線を逸《そ》らし、ラピスはレクスに言う。

「10ディルしか持っておられないそうです」

「は？　いったいどんな生活してるんだ、あんた……」

「……分かりません」

もうヤケだ。こうなったら全部分からないで通すしかない。

（ユーノリアの馬鹿ーっ。入れ替わるなら、私のこともちょっとは考えといてよ！）

心の中でユーノリアに向かって叫びながらも、実際には黙ってうつむくしかない。レクスの視線がチクチクと突き刺さってきて痛かった。

だが意外なことに、彼はりあを責めたりはせず、仕方ないなとばかりに肩をすくめる。

「じゃあ、一週間だけ面倒を見てやる。食費を含めて宿代は全部俺が出すから、その後のことは自分でどうにかしろ」

「ええっ⁉ いいんですか⁉ な、何か裏があるんじゃ……？」

「あんたを助けると決めたのは俺なんだから、ある程度は面倒を見るべきだろう」

至極《しごく》当然だといわんばかりのレクスに驚き、りあはラピスの方を見る。するとラピスも頷いた。

「そうですねえ、自分で拾ってきたなら責任を持って面倒見ないと」

犬猫を拾うみたいな言い方が少し気になったものの、りあはその言葉に納得する。現金かもしれないが、レクスの印象も一気に変わった。

（なんだ。怖い人かと思ってたら、案外いい人じゃない……！）

当面の生活が保障されたことで、りあはほっと息を吐く。だが、それも束《つか》の間《ま》、レクスが怖い顔で凄《すご》んできた。

「面倒は見てやるが、もし勝手に逃げたりしたら……どうなるか分かってるな？」

「え、ええ、分かってます！」

りあはしゃきんと背筋を伸ばして返事をする。一瞬、大剣で斬《き》り殺される幻覚が見えた。

（つまり、監視する代わりに宿代を払ってくれるってことなのね……）

レクスの視線から身を守るように、りあが縮こまっていると、ラピスがいい加減にしろとばかりに目を吊り上げた。

「レクス殿、どれだけ怖がらせたら気が済むんですか！　やめてくださいよ、これじゃ従者のボクまで悪者扱いされるでしょ！」

主人に文句を言った後、ラピスは申し訳なさそうな顔でりあに忠告する。

「でも、お嬢さん、変な真似はしない方がいいです。この方はSランク冒険者ですから、逃げるなんて無理ですよ。下手なことをしたら、そのまま牢屋に放り込まれちゃいます」

「Sランク……冒険者⁉」

レクスがSランクということではなく、冒険者という単語にりあは食いついた。

「そうだわ、冒険者よ！」

ゲームと同じなら、冒険者ギルドのクエストを達成することで報酬《ほうしゅう》がもらえる。

ちなみに冒険者のランクは上からSS、S、A、B、C、Dと六段階ある。プレイヤーのレベルとは関係なく、クエストを達成することでしかランクは上げられないので、ゲームでは地道な努力が必要だった。すでにレベルがカンストしているりあでも、まだAランクだったのだ。

「私、冒険者になります！　それで、ちゃんとお金は返しますからっ」

りあが勢い込んで言うと、マリアが口を挟んできた。

「ちょっとお待ちよ、お嬢さん。そんな細っこいあんたが冒険者になるって？　冒険には危険が付き物なんだ。あんたみたいなのは、すぐ魔物に殺されちまうよ」

その言葉に、りあはひるんだ。お金を稼《かせ》ぐことで頭がいっぱいで、そこまでは考えていなかったのだ。

エディが聞き捨てならないとばかりにマリアに反論する。

『ユーノリアしゃまは、すっごく強い魔法使いなんですよっ。魔物なんて、バンバンドーン！　って倒しちゃいますから大丈夫ですっ』

「そ、そうなのかい？」

エディの勢いに気圧《けお》された様子で、マリアが聞き返した。それにラピスが納得顔で答える。

「まあ、それくらいの戦闘能力がなければ、ホワイトローズ・マウンテンなんかに入らないでしょう」

「従者さんがそう言うなら安心だね。だったら私も止めないよ」

にかっと笑うマリアに、りあは会釈《えしゃく》をした。

「心配してくださって、ありがとうございます」

「あはは。こんな丁寧な冒険者はめったにいないから、やっぱり変な感じだけどねえ」

苦笑するマリアにあいまいな笑いを返しながら、りあは密かに決意を固める。

（魔物は怖いけど、戦わなきゃお金が稼《かせ》げないんだもの。背に腹は代えられないわっ）

今のりあがすべきなのは、当面の生活資金を稼ぐことだろう。何より、りあはこの世界のことが全く分からないのだ。情報を集めるためにも、しばらくカノンの町で生活する必要がある。

それに、再びユーノリアと入れ替わる方法を探すにしろ、魔人ヴィクターについての情報を手に入れるにしろ、冒険者ギルドに登録しておいた方がよさそうに思えた。

我ながらいい案だとりあが頷《うなず》いていると、レクスがずいと身を乗り出してきた。彼は人差し指をりあの顔に突きつけて、きっぱりと言う。

「あんたが冒険者になろうがどうしようが勝手だが、俺の監視対象であることに変わりはない。それだけは肝に銘《めい》じておけ」

「は、はいっ」

りあが慌てて返事をすると、レクスは「よし」と頷いて、さっさと部屋を出ていった。ラピスも「ごめんにゃ」とりあに会釈してから、レクスの後を追う。

部屋に残ったのは、苦い顔をしたマリアだけだった。

「ごめんねえ、ユーノリアちゃん。ああ見えて結構いい人だから、恨《うら》まないでやってね」

「恨むなんてとんでもない！　助けてくださった上に、宿代まで出してくださるなんて、親切じゃないですか。……正直、ちょっと怖いですけど」

りあがうっかり本音を漏《も》らすと、マリアは愉快そうに笑った。

「あっはっは。……そうだ、別の服を持ってくるから、それに着替えちゃいなよ。あんたの着てた服、ちょっとにおってたからさ、勝手に洗っちまったんだよ」

「におっ……は、はい、ありがとうございます。よろしくお願いします」

洞窟で一週間も寝ていたというから、においていて当然なのかもしれない。マリアの厚意はありがたいが、女子として少し悲しくなってしまうりあだった。

◆

りあはマリアが若い頃に着ていたという服に着替えた。萌黄色《もえぎいろ》のワンピースは、ヨーロッパのどこかの国の民族衣装に似ている。

「わあ、これもすごく似合う。ユーノリアって本当に美人だものね」

鏡を覗《のぞ》き込んだりあは、感心して呟《つぶや》いた。何を着ても似合うなんてうらやましい。

「あ、そうだ」

ふとあることを思いついたりあは、籠《かご》バッグを手に取ると、ベッドの端に座る。その傍《かたわ》らに、宝石精霊《ほうせきせいれい》達が着地した。

『どうしたんですか？』

ハナの問いに、りあは籠バッグに手を差し入れながら答える。

「白の書って、どんなものなのかと思って」

アイテム名を呟きながら手を引き抜くと、膝《ひざ》の上に白い本が落ちた。両手で持ってみれば、結構ずっしりしている。独特の紋様がある革表紙には石が埋め込まれていて、淡く光っていた。

思い切って開いてみると、最初のページに誰かからのメッセージらしきものが書かれていた。かなり古めかしい言い回しなので、理解しやすくなるよう、りあは声に出して読む。

「我が意志を継ぎ、魔王の封印を守る者へ。

汝《なんじ》、本を手放すにあらず。

汝以外、本に触れることはできない。それができるとしたら、汝の死す時だけである。

もし他の者が本に触れれば、その者は雷に打たれるであろう。

汝、死する前に新たなる守護者を選ぶべし。

汝の意志に敬服し、強大なる魔法を授けん。されど、この書物なくば使うにあたわず。

汝の進む道に祝福と幸運があらんことを祈る」

気付けばハナが興味深そうに、鼻をひくひくさせていた。

『そんな言葉が記されているのですか？』

「あ、そっか。ハナは動物だから、さすがに文字は読めないよね」

『いえ、私は精霊ですし、文字を勉強したので読めますよ。ですが、その本には持ち主にしか読めない魔法がかかっているんです。私が読もうとしても、文字がぼやけてしまって……』

「そうなんだ」

本をぱらぱらとめくってみると、全てのページに呪文らしきものが書かれていた。

「これって誰からのメッセージなの？」

『魔王を封印した大魔法使い様に決まってますよっ』

ハナは目をキラキラさせて答えた後、えへんと胸を張って語り始める。

『もう千年も前になるでしょうか。突如誕生した魔王により、この世界——アズルガイアは危機に瀕《ひん》していたのです』

りあの頭の中に、ゲームのオープニング映像が流れた。だが、そんなことをハナに言っても仕方がないので、大人しく続きを聞くことにする。

『最初は何もなかったこの場所に、神様が青い宝玉を入れたことで世界が生まれました。その宝玉の中に含まれていたとても小さな不純物が、年月とともに大きくなり、力を増して魔王となったのです。魔王は自分自身の欠片《かけら》から、魔物や魔人を生み出しました。それだけでも充分脅威なのですが、最も危険なのは魔王そのものです』

「へえ……」

ハナの熱い語り口に惹《ひ》き込まれて、りあは何度も頷《うなず》く。

『魔王は自然の中にある魔力ラインから、魔力を根こそぎ奪ってしまうのです。魔力がなければ、我々精霊は存在できません。精霊の力を失くした土地は荒れ果てて、不毛の大地になるのです。どうですか、恐ろしいでしょう？』

「ごめん、よく分からないんだけど……魔力ラインって何？　あと、精霊ってそもそもなんなの？」

『え!?』

　なぜかハナが驚いて、のけぞった拍子にころんと転がった。遊んでいると勘違いしたのか、エディも真似して布団の上を転がる。

『一応、確認させていただきますが……ユーノリア様って天界人なんですよね？』

「前から思ってたんだけど、その天界人ってなんなの？」

『ええー!?』

　更にびっくりしたのか、ハナは大きく飛び上がった。

『前のユーノリア様は、こうおっしゃってたんです。自分のことをうらやましいっていう天界人の声が聞こえたから、その人と入れ替わってもらうんだって。きっと同じ魂を共有してるはずだから、絶対に大丈夫だって』

「うーん……ということは、やっぱりここはゲームの中ってわけじゃないのかしら。ハナはここがゲームの世界だと思う？」

『ゲーム？　なんのお話ですか？』

「……アバター、プレイヤー、オンライン、アイテム……この中で聞き覚えのある言葉は？」

『プレイヤーなら分かりますよ。天界人のことですよね』

「プレイヤーが天界人なの？」

ハナはこくんと頷《うなず》いた。

『そうですよ。創造主である神様が世界をお創りになり、天界人が地界の民をお創りになったと言われています。そして地界の民の多くを、同じ魂を持つ天界人が見守ってくださっていて、困った時は助けてくれるのだと……』

「ああ、そういうことか……。確かに、私がアバターのユーノリアを作ったんだもんね」

そうなると、世界を創った神様というのは、ゲームの製作者のことだろうか。

「でも、なんでユーノリアが白の番人になってるの？」

『ええと、どういう意味でしょうか？』

「私が知ってるユーノリアは、ただの冒険者だったの。白の番人は他にいたわ」

『うーん、ハナにもよく分かりません。ハナはユーノリア様が十歳の頃からお傍《そば》にいますが、ユーノリア様が冒険者だった時期などありませんし……』

りあとハナは顔を見合わせ、うーんと唸《うな》る。

（ただのアバターだったはずのユーノリアが、ここ地界ではちゃんと一人の人間として生きていたってことだもの。色々ゲームと違っていても当然かもしれないわ）

これ以上考えても混乱してしまうだけなので、その疑問はとりあえず横に置いておくことにした。ただ、やはりゲームの中にいるというよりも、ゲームと似た別の違う世界にいると考えた方がよさそうだ。

そこで空気を読まないエディが、『はいはーい』と無邪気に会話に割り込んでくる。

『ユーノリアしゃま、僕、精霊ってなんだか知ってますよ！　人間や妖精族の傍には、必ず一体の精霊がついているんです。皆が魔法を使えるのは、精霊に魔力をあげて、呪文で頼んでるからなんですよ』

「へえ、魔法ってそういう仕組みで発動するのね」

りあは納得して頷いた後、ふと首を傾《かし》げる。

「ねえ、エディ。天界と地界については何か分かる？」

『分かりますよ！　エディは賢いのです。地界は人間や妖精族が暮らす世界で、精霊界は僕達精霊が暮らす世界。そして天界は、神様と天界人が暮らす世界なんです。えっとですね、同じ場所に、次元の違う三つの世界が重なり合っていて……天界と地界の間にはしっかりした境界線があるので行き来できないんですが、精霊界と地界は境界があいまいなので、精霊は頑張れば地界にも行けるんだって、前にハナが言ってました！』

「何それ、頑張っただけでできるものなの？」

努力や根性でどうにかなるレベルの話なのかと、りあは面食《めんく》らった。

『うーん、なんだったかな。地界との同調率が高いと、実体化して存在できるとかなんとか……。僕は気付いたら実体になれていたので、よく分かりません！』

エディはにっこり笑って言い切った。思わず和《なご》んだりあは、エディの頭を優しく撫《な》でてあげる。馬鹿な子ほど可愛いというのは、こういうことだろう。

「ありがとう、エディ。それじゃあ、普通の精霊とあなた達宝石精霊《ほうせきせいれい》の違いはなんなの？」

『人に宿っているか、宝石に宿っているかの違いです。僕らは宝石の持ち主から魔力を分けてもらう代わりにお仕えしてるんです』

「じゃあ、魔力ラインっていうのは？」

『えっと……。ハナ～っ、魔力ラインってなあに？』

困ったエディは、ハナに助けを求めた。ハナは仕方ないなというように説明を始める。

『魔力ラインというのは、魔力の流れのことです。自然界を巡るものと、生き物の体に流れているものの二つがあるんですよ。例えばユーノリア様の体にも魔力ラインがあって、魔力が循環しています。保有できる魔力の量はレベルによって違いますが、魔法を使って魔力が減ってしまっても、休めば回復します。泉に水が湧《わ》くようなものですね』

「なるほど！」

だんだん仕組みが見えてきて、ユーノリアは嬉しくなる。

『自然界を巡る魔力を上手く循環させることで精霊達が活性化して、地界は潤《うるお》います。逆に魔力の流れが滞《とどこお》ると、砂漠や荒地ができてしまうんですよ。その流れを管理しているのが、大精霊です。大精霊は、魔力ラインが地表近くを巡っている場所にいますが、そういうところは自然と強い魔物も多くなるんです。でも魔王がいた頃と違って、今は魔物が悪さをしないように大精霊が見張っているので、まだ平和な方ですね』

「魔王がいた時はどうだったの？」

『精霊が魔物によって消滅させられたりして、地界だけでなく精霊界も大混乱でした』

「……魔王の怖さがよく分かったわ」

魔王がいると世界の魔力を奪われてしまう上に、精霊が消滅させられてしまう。精霊がいなくなると荒地が増えて、世界が滅ぶから危険、ということらしい。

「つまり封印の書の番人は、かなり重要な役目を担《にな》ってるってことなのね」

『その通りです。新しいユーノリア様、分からないことはなんでもハナに聞いてくださいね！　天界の方にお仕えできて、ハナ、とっても嬉しいです』

「は、はは……。よろしく」

ハナの期待にどう応《こた》えればいいか分からず、りあは笑って誤魔化《ごまか》した。

「えーっと、世界の仕組みはだいたい分かったんだけど、ついでに一つ聞いてもいい？　この世界にもゲームみたいに、ステータス画面とかがあったりするの？」

りあがそう口にした瞬間、目の前に四角いウインドウが浮かび上がった。

ユーノリア　二十二歳
戦闘ジョブ：魔法使い　レベル100
HP《ヒット・ポイント》：2000　MP《マジック・ポイント》：3200
称号：白の番人

『ステータスの意味は分かりますが……画面ですか？』

ハナが不思議そうに言う。りあは目の前の画面を指差した。

「これだよ、これ。半透明の四角い画面に、文字が並んでるでしょ？」

『ハナには見えません。天界の方には、私達には見えないものが見えているのかもしれませんね……先ほどのアイテムリストのお話みたいに。それなら納得です、頭をぶつけたせいでなくてよかった！』

「……ハナ以外の人に言ったら、頭がおかしい人扱いされるほどのことなのね。よーく分かった」

今更ながら、嫌な汗が湧《わ》き出てくる。さっき医者を呼ばれなくて本当によかった。

（それにしてもこの画面、どうやって消すのかしら？）

籠《かご》バッグを使った時は、アイテムを取り出すと同時にウインドウが消えた。ずっと目の前に出ているとかなり鬱陶《うっとう》しいので、必要な時以外は消しておきたい。

「閉じろ」と強く念じてみると、ステータス画面はあっさり消えた。

りあは試しに「ステータス画面」と念じてみる。すると、ウインドウが再び現れた。

（なるほど。声に出してもいいし、ただ念じるだけでもいいのね）

コツを掴《つか》めたことに、りあはほっとする。もう一度「閉じろ」と念じると、ステータス画面は消えた。

『あの、ユーノリア様』

「何？」

ハナが物言いたげにりあを見つめていた。その様子が、関口から問い詰められた時にもごもごしてしまう自分に似ていて、りあはくすりと笑ってしまう。

「なんでも言っていいよ」

『は、はい。申し訳ないのですが、一週間以上ずっと実体化していたので、疲れてしまいまして……。一度精霊界に戻って、休んできても構いませんか？』

「疲れてるの？　なら早く言ってくれたらよかったのに。もちろんいいよ」

『ありがとうございます。まだ何も分からない天界の方を置いていくのは忍びないのですが……。私とエディの宿る宝石は籠《かご》バッグの中にありますから、緊急時は呼び出してください。町にいる限りは安全だと思いますが、あの魔人が現れた時とか』

『危ないって思ったらすぐに呼んでくださいね、ユーノリアしゃま』

ハナに続いてエディも主張する。りあはにっこり笑って頷《うなず》いた。

「うん、そうするね。ありがとう……おやすみなさい」

『おやすみなさい』

『おやすみなしゃーい』

そう挨拶《あいさつ》すると、二匹は空気に溶けるように消えてしまった。

白の書を籠《かご》バッグに仕舞ったりあは、なんだか急に疲れを感じてベッドに寝転がる。

「色々分かってきたけど……正直頭が痛い。ゲームはあくまでファンタジーだから楽しいのになあ。まさか現実になるなんて……」

そこでふと、天界と地界の狭間《はざま》で見た〝りあ〟の姿を思い出す。

「入れ替わったたってことは、ユーノリアが私になってるってことだよね。仕事、ちゃんとやれてるかな。私が知らない間にクビになってたりして……」

上司や同僚、ボランティアの人達の迷惑そうな顔を思い浮かべて、りあはゾッとした。慌てて起き上がり、首をぶんぶんと横に振る。

「か、考えるのはやめよう。向こうがどうなってるかなんて知りようがないんだし、考えたって怖くなるだけだわ。朝ごはんでも食べて気分を変えようっと」

先ほど着替えを受け取った時、マリアから食事を取りにくるようにと言われていたのだ。

籠バッグを手に、りあは宿の部屋を出た。

◆

廊下に出ると、他にも三部屋あるのが分かった。階段を下りるにつれて、階下のざわめきが聞こえてくる。どうやら一階は食堂になっているらしく、ほとんどの席が客で埋まっていた。

「あ、来た来た！　朝ごはんの用意ができてるよ、お姉ちゃん」

茶色い髪をお下げにした十二歳くらいの少女が、にこっと笑って言った。エプロンドレスを着ているところを見るに、ここで給仕をしているらしい。

「私はララ。この宿の一人娘なの、よろしくね」

「よろしく、ララちゃん。私はユーノリアです」

「ユーノリアちゃんね、分かった。席はこっちよ」

ララは人懐《ひとなつ》こそうな笑顔で、りあをテーブルに案内した。

食堂には四人掛けのテーブルがいくつかあり、朗《ほが》らかで楽しそうな雰囲気が漂《ただよ》っている。外国の映画に出てきた、片田舎《かたいなか》にある素朴なカフェに似ていた。

「はい、どうぞ。ゆっくり食べてね」

「ありがとう、ララちゃん」

りあはララが運んできてくれた食事にさっそく手をつける。卵とハムとパンという、ごく普通の朝食だ。味つけは薄めだが、素材の味が濃いのでおいしい。一度食べ始めると、どんどん食欲が湧《わ》いてきて、りあは夢中で食べ進める。

半分ほど食べたところで、レクスとラピスが上の階から下りてきた。彼らは何も言わず、りあと同じテーブルにつく。

りあが唖然《あぜん》としていたら、レクスがじろりと見てくる。

「何か文句でもあるのか？」

「ありませんっ」

りあは即答した。長いものには巻かれる主義なのだ。

「すみません、ユーノリアさん」

ラピスが申し訳なさそうに謝り、金色のどんぐり眼《まなこ》でレクスを睨《にら》んだ。それをレクスは涼しい顔で受け流し、ララが運んできた朝食に手をつける。

彼は不良じみた雰囲気があるのに、とても姿勢がよく、食べ方にもどこか気品があった。りあが意外に思って見ていると、またじろりと睨まれたので、さっと目を逸《そ》らして食事を再開する。

（空気、重っ）

おかげで、おいしいはずの料理もあまり味を感じられない。どぎまぎしながら食事をするりあを見かねて、近くに座っていた男達がやってきた。

「竜殺しの旦那、若い娘っこをそんな怖い目で見るなよ。嫌われちまうぞ」

「そうだよ、こんな美人相手に、もったいない。そんなんだから恋人の一人もできないんだろ」

「できないんじゃなくて、作らないんだ。女なんか嫌いだ」

レクスがきっぱり言い返すと、話しかけてきた男達は顔を見合わせる。

どうやらレクスのあだ名のようだが、あまりに物騒《ぶっそう》なので、りあは恐る恐る問う。りあが怯《おび》えているのに気付いたのか、男達は慌ててフォローした。

「ああ、そんなに怖がらなくて大丈夫だよ、お嬢さん」

「そうそう。竜殺しのレクスっていうのは、この旦那の通り名なんだ。その猫の従者と二人だけで竜を討伐《とうばつ》したってんで、伝説みたいになってるんだよ」

「猫じゃありません、妖精です！」

ラピスがむっとして言い返した。

「おう、そりゃ悪かったね、猫さん」

男は素直に謝ったものの、呼び方は訂正せず、今度はレクスに話しかける。

「Sランク冒険者の肩書きは伊達《だて》じゃないってことさ。ね、旦那」

朗《ほが》らかに話しかける男に、レクスはちらりと視線を向けるだけだった。辺りに漂《ただよ》うひんやりした空気に、りあは肩をすくめる。

（誰にでもこういう態度なのね、この人……）

レクスはかなり気難しい性格をしているようだ。だが、男達は気分を害した様子もなく笑い出す。

「あの、竜殺しって？」

「まあ、こういうクールなところはあるけど、わりといい人だから心配いらないよ、お嬢さん」

「そうそう。わざわざこんな田舎町《いなかまち》の冒険者ギルドで教官をやって、新人を育ててくれてるんだ。俺達としちゃ助かるよ。この辺りは比較的平和だけど、それでも魔物は出るからね」

「じゃあ頑張ってな、娘さん」

彼らは口々に言うと、満足した様子で席に戻っていった。

（そ、そう言われても……）

りあは恐る恐るレクスを見る。すると、こちらを睨《にら》みつける彼と目が合ってしまった。その怪《あや》しいものを見るような目つきに、りあは心の中で悲鳴を上げる。

（やっぱり、めちゃくちゃ怖いわよっ。ああ……私、上手くやっていけるのかしら？）

一抹《いちまつ》の不安が、りあの胸を過《よぎ》った。

「じゃあ、行くぞ」

食事を済ませたレクスは、さも当然といった口調で言った。

「はい？」

部屋に戻るつもりでいたりあは、ぽかんとしてしまう。他の誰かに話しかけたのかもしれないと思い、念のため周りを見回したが、それらしき人はいなかった。

「え？　私ですか？」

「あんた以外に誰がいる。さっき冒険者になるって言ってただろ。今日は暇だから、冒険者ギルドに案内してやるよ」

「えええええっ⁉　……あ、いや、すみません、びっくりしただけです。ありがとうございます……」

りあには、そう返事をするしかなかった。レクスの強引さには驚くが、冒険者ギルドに案内してもらえるのなら願ったり叶ったりだ。

りあは一度部屋に戻って杖を取ってくると、レクスとラピスの後について宿を出た。

◆

緩《ゆる》やかな木漏《こも》れ日の中、りあ達三人は町を歩いていた。煉瓦《れんが》造りの家々が立ち並び、あちらこちらに植えられた木々や草花が風に揺れている。この長閑《のどか》な光景を見るに、どうやら田舎町《いなかまち》のようだが、昼間なのでそれなりに人通りが多かった。

荷馬車を牽《ひ》くロバが、すぐ横を通り過ぎていく。それを眺めながら、りあは素朴な疑問を口にした。

「あの山はあんなに吹雪《ふぶ》いていたのに、ここは暖かいんですね。今って冬じゃないんですか？」

花壇には色とりどりの花が咲いており、マリアに借りたワンピースは薄い生地《きじ》でできている。

りあが不思議に思っていると、ラピスがどこか呆《あき》れを含んだ表情で答えた。

「ユーノリアさん、本当に記憶が抜けちゃってるんですねえ。今の季節は春です。ホワイトローズ・マウンテンは常冬《とこふゆ》の山だから、いつも吹雪いてるんですよ」

「ああ、あそこだけ変なんですか」

「ええ、そうです。あの山に住んでいる大精霊のせいだとも言われていますが、本当かどうかは分かりません」

そう言うと、ラピスはまるまるっとした手で町中《まちなか》を示した。

「ユーノリアさん、この町の名はカノンといいますが、聞き覚えはありますか？」

きょろきょろと辺りを見回していたりあは、すぐ近くにあるラピスの顔を見下ろす。

「カノン……」

雪山でハナからも聞いた名前だが、よく考えてみると確かに聞き覚えがあった。

「もしかして、始まりの町カノンですか？」

思い出したのは、ゲーム序盤に出てくる町の名だ。プレイヤーはここでチュートリアルと呼ばれる簡単なクエストを受け、基本的な操作方法を学んでから冒険に旅立つのである。そういう目で町を見てみると、なんだか懐かしいような気がしてきた。

りあの言葉を聞いて、レクスが怪訝《けげん》な顔で振り返る。

「始まりの町？　そんな大層な名はついていないが、的《い》は射ているな。この辺の魔物は弱小だから、比較的安全に冒険者のいろはを学べる。そんなわけで、各地からド素人が集まってくるんだ」

「そういえば、レクスさんは教官なんですよね。やっぱりここだと教えやすいんですか？」

りあの問いに、レクスは眉を寄せた。

「……俺は半年前からここで教官をやってるが、他人に教えるのを簡単だと思ったことはない。俺には、あいつらがなんでできないのかが分からないからな」

「そ、そうですか」

りあは無難な返事をしつつ、心の中でツッコミを入れる。

（それって教官として致命的なんじゃ……）

どうやらレクスは天才肌らしい。

そういえば高校時代、頭のいい同級生が似たようなことを言っていた。『私には、なんで皆が分からないのかが分からない』と。嫌味でもなんでもなく、純粋に分からないようだったので、りあはその子から勉強を教わるのを諦めたのである。

首を傾《かし》げているレクスの隣で、ラピスが苦笑まじりに付け足した。

「でも、レクス殿が担当した生徒は、生き残る確率が高いって評判なんですよ。レクス殿にさんざん脅《おど》しつけられるので、無謀《むぼう》な真似はしなくなるんです。普通は見習い期間を終えたら一ヶ月くらいで死ぬ人が出るんですが、レクス殿の生徒は一人も死んでませんからね」

「なるほど……」

りあは頷《うなず》いたものの、フォローの仕方としては間違っているような気がした。これでは教え方が上手いのではなくて、脅かし方が上手いという意味になる。だが、当のレクスは気にしていないようだった。

「それでいいんだよ。生き残った奴が勝者なんだ。死んだら元も子もない」

「えっ？　この世界って、死んだらそれで終わりなんですか？」

ゲームには蘇生《そせい》魔法があるのにと思い、りあは驚いて疑問を口にした。すると、レクスとラピスは怪訝《けげん》な顔をする。

「そりゃ終わりだろ。幽霊としての人生なら、その先も続くかもしれねえが」

「だって、蘇生《そせい》の魔法とか……」

「ふふっ。嫌だなあ、ユーノリアさんってば。そんな伝説の魔法を使える人なんていませんよ。それこそ封印の書の番人でもなければね。まあ、それ自体も伝説ですけど」

ラピスがくすくす笑いながら言った内容に、りあはぎょっとした。

「封印の書の番人って、伝説なんですか？」

「ええ。アズルガイアのどこかに存在していて、魔王を封印した呪文を守っていると聞きますが、実際には誰も見たことがないので伝説みたいなものです」

「そうなんですか……」

りあは残念な気持ちになる。この町で暮らしていれば、番人についても何か情報を得られるかと思っていたのに。

（でも、それもそうだよね。本を守るなら魔人や魔物だけでなく、人間や妖精にも秘密にしないといけないんだわ）

ユーノリアが抱えていたであろう孤独の片鱗《へんりん》に、ほんの少しだけ触れた気がした。

りあがなんとなくホワイトローズ・マウンテンを振り返っていると、急にレクスが足を止めた。その背中に激突しそうになり、りあも慌てて立ち止まる。

「ここだ」

青い屋根を持つ石造りの建物が、目の前に堂々と立っていた。どうやらりあが考え事をしている間に、雑踏《ざっとう》を抜けて広場に出ていたらしい。

「冒険者ギルド・カノン支部……」

表の看板には、そう書かれていた。りあにとっては見慣れない文字なのに、なぜか意味が分かる。ユーノリアと入れ替わったせいなのかどうかは分からないが、とにかく文字が読めるのはありがたい。

「ここはロザリア王国の中でも、最南端に位置する冒険者ギルドなんですよ。ぶっちゃけ辺境です」

ラピスがこそっと囁《ささや》いた。りあが「へえ」と返しているうちに、レクスが入り口のスイングドアから入っていってしまう。りあもラピスに促《うなが》されて、冒険者ギルドの中へと踏み込んだ。

ギルドの中は役所のような雰囲気だった。奥にカウンターがあり、そこに三人の受付嬢が座っている。手前は待合室になっていて、テーブルと椅子が綺麗に並んでいた。壁にはポスターや紙切れが貼られ、それを冒険者らしき人々が眺めている。

レクスは受付カウンターに近付くと、一番左の女性に遠慮なく話しかけた。

「モニカ、こいつの記録がないか調べてくれないか」

モニカと呼ばれた女性の耳はとがっていて、顔立ちにも人間離れした美しさがある。

金色の髪にはドリアード——つまり木の妖精であることを示す菫《すみれ》の花が咲いていた。

細縁眼鏡《ほそぶちめがね》の向こうには、柔らかい緑色の瞳がある。紺色《こんいろ》の制服の襟元《えりもと》を赤いスカーフで飾り、ギルド職員の証《あかし》である金色のバッジをつけていた。

「彼女はどなたですか？」

モニカがりあを見ながら尋《たず》ねると、レクスが答える。

「昨日、ホワイトローズ・マウンテンで拾ったんだ。どうも記憶があいまいらしい」

「なるほど。でも、そんな場所にいたのなら、それなりの技量はお持ちなのでしょう。失礼ですが、お客様、身分証はお持ちですか？」

「身分証……」

それらしきものは持っていないので、りあは困ってしまう。すると、ラピスが自分の首に下げているネックレスを見せてきた。銀色の細いプレートに、青い石がついている。

「これですよ。ボクはAランクなので銀色ですが、レクス殿はSランクなので金色です」

「冒険者の身分証、ということですか。ええと……」

りあは籠《かご》バッグの中に手を突っ込んだが、手を引き抜いても何も現れなかった。念のためにウインドウを出し、アイテムリストの中も探す。

一通り見てみたが、やはりそれらしいものはない。着替えた時にも首には何も下がっていなかったし、おそらく最初から持っていなかったのだろう。

「ないですね」

りあの返事を聞いて、モニカは小首を傾《かし》げる。

「紛失なさったのかしら。お客様のお名前をお伺《うかが》いしても？」

「ユーノリアです」

「ファミリーネームはお持ちですか？」

「いえ、ただのユーノリア」

「承知しました。少々お待ちください」

モニカが手元の機械を操作して、記録を探してくれる。だが、結局見つからなかった。

「記録がないようですから、冒険者ではなかったのかもしれませんね。僻地《へきち》にお住まいの魔法使いなどには、たまにそういう方もいらっしゃいます。……よろしければ登録なさいますか？」

「はい、是非！」

りあが即答すると、モニカは一枚の書類を差し出した。

「では、こちらに記入してください。その間に、入団試験の担当者に話をしておきます」

そこでレクスが口を挟む。

「モニカ、こいつの入団試験は俺が担当する」

「えっ、レクス教官がですか？　私は構いませんが……珍しいですね。いつも余計な仕事は嫌がるのに、いったいどういう風の吹き回しですか？」

訝《いぶか》しげな目を向けるモニカに、レクスはあっさりと答える。

「こいつが怪《あや》しいから、監視中なんだ。そのついでに試験をしてやるだけだよ」

「なるほど」

モニカもすんなり納得した。

（ええ!?　そんなんでいいの？）

なぜだか、りあの方がハラハラしてしまうやりとりだった。不思議な人達だと思いながら、りあは壁際に設置された記入用の台に向かい、そこに書類を置く。そしてペンを手にしたところで、重要なことに気付いた。

（どうしよう、この世界の文字なんて書けない……）

だが、書類に書かれた文字は読めるし、意味もちゃんと理解できる。これなら、もしかすると書くこともできるかもしれない。

そう思ったりあは、羽ペンの先をインク壺につけて、名前を書く欄《らん》へと持っていく。

（書けた……！）

りあは自分の名前をすらすら書くことができた。ありがたいけれど、なんだか変な感じだ。

ふと意識してみると、日本語とは違う言語を話しているという実感もある。今まで使ったこともない魔法を使えたり、言葉の読み書きができたりするのは、いったいなぜなのだろう。

（体はユーノリアのものだから？　それとも、このゲームをやったことがあるから？）

いくつか推測してみるが、どうもパッとしない。

（考えても無駄ね……。神様からの贈り物ってことにしておこう）

面倒になったりあは、早くも真相究明を諦めた。

「ユーノリアさん、書けました？」

「待ってください、もう少しです！」

様子を見にきたラピスに返事をしながら、りあは急いで書類を埋めていく。幸い、書くべき内容は簡単なものばかりだった。名前、年齢、戦闘ジョブ、連絡先……ちなみに連絡先は、滞在先の宿の名前でいいらしい。

「あの宿の名前は、花降り亭というんですよ」

「ありがとうございます、ラピスさん」

ラピスが親切に教えてくれたので、りあは最後の項目を書き込むことができた。

でき上がった書類をモニカに提出したりあを、レクスが手招きする。

「さっそく入団試験をやるから、鍛錬場《たんれんじょう》に行くぞ」

「はいっ」

りあは言われるまま、レクスについていった。

ギルドの建物はとても広く、他にもいくつも部屋があるようだった。長い廊下を通り抜けると、建物の裏に出る。そこには塀に囲まれた広場があった。

ちょうど中央の辺りに、木製の的が三つ置かれている。レクスは広場の入り口で立ち止まり、その的を指差した。

「あの三つの的が見えるな？　あれを十分以内に壊すこと、試験はそれだけだ」

「壊すだけでいいんですか？」

「ああ」

りあはパッと表情を明るくした。的を壊すだけなら魔法を使えばいい。運動は苦手なので、走れとか腹筋背筋をしろとか、そんな体育会系なことを言われたら嫌だなと思っていたのだ。

（これ、ゲームのチュートリアルでやったことがあるから、楽勝だわ！）

心の中でガッツポーズをしつつ、りあは元気よく頷《うなず》いた。

「分かりました、やってみます！」

りあはその場で杖を構える。先端を的に向けてみたものの、それからどうしようかと迷ってしまった。ゲームだと、常に魔法の名前が並んだウインドウが横に出ているが、今は出ていない。

（ええと、ステータス画面を表示させればいいのかな？）

そう考えた瞬間、四角いウインドウがりあの前に浮かんだ。邪魔なので横にずらしたいなと考えると、ウインドウは勝手に右横にずれる。

（うーん、ここには魔法のリストはないみたいね。仕方ない、山で使った方法しか分からないし、ひとまずそれでチャレンジしてみよう）

方針を決めると、りあは心の中で呟《つぶや》く。

（F1キー、小規模爆発魔法エクスプロージョン！）

的をしっかりと見据《みす》え、左手の人差し指を立ててみた。すると、見事に爆発が起きる。

――ドォンッ！

真ん中の的が吹き飛び、少し遅れて両隣の的も弾け飛ぶ。まさに木端微塵《こっぱみじん》だ。

「できました！」

無事に魔法を使えてよかったと、りあはほっとしながら言った。

（あ、ＭＰが減ってる）

視界の隅に浮かぶステータス画面に、ＨＰ：２０００　ＭＰ：３１９５と表示されている。小規模爆発魔法の消費ＭＰは５なので、その分だけ減ったようだ。

（ゲームの序盤で大活躍しただけあって、やっぱり便利な魔法だわ）

魔法自体は大したものではないが、りあのレベルは１００に達しているので、これだけの威力が出せるのである。

これなら充分戦えるだろうと、ほくほくしながら振り返る。すると、なぜかレクスとラピスが唖然《あぜん》としていた。

「……なんだ、今のは。まさか無詠唱《むえいしょう》ってやつか？」

「……ユーノリアさん、高位の魔法使いだったんですね」

ひどく驚いている様子の彼らに、りあは戸惑ってしまう。

「ええと、すみません。どうしたんですか？」

試験はクリアしたはずなのに、二人の態度がおかしい。りあが首を傾《かし》げていると、レクスが大きな溜息《ためいき》を吐《つ》く。

「……あんた、やっぱり怪《あや》しいな」

「ええっ⁉」

りあはぎょっとして、思わずのけぞった。

「魔法の使い方がよく分からない？」

りあが正直に白状すると、レクスは思いっきり怪訝《けげん》な顔をした。その隣で、ラピスも首をひねっている。

「使い方も何も、呪文を唱えるだけですよ？」

「えっ、唱えないといけないんですか？」

りあは強い衝撃を受けた。あの厨二病《ちゅうにびょう》のようなこっぱずかしい呪文を毎回口に出さないといけないのか。そんなことをしていたら、恥ずかしさで死ねそうな気がする。

「むしろ、あんたはどうやって使ったんだよ？」

レクスの問いを受け、りあは顎《あご》に手を当てて考え込む。

「えっと、ショートカットという方法なら思い出せるので、そうしてみました。こんな感じです」

焼け焦げた的の残骸《ざんがい》をめがけて、もう一度魔法を使ってみる。すると、また爆発が起きて、その辺りの地面が少しえぐれた。

「これって変なんですか？」

なぜだか黙り込んでしまった二人を、りあは戸惑いながら見つめる。

レクスは再び溜息を吐き、ものすごく面倒くさそうに口を開いた。

「……ラピス」

「はいですにゃ。まったく、レクス殿ったら……面倒くさいことは全部ボクに押しつけるんですから」

「そのための従者だろ。高い金を出して雇《やと》ってるんだから、つべこべ言うんじゃない」

「はーい」

不満げに返事をしてから、ラピスは魔法について説明する。

「ユーノリアさん。魔法を使うには呪文の詠唱《えいしょう》を行うか、または魔法陣と供物《くもつ》を用いるのが一般的なんです。自分の体内の魔力ラインを使うか、供物《くもつ》に宿る魔力ラインを使うかの違いですね」

「なるほど。では、無詠唱《むえいしょう》というのは？」

「熟練の魔法使いの中には、呪文を詠唱しなくても魔法を使える人がいます。使いたい魔法の効果を思い浮かべて、それに見合った量の魔力を放出するだけでいいそうですよ。ですが、それは相当な修練を積まなくてはできない芸当です。できる方などめったにいません」

「はあ……」

何がどう難しいのかりあには分からなくて、あいまいに返事をする。すると、ラピスが説明を付け足した。

「例えば先ほどの的に、弓矢を射《い》るとします。最初のうちは、矢を的に当てるのも難しいでしょうが、何回も練習するうちに、真ん中を射抜けるようになりますよね？　簡単に言うと、そんな感じです」

「へえ……」

とにかく、本来は練習しないとできないことらしい。りあはひとまず頷《うなず》いた。

「それができる人になんて、魔法使いの都である塔群《タワーズ》にでも行かないと、なかなかお目にかかれませんよ」

「塔群……」

ゲームと同じ都市の名が出てきて、りあは思わず呟《つぶや》いた。

「とにかく、そのショートカット？　というのは珍しい手法ですから、人前での使用は避けた方が無難でしょう。高位の魔法使いだと知られたら、それを利用したいと思う人や、助けを求める人など、色んな方が寄ってきます。無用なトラブルは、回避したいと思いませんか？」

「そうですね。気を付けます」

りあはラピスの忠告を素直に受け入れた。

二人の話が終わったのを見て、レクスが口を開く。

「あんたに冒険者として充分な技量があることは分かった。だが、規則は規則なんでね。とりあえず中に戻って、モニカから説明を聞け」

「はい」

色々と分からないことが多いけれど、今のりあにとっての最優先事項は日銭を稼《かせ》ぐことだ。頑張ろうと気合を入れ直して、りあは受付に戻った。

「合格おめでとうございます、ユーノリア様」

「ありがとうございます」

モニカに祝福されて嬉しくなり、りあは照れ笑いする。

「ですが、まだ本当の冒険者になれたわけではありません。明日から一週間、ユーノリア様には見習い冒険者として、実習を受けていただきます」

「見習い……ですか？」

りあはきょとんとした。これはゲームにはなかったシステムだ。ゲームでは入団試験を受けて合格すると、チュートリアルを終えたということで、すぐ自由に動けるようになっていた。

「まず忘れないうちに、こちらをお渡ししておきましょう。見習い期間の身分証です」

「身分証……」

モニカがカウンターの上に置いた箱には、いくつもの指輪が収まっていた。その中から一つを拾い上げて、りあはまじまじと眺める。そして白い石がはまった鉄製の指輪を、左手の中指にはめた。

「サイズは大丈夫ですか？」

「はい、ぴったりです」

「よかった。見習い期間は指輪ですが、終了試験に合格するとネックレスになります」

なんでも、これらの身分証には特殊な魔法のかかった魔石がはめ込まれており、そこに冒険者のランクやクエスト達成率などのデータが蓄積されていくそうである。

「冒険者とはどんな職業か、ご存知ですか？　なぜろくに身元を調べもしないで身分証を発行できるのかとか、そういったことなんですが……よければご説明しましょうか？」

「いいんですか？　是非お願いしたいです。冒険者って、なんでも屋とか傭兵《ようへい》みたいな感じかなって、なんとなく思ってたんですが……」

りあの答えを聞いて、モニカはくすりと笑みを零《こぼ》す。

「大雑把《おおざっぱ》に言えば、その通りです。冒険者ギルドに身分を保証してもらい、レベルに見合った仕事を斡旋《あっせん》してもらう代わりに、その拠点を守るお仕事になります」

「身分を保証してもらう代わりに、拠点を守る……」

「領主に仕える私兵団は、領主に土地と財産を保護してもらう代わりに、領地を守るでしょう？　それと似たようなことですよ。冒険者ギルドは、犯罪者を除く全ての冒険者の身分を保証し、その財産と名誉を守ります。その代わり、冒険者もギルドのために働くというわけです」

りあはなるほどと頷《うなず》いたが、そこでふと疑問を抱く。

「あの、拠点というのは？」

「ギルドのある町や村、都市のことです。ですから、冒険者はどこかへ移動するたびに、拠点変更の届出をしないといけません。移動先のギルドの受付で、しばらく滞在する旨を伝えれば大丈夫です」

「つまり、この町が敵に襲われたら、私達は町のために戦うってことですね？」

「そういうことです。冒険者ギルドは元々、町や村の自衛組織でした。あまり領主の私兵団を頼りにできなかった時代に発足《ほっそく》し、それがそのまま大きくなって、今も機能しているのです。領主の私兵団は、よほど大きな魔物が出ない限り動きませんが、冒険者は敵が小さな魔物であっても、お金さえもらえれば動きますので」

なんだか世知辛《せちがら》い話だが、それぞれの役割分担が上手くできているのだろう。

りあがすっかり理解したのを見て、モニカは本題を切り出した。

「では、お話を元に戻しましょう。まず、ユーノリア様の担当教官はレクス教官になります。毎朝九時にこちらの待合室に集合し、一日三時間程度の授業を受けていただきます。座学《ざがく》なのか、外での実技なのかは、初日に配られるプリントで確認してください」

「はい」

「レクス教官は怖いですが、とてもいい先生ですよ」

「は、はい……」

なぜかモニカがフォローするように付け足したので、りあは逆に不安になった。ものすごくスパルタな授業になる予感がする。

「見習い実習は、新人冒険者の生存率を上げるためのものなので、義務となっています。また、終了試験に合格するまでは、町の外に出たり、ダンジョンに入ったりすることはできません」

「えっ？　すぐにクエストを受けられるわけじゃないんですか？」

「はい。入団試験に合格したからといって、すぐ魔物を狩りに出かけて亡くなられる方が多かったので、三年前から禁止しているのです」

りあは衝撃を受けた。財布の中の10ディル銀貨が、頭の中でくるくると回る。ここでの仕事を当てにしていたのに、とんだ肩透《かたす》かしを食らってしまった。

「そんな……。私、お金がないんです。見習いにもできるような仕事はありませんか？雑用でもなんでもいいので……」

モニカは驚いた様子で、りあに小声で尋《たず》ねてくる。

「ちなみに、所持金はおいくらですか？」

「……10ディルです」

自分が情けなくて、りあはうなだれた。

「まあ」

口元を押さえて、目を丸くするモニカ。それを見たりあは、更にいたたまれなくなる。

「大丈夫ですよ。すぐに働けると勘違いしていらっしゃる方が結構多いので、ギルドではバイトのご案内もしているんです」

「本当ですか⁉」

希望が見えたことで、りあはたちまち元気を取り戻した。一喜一憂《いっきいちゆう》する姿が面白かったのか、モニカはぷっと噴き出し、くすくすと笑う。

「ええ、本当です。ちなみに実習期間中の授業料などは、試験に合格して一週間以内にクエストを受けていただき、その報酬《ほうしゅう》から引かせていただくことになっています。そのことも、頭に入れておいてくださいね」

「分かりました。よろしくお願いします……！」

嬉しさのあまりモニカに抱きつきたくなったが、りあはぐっとこらえた。

モニカは手元のファイルをパラパラとめくり、そこから一枚の書類を抜き取る。

「バイトは……そうですね。こちらなんていかがでしょうか？」

差し出された書類を、りあはじっくりと読んだ。

「……ギルドの書庫の整理ですか？」

「ええ。時々バイトを雇《やと》って片付けてもらってるんです。どうですか？」

「もちろんやります！　本の整理は得意なので嬉しいです。ありがとうございます！」

喜ぶりあを見て、モニカは楽しそうに微笑《ほほえ》んだ。

「では、お願いしますね。……あ、レクス教官」

待合室に戻ってきたレクスとラピスを見つけて、モニカが手を振る。

「説明は終わったのか？」

「はい。実は、書庫のバイトをしていただくことになりまして。お暇なら書庫へのご案内と、バイト内容の説明をお願いしてもいいですか？」

「仕方ないな……」

レクスはモニカから鍵を受け取ると、りあについてくるように言った。

◆

書庫に行くには一度ギルドの外に出て、裏に回らなくてはいけなかった。厩舎《きゅうしゃ》の前を通り抜けた先に、四角い建物がぽつんと立っている。見た目は西洋風の蔵といった雰囲気だ。

「書庫は別棟《べつむね》なんですね」

「ああ。めったにないことだが、ギルドで火事が起きたら大変だろ？　書庫も巻き添えを食らって本が全部燃えちまうと困る。こんな辺境だと、本なんてなかなか手に入らない貴重品だからな」

りあの言葉にそう返して、レクスは鍵穴に鍵を差し込んだ。

すぐに扉が開いたものの、中は薄暗くてよく見えない。りあの後ろにいたラピスがさっさと中へ入っていき、閲覧《えつらん》用の机に置かれたランプに光を灯した。

りあはランプをしげしげと眺めた。ランプの底には魔法陣が刻まれていて、そこに虹色の石が埋め込まれている。

「これ、魔法のアイテムですか？」

「はい。珍しくもなんともない、ただのメカマジですよ」

ラピスが笑いながら言った。

「め、めかまじ……？」

思わずフリーズしたりあに、ラピスはぎょっとしてのけぞる。

「ええっ、そんなことも忘れてるんですか？　魔虹石《まこうせき》燃料で動く機械仕掛けの魔法製品《メカニカル・マジックアイテム》

――通称メカマジですよ。ボクらの生活には欠かせない道具じゃないですか。こんなド田舎《いなか》でも普及してるくらいに！」

「へ、へー。そうなんですねえ……」

りあは頷《うなず》きながらも、冷や汗をかいていた。

（何？　メカマジって。そんなの初めて聞いたんですけど！　少なくとも『4spells《フォースペルズ》』には出てこなかった。だいたいゲームをプレイしている時、あの世界の明かりがどういう仕組みで点《つ》くのかなんて考えもしなかったのだ。

（魔虹石って、魔物を倒した時にドロップするあれよね。ゲームでは冒険者ギルドに売ってコイン稼《かせ》ぎをしたり、装備を作るための材料にしたりしてたけど……まさか燃料にもなるだなんて）

黙って考え込むりあを、ラピスが心配そうに見る。

「やっぱり、お医者さんに診てもらいますか？」

「いえ、大丈夫です！　ごめんなさい！」

「……本当に？」

「本当です、本当！」

頭がおかしい人扱いされてはたまらないと、りあは必死に否定した。そして話題を変えるべく、閉め切られたカーテンを指差す。

「ラ、ラピスさん、どうして昼間なのにカーテンを開けないんですか？」

「本は太陽の光で傷《いた》みますから、それを予防するためですよ。本当は窓もない方がいいくらいなんですけど、換気しないとカビが生えますからねえ」

「窓を開けるのは構わないが、カーテンは閉めておけよ、ユーノリア」

レクスがそう言って、奥の壁際に設けられた机に向かう。りあもそちらへ行くと、机にはたくさんの本が積まれていた。その本の上に置かれていた帳簿を、レクスがりあに手渡す。

「あんたの仕事は、これらの新刊をリストに書き込んで、棚に並べることだ。筆記具はその辺にあるから自由に使え。あと、ついでに掃除もしておいてくれ」

「分かりました」

りあは頷《うなず》いて、さっそく帳簿を開いてみた。

「……なるほど。政治、歴史、地理、文学、言語、精霊教《せいれいきょう》、魔法、博物《はくぶつ》の八種類に分類しているんですね。著者名順に、リストに書き足すスタイル……ということは、同じ著者名の本の下に空《あ》きスペースがなかった場合、リストを一枚増やす必要があるってわけですか」

「どうやら本の整理が得意ってのは本当らしいな。ジャンル分けに困ったら博物に入れておけばいいから、あとは適当にやってくれ。仕事は十三時から十八時までの五時間。この書類に日付と時間を書いてから、受付で鍵をもらうこと。帰りに鍵を返却した時は、ここに判子をもらうのを忘れるなよ」

受付でモニカから受け取った書類を、レクスは指で示した。書類には空欄《くうらん》のあるリストがあって、そこに日付と時間を書くようになっている。

「とりあえず、今日のところは宿に戻れ。そもそも俺は今日は休みなんだからな、これ以上あんたに付き合うのは面倒だ」

「……はい」

レクスの冷たい発言に、りあはがっくりと頷く。その横でラピスが怒っていた。

「もう、レクス殿ったら！　ユーノリアさんは病《や》み上がりみたいなものなんですから、もっと心配してあげてもいいのに！」

「そういえばそうだったな。まあ、とにかくバイトのことで分からないことがあったら、モニカに聞けよ」

「分かりました」

りあはそう返してから、ぺたんと耳を寝かせているラピスに苦笑する。

「そんなに気になさらなくても大丈夫ですよ、ラピスさん」

「本当に申し訳ないですにゃ。……レクス殿、バイトの説明も終わりましたし、あとは施設内を簡単に案内したら解散しましょう」

「ああ」

レクスは平然と頷《うなず》き、書庫から出るよう二人に促《うなが》した。

その翌日から、午前中はレクスの授業を受け、午後はバイトをするという生活が始まった。

ちなみにアズルガイアは一日が二十四時間で、その点は地球と全く変わらない。だが、一年は六百日あり、月は四つしかない。春に当たる恵緑《けいりょく》の月、雨季に当たる潤青《じゅんしょう》の月、夏と秋に当たる豊赤《ほうせき》の月、そして冬に当たる癒白《ゆはく》の月。それぞれ百五十日になる計算である。この点はゲームと同じだった。

書庫のバイトを紹介してもらえたのは、りあにとってかなり都合がよかった。本を整理しながら、この世界について調べることができる。

りあは時々こっそり本を読みつつ、新刊をジャンル別に分類して机の上に並べた。それを今度は、著者名順に積み直していく。

「NDCに慣れてるから、やりにくいわ……。全部数字で分類できたらいいのに」

NDC――日本十進分類法と呼ばれる図書の分類法を思い出して、うずうずしてしまう。だが、勝手に手法を変えたら怒られてしまうだろう。

「手書きだときついなあ。ああ、パソコンが欲しい」

地味な作業は好きな方だが、ペンの使いすぎで手が痛い。社会人になってからは手で書く機会が減ったため、パソコンのキーボードを叩く方が楽だった。

「ちょっと休憩しよう」

作業に疲れたりあは、たまたま目についた歴史書をパラパラとめくってみる。

「……歩く天災、魔人ヴィクター。あの人、いったい何歳なの？」

他の歴史書にも、時々思い出したように現れては凶悪な事件を起こす存在として、その名が何度か出てきた。古いものだと、三百年も前の記録が残っている。

（どれも町や村が壊滅させられたっていう、嫌ーな記事ばっかり）

たびたび発生しては、全てを破壊して去っていく嵐のようだということで、『歩く天災』というあだ名をつけられているようだ。とにかく神出鬼没《しんしゅつきぼつ》で謎に満ちた存在とされている。

（この間はなんとか逃げられたけど、また会いそうな気がする。気を付けなきゃ……）

りあは重い溜息《ためいき》とともに本を閉じる。それを元の位置に戻そうとした時、ふと別の本が目に留まった。

「『世界の危険な魔法』か……。もしかして、例の禁じ手のことが載ってたりしないかしら」

塔のように高く積まれた本の山から、りあは目当ての本をそっと抜き出す。そして目次を見た後、中身にざっと目を通した。

「えっと、自爆は違うでしょ。罠《わな》……も違うわね。スペルミスで危険な術になる魔法でもないし……。やっぱりないか。召喚《しょうかん》とか入れ替わりとかって、他の本にも載ってなかったものね」

『魔法の基礎』という本にも、そんな項目はなかった。とはいえ、田舎町《いなかまち》の小さな書庫には専門書がほとんどなく、一番詳しいのが事典という始末だ。

本当は誰かに聞きたいが、そういうわけにもいかない。白の番人であることはもちろん、禁じられている魔法を使ったと告白するのは、りあにとって不利益になりそうだった。

だから宝石精霊《ほうせきせいれい》達と相談しつつ、再び入れ替わる方法をこっそり探すしかない。

「よし、そろそろ仕事に戻ろう。目指せ、借金返済！　独り立ち！」

ぐっと拳《こぶし》を握った瞬間、りあは本の塔に腕をぶつけてしまった。

「えっ？　わわわ、ちょっと待って……きゃああ」

ぐらぐらと揺れる塔を慌てて押さえたが、こちらに向かって倒れてくる。バサバサと降ってきた本に驚いて転んだりあは、机に派手にぶつかった。そのまま床に倒れ込むと、その上に本が落ちてくる。

「ユーノリアさん、お仕事の調子どうですか？　……って、どうしたんですか⁉」

タイミングよくラピスがやってきたので、りあは本の下敷《したじ》きになった状態で手を振る。

「ラピスさーん、助けてください！　重くて動けませんっ」

「今すぐ助けます！」

慌てて駆けつけたラピスが、せっせと本をどけてくれた。ほっと息を吐くりあを、後から入ってきたレクスが呆《あき》れのこもった目で見下ろす。

「あんた、何やったらこうなるんだよ。仕事中に遊ぶな」

「遊んでませんっ、大真面目です！」

床に散らばる本を見て、りあは深い溜息を吐《つ》いた。また分類し直さなくてはいけない。

「ああ、リストにつけた本とつけてない本が混ざっちゃった……」

「ユーノリアさん、この机しか使ってはいけないという決まりはないんですよ。狭くてやりにくいなら、閲覧《えつらん》席の方も使ってください。誰かが来た時のために、一人分だけ空《あ》けておいていただければ大丈夫ですから」

ラピスが苦笑まじりにアドバイスをしてくれた。りあは目をぱちくりとさせる。

「あ、そうなんですか？　ありがとうございます」

「しかし、本の雪崩《なだれ》に巻き込まれた人なんて、ボクは初めて見ましたにゃ」

「ちょっと高く積みすぎました。今後は気を付けます」

自分だって、こんなへんてこな失敗は初めてだ。りあは気恥ずかしくなって、うつむきながら返した。


見習い生活を始めて早くも六日が経過した。七日目の今日は、授業の最終日である。

りあは他の見習いと一緒に、レクスの授業を受けていた。

今日は回復薬の使い方についての講義だ。レクスは教壇に立ち、栄養ドリンクに似たポーションの瓶を掲《かか》げて言う。

「ポーションは冒険者にとって大事なものだが、どうしても金が必要な時は、売ることもできる。念のために言っておくが、ポーションの瓶に水を入れて売るなんてことは、するんじゃねえぞ、すぐにバレるからな」

「はーい」

いい子の返事をする生徒達。レクスは頷《うなず》いて話を続ける。

「今、ポーションを持ってる奴は出してみろ。ちゃんと使い方を分かってるのかどうか、確かめる必要があるからな」

レクスの言葉を聞いて、何人かの生徒がポーションを机の上に出した。瓶に入った緑色の液体は、ただのジュースのように見える。

「スミス、使い方を説明できるか？」

「はい、中身を飲みます！」

スミスと呼ばれた少年が勢いよく答えると、レクスは呆《あき》れ顔をした。

「やっぱりな。使ったことがない奴は、瓶の形を見て飲み物と勘違いするんだ。飲んで効かないこともないが、クソまずいだけで効果は薄い。これは傷口にかけるものなんだ。そうすると傷が癒《い》える」

へえ、という呟《つぶや》きがあちこちから聞こえた。

りあも飲むものだと思っていたので、一緒になって呟く。

「だが、魔力回復用の薬は飲まないと効かない。それもついでに覚えとけ。……以上で、薬の使い方についての説明は終わりだ。あとは冊子を読んで自分達で勉強しろ。では最後に、冒険者が守るべきギルドのルールについて説明する」

レクスはいつものように、淡々と語っていく。

見習い冒険者のための授業は多岐《たき》にわたっていた。冒険者ギルドの使い方から始まり、カノンの町の周辺に出没する魔物の生態や、そこらに自生している薬草の見分け方まで教えてもらえる。最後の授業は、冒険者が仕事をする上でのルールを説明して終了となるらしい。

クエストを失敗したり期限をオーバーしたりすると違約金が発生することや、緊急時には町を守るために招集されることを説明した後、レクスは声色を更に真剣なものに変えた。

「お前達、これだけは絶対に忘れるな。冒険者同士の私闘は禁止されている。ギルドとしても、つまらんことで人手を減らされては困るからな。破った奴は、三ヶ月の間クエストを受けられなくなる上に、ダンジョンへ入ることもできなくなる。町の外で勝手に魔物を倒してくる分には構わないが、いくら功績を上げてもランクは変わらない。万が一、私闘で相手を殺した場合は、冒険者資格を剥奪《はくだつ》した上で衛兵に突き出すからな。肝に銘《めい》じとけよ」

そこまで言った後、レクスは「ただし」と付け加える。

「ギルドに申請すれば、『決闘』という形で闘うことはできる。ギルド職員が審判として立ち会い、勝敗の判定をする。相手を殺すのはもちろん厳禁。開始前にルール厳守の宣誓《せんせい》をして、勝敗判定にも文句は言わない決まりだ。これもよく覚えておけ」

そこでちょうど、正午を意味する鐘の音が鳴り響いた。

「何か質問のある者は？　……いないようだから、授業はこれで終わりだ。明日は初日に伝えておいた通り、見習い終了試験をやる。おのおの得意な武器を用意してくるように。では、解散」

説明を終えると、レクスは生徒達に退室を命じた。

ざわざわとした雰囲気の中、りあはレクスに歩み寄る。

「教官、この町に来てから一週間ほどになりますが、私ってまだ怪《あや》しいですか？」

レクスは迷いなく頷《うなず》いた。

「ああ。妙なところで常識がないし、相当の変わり者だと思ってる。ものすごく怪しい」

「そうですか……」

りあはがっかりした。授業やバイトを頑張ったので、少しは名誉挽回できたかと思ったのに、『怪しい』から『ものすごく怪しい』へと評価が悪化している。

だが、これだけきっぱり言い切ってもらえると、いっそ清々《すがすが》しい気持ちになった。レクスはとてもそっけないが、決して嘘は言わないのだ。

座学《ざがく》の授業も分かりやすかったし、外で行う実技の授業でもまともな指摘をくれた。

レクスは教えるのが苦手だと言っていたが、案外教師に向いているのかもしれない。

「明日はいよいよ見習い終了試験だ。遅刻するなよ」

「はいっ」

足早に立ち去るレクスを見送ると、りあは書庫整理のバイトをするべく教室を出る。すると廊下で待っていたらしいラピスが、りあに気付いて手を振った。りあも笑顔で手を振り返す。

レクスには相変わらず怪《あや》しまれているようだが、最初の頃に比べて監視の目は緩《ゆる》んでいるので、少しはマシになったのだと思いたい。

◆

「どうですかにゃあ、レクス殿。ユーノリアさんの感じは？」

レクスの後を追いつつ、ラピスはそう問いかけた。レクスは歩きながら答える。

「そうだな。まず初心者にしてはありえないほど戦い方が上手い。魔法の技量から考えても、Aランク以上なのは確実だな。そのくせ、妙なところで抜けてやがる。ギルドは魔虹石《まこうせき》を買い取ってどうするのかと聞かれた時は、頭がイカレてんのかと思ったぜ」

歯に衣着《きぬ》せぬ物言いに、ラピスは思わず苦笑する。

確かに魔虹石の使い道など、常識中の常識だ。魔虹石は生活に欠かせない動力源の一つであり、誰もがその恩恵を受けている。だが、魔物や魔人を倒さないと手に入らないので、冒険者ギルドが買い集め、国や領主、商工ギルドなどに売っているのだ。

「それ、まさか本人に言いました？」

「言った。アホだと思われるから、他の奴には聞くんじゃねえぞってな」

「……レクス殿って、本当に女性に容赦《ようしゃ》ないですよね。いや、男性にもですけど。……ということは誰に対してでも？　ああ、ご家族以外には、というのが正しいですね」

ラピスは、やれやれと溜息《ためいき》を吐《つ》く。そしてりあの顔を思い浮かべて、心の中で謝った。

「それで結論は？」

「怪しいことに変わりはないが、悪い奴ではなさそうだ。ただ、何かやらかしそうでヒヤヒヤするから、もう少し様子を見ていようと思う」

「この間も、書庫で本の雪崩《なだれ》に巻き込まれてましたもんねえ。その次は、階段で転びかけていましたっけ。ふわーっとしたお嬢さんですよねえ、確かに」

頷《うなず》きながら、ラピスはブフッと噴き出した。レクスが怪訝《けげん》な目をして振り返る。

「俺の話に笑うところがあったか？」

「だ、だって、レクス殿がこんなに誰かを気にかけるなんて……！　天変地異《てんぺんちい》の前触れじゃないですか？」

「お前、本当に俺への敬意ってもんが欠けてるよな」

「何をおっしゃいますか。レクス殿がお生まれになった時から、お傍《そば》にいるんですよ？　わたくし、もちろんレクス殿を尊敬しております。……ブフッ」

ラピスは我慢しきれず、またしても噴き出した。どうにかこらえようと口を押さえるが、ヒゲがピクピク動いてしまう。

「……なんでお前が俺の従者なんだよ」

「それはもう、言っても仕方ありません。他の皆さんはレクス殿についていけずにリタイアしてしまいましたからねえ」

ラピスは文句は言うけれど、根性と体力だけはあるのだ。

それを分かっているからか、レクスは諦めのこもった溜息《ためいき》を吐《つ》いた。

◆

見習い終了試験当日は、清々《すがすが》しいほど晴れていた。

朝のひんやりした空気の中、野花が咲き乱れる原っぱに、中年男の元気な声が響く。

「今日は、まさに試験日和《びより》だな！」

試験の会場となる修練の洞窟の前に立っているのは、茶色の髪を短く切った厳《いか》つい筋肉男――ウィル教官だ。

四十代前半のウィルは、カノンの冒険者ギルドでも古株の職員に当たる。仲間想いの熱血冒険者だと評判の彼は、隣にいるレクスとはまさに対照的で、火と水という印象だった。

「ええ、そうですね。それではさっそく見習い終了試験について説明を始めましょう」

「ああ」

レクスはあっさりと受け流したが、ウィルは気にした様子もなく頷《うなず》く。寝坊して開始時間ギリギリに到着したりあは、受験者の列の一番後ろで話を聞いていた。

緊張している見習い冒険者達を前に、ウィルが朗々《ろうろう》と語り始める。

「おはよう、諸君。これから試験の概要を説明する。ここ修練の洞窟は低レベルの魔物しか出ない、比較的安全なダンジョンでな。だからこそ毎回試験で使っているんだ。中は迷路のようになっているが、それも決して複雑ではない。奥には石のテーブルがあり、ギルドの紋章が入った金属プレートが置かれている。一人ずつ中に入り、その金属プレートを持ち帰れば合格だ」

ウィルが口を閉じたのを見て、レクスが説明の続きを引き受ける。

「三十分以内に戻れなかったり、諦めて途中で戻ってきたりした者は、不合格となる。そうなったら一週間後の再試を受けろ。それと、修練の洞窟に入る前に特殊な腕輪を渡すから、もし怪我《けが》をして動けなくなった場合は、その腕輪に向かって助けを求めること。俺とウィル教官が持つ腕輪に繋《つな》がっているから、声が聞こえるようになっている」

そこまで話すと、レクスはちらりとウィルを見た。ウィルは大きく頷《うなず》き、手に持っているリストに書かれた名前を呼ぶ。

「では、一番手はエド・スレイル。カンテラと腕輪を取りに来い」

「はい！」

剣を装備したエド少年が、元気よく前に進み出る。

「他の者はここで待機。試験を終えた者は速やかに町へ戻るように」

「はい！」

レクスの指示に、見習い冒険者達は声をそろえて返事をした。

二時間後、ようやくりあの番が来た。

ウィルから腕輪とカンテラを受け取ると、りあはすぐに修練の洞窟へ入る。三十分以内に戻れる程度の狭いダンジョンだと分かってはいるものの、どうも気が焦って小走りになってしまった。

襲ってくるのは吸血コウモリやコケグモといった、中型犬くらいの大きさの弱い魔物ばかりだ。誰も見ていないので、りあはショートカットの魔法を使って次々と魔物を倒していく。

暗い洞窟の中を進みながら、ゲームのことを懐かしく思い出していた。

（カノンの町の近くにある、初心者向けのダンジョン……クリアしたのはずいぶん前だけど、結構覚えてるなあ。確か分岐点を左、左、右、左の順に進めばいいんだったよね）

ゲームを始めたばかりの頃、レベル上げのために何度もチャレンジしたダンジョンなので、道順を思い出すのは簡単だった。

（ここがあれと同じダンジョンかどうかは分からないけど、試してみよう）

どうせ道が分からないのなら、試してみる価値はある。

そうして試した結果、りあは五分もかからず最奥《さいおう》にたどり着いた。

「あった、これね」

まるで祭壇のような石のテーブルの上に、地図と剣の紋章が入った金属プレートが置いてある。りあの手の中に収まるくらい小さなものだ。

それをスカートのポケットに入れると、りあは来た道を取って返した。

十分とかからず戻ったりあを見て、ウィルは大いに驚く。

「ずいぶん速いな！　もしかしてギブアップか？」

「いえ、ちゃんと取ってきましたよ。適当に進んだら、たまたま道が合っていたんです」

まさかゲームでやったからとは言えず、りあはそう説明しておいた。

「そうか、君は幸運だな！　冒険者に必要な資質の一つだよ。すごいぞ、おめでとう！」

顔を綻《ほころ》ばせるウィル。その隣に立つレクスは、いつも通りの淡々とした態度でプレートを受け取り、りあに封筒を差し出した。

「合格証明書だ。これを冒険者ギルドの受付に提出すれば、晴れて一人前の冒険者となる。おめでとう」

「……ありがとうございます」

りあは礼を言いつつも、こんな時くらい笑顔を見せてくれればいいのにと、ちょっとだけすねるのだった。

「はい、こちらで登録完了になります。冒険者としての第一歩ですね、おめでとうございます」

受付嬢のモニカは、ふんわりと優しく微笑《ほほえ》んだ。

「ありがとうございます」

りあも満面の笑みで礼を言い、受け取ったばかりのネックレスを首にかける。身分証明書代わりだという銅製のネックレスには、親指の爪ほどの大きさの青い石がはまっていた。よく見ると、石の中にDを意味する文字が入っている。

Dは冒険者ランクの一番下だ。Aより上にいくのはとても難しく、最高ランクのSSとなると、今はアズルガイア全体でも三人しかいないという。

「そのネックレスは、Aランクになると銀製に、Sランク以上になると金製になります。必ずしも首にかけていただく必要はありませんが、冒険者としての身分を示すものなので、失くさないようにお気を付けください。もし失くしてしまった時は、すぐギルドに来てくださいね。ただし再発行には500ディルかかりますので、ご了承ください」

「はい！　ありがとうございます、モニカさん」

りあはぺこりと頭を下げる。優しくて説明が上手なモニカには、これまで何度助けられたことか。おそらく同年代だろうが、すっかり頼りになるお姉さんとして見てしまっている。

「では私、さっそくクエストの掲示板を見てきます！」

「ええ。これからよろしくお願いしますね、ユーノリア様」

お辞儀《じぎ》するモニカに会釈《えしゃく》を返して、りあは壁際へ向かった。

待合室の壁は掲示板になっていて、広報用のポスターや個人への通達、クエスト依頼票などが貼られている。クエスト依頼票のコーナーは、仕事を求める冒険者達でいつも賑《にぎ》わっていた。

冒険者がクエスト依頼を受けて条件を達成すると、クエストの難易度に応じたポイント――クエストポイントが付与される。それは身分証にデータとして記録され、ポイントが貯まるとランクアップしていくというシステムだ。

クエストには薬草や鉱石の採集の他、護衛の依頼や魔物の退治、時には雑用の手伝いなんかもある。仕事自体は簡単に思えても、ほとんどの場合は町や村の外に出なければならない。そうなると、どうしても魔物の脅威にさらされるため、ある程度の戦闘能力がないと務まらないのだ。

危険度が高いものほど報酬《ほうしゅう》は高いし、達成ポイントも大きい。だが、それが本当に自分に向いている依頼なのかどうか、慎重に考えなくてはいけなかった。

りあはたくさんの依頼票の中から、Dランクと書かれているものを選んで見ていった。

皆が簡単なクエストを受けると新人が育たなくなるため、自分のランクの一つ下の依頼までしか受けられない決まりになっている。

（始まりの町と呼ばれるだけあって、CランクとDランクの依頼がほとんどだわ）

この辺りに出没する魔物のレベルは低く、盗賊などもめったに出ないのだから当然だろう。そんな平穏な町なので、高ランク冒険者はほぼ見かけない。いるとすれば、ギルドの職員くらいのものだった。

（なんか、薬草採集の依頼がやけに多いなあ。薬草屋に、薬屋、それに冒険者ギルドからも出てる……）

依頼主は商工ギルドや個人であることが多いが、国や町、更には騎士団のような組織であることも少なくはない、時には冒険者ギルドが協力を求める形で依頼を出すこともあった。

「あのう、すみません。薬草採集の依頼が多いのは、どうしてなんですか？」

りあが隣にいた女性冒険者に聞くと、彼女は親切に教えてくれた。

「最近、薬草が品薄で困ってるんですって。うちのギルドも医務室用に確保したいのに、数が全然足りないんだとか」

「なんだ、そういうことなんですね。ありがとうございます」

「いいえ」

りあは少し考えた後、壁の押しピンを抜いて一枚の依頼票を外した。

西の森に生えるダイヤ草を三十本採集
ランク：D
報酬《ほうしゅう》：150ディル
期限：恵緑《けいりょく》の月の十五日　十七時まで

ゲームでも、初心者向けのクエスト依頼はだいたい薬草採集だ。Dランク向きと書いてあるし、今のりあには、もってこいのクエストだろう。

(今日は恵緑の月の十二日だから、期限まで三日もある。今日中に終わらなかったら、明日続きをやればいいわ。私にはインベントリがあるから、薬草が枯れる心配もないしね)

りあは腕に引っかけている籠《かご》バッグを、ちらりと見下ろす。

魔法のバッグは高価だが、大きさに関係なくたくさんのものを入れられる上、バッグの中では時間の流れが止まっているので、食べ物などを腐らせずに済む。容量の制限こそあれど非常に便利な品なので、多くの冒険者達が憧《あこが》れるアイテムなのだ。

（これだけはほんと、ユーノリアさまさまだよねっ）

白の番人に選ばれるほどの天才魔法使いだったというユーノリア。彼女が持っているものは、高価で質のいい品ばかりだった。それなのにどうして財布の中身がたったの10ディルなのかと、りあは本気でユーノリアを問い詰めたくなる。

そこで正午を告げるベルの音が響いて、りあは自分が空腹なことに気付く。

（クエストを申請したら、お昼を食べに宿に戻ろうっと）

そろそろ授業を終えた見習い冒険者達で、食堂が混雑し始める。その前に席を確保しようと考え、りあはモニカのいる受付に向かった。

花降り亭の食堂は、たくさんの客で賑《にぎ》わっていた。おかみであるマリアの料理はとてもおいしいので、食事時は宿泊客以外の人も大勢やってくるのだ。

宿に戻ってきたりあを見つけて、マリアが笑顔で話しかけてきた。

「おかえり、ユーノリアちゃん。お昼ごはん食べるかい？」

「はい。いつも通り一番安いのでお願いします。私、手を洗ってきますね」

「ああ、そうだ。もしララを見かけたら、私が呼んでたって言ってくれるかい？　忙しい時間帯だっていうのに、見当たらなくてね。まったく、どこで遊んでるんだか」

やれやれと首を横に振りながら、マリアはカウンターの奥の厨房へと入っていく。言われてみれば確かにララはおらず、バートという三十歳くらいの男性従業員しか見当たらない。

（こんな忙しい時間帯にララちゃんがいないなんて、珍しいなあ）

りあは心の中で呟《つぶや》いた。母親思いのララは、いつも率先して宿の手伝いをしているのだ。

とりあえず手を洗おうと思い、りあは食堂の奥にある扉から裏庭に出た。そこには井戸があり、洗濯場にもなっている。

風にそよぐシーツを横目に、井戸に近付いたりあは、ぎょっとして足を止めた。井戸の向こう側に、地面に横たわる人間の足が見えたのだ。

急いでそちらに回ると、ララが洗濯桶を抱えたまま倒れていた。

「ララちゃん!?」

りあはララの肩を揺さぶってみたが、返事はない。ララが苦しそうに息をしているので額《ひたい》に手を当ててみると、驚くほど熱かった。

急いで食堂に戻ったりあは、料理を運ぼうとしていたマリアに声をかける。

「マリアさん、ララちゃんが！」

マリアは料理の載った皿を取り落とし、血相を変えて食堂を飛び出した。


「やっと客がはけたよ……。ララを任せちまってごめんね、ユーノリアちゃん」

早めに店じまいをしたマリアは、部屋に入ってくるや否《いな》や、申し訳なさそうに言った。

あの後、常連客が呼んでくれた医者に、ララを診てもらうことができた。りあは忙しいマリアの代わりに、ベッドで眠るララの傍《そば》についていたのだ。

「いいんですよ、私も色々とお世話になってますし」

りあは笑顔で返した。医者がララの世話をしてくれていたので、りあは特に何もしていない。やったことといえば、洗面器に水を入れて運んできたくらいだ。

「ララちゃんはどんな具合ですか？　ザック先生」

マリアの後ろからバートが顔を覗《のぞ》かせた。年老いた医者のザックは、白い顎髭《あごひげ》を指先で梳《す》きながら診断結果を告《つ》げる。

「こりゃあ、カラカラ病だな」

「カラカラ病？　ああ、それならよかった……」

マリアは気が抜けた様子でその場にしゃがみ込んだ。

「カラカラ病ってなんですか？」

きょとんとするりあに、ザックが簡単に説明してくれる。

「この辺りに住む子どもが、たまにかかる病気じゃよ。高熱が出て体がカラカラに干上がるってことで、カラカラ病という名前がついとる」

「はあ……なるほど」

はしかみたいなものかなと思いながら、りあは頷《うなず》く。そこでマリアが立ち上がり、ラが眠るベッドに近付いてきた。りあは椅子から腰を上げ、マリアに場所を譲《ゆず》る。

「カラカラ病なら、薬を飲めばすぐに治りますよね」

マリアはすっかり安心した様子でザックに尋《たず》ねた。だが、ザックは言いにくそうに答える。

「それがのう……申し訳ないが、薬がないんじゃ」

「え⁉　どういうことですか⁉」

ぐいぐいと詰め寄るマリアを手で押しとどめつつ、ザックは困り顔をする。

「ど、どうしても材料が手に入らなくてのう、他の患者にも待ってもらっているところなんじゃよ。最近、ウルオイ草の群生地が魔物に荒らされてしまってな。あれは綺麗な湧水《わきみず》の傍《そば》にしか生えんから、そんなにあちこちで採れるものではないんじゃ」

薬の在庫も切らしていると言って、ザックは肩を落とす。

「冒険者ギルドにウルオイ草の採集依頼を出してるんじゃが、結果は芳《かんば》しくない」

「そんな！　じゃあ、ララはどうなるんですか⁉　このまま干上がって死んじまうのを、横で見ていろと⁉」

カッとなったマリアは、ザックに掴《つか》みかかった。バートが慌ててマリアを羽交《はが》い締《じ》めにする。

「ちょ、ちょっと落ち着いてください、おかみさん！」

ザックの襟元《えりもと》を掴んでいたマリアの手が離れ、ザックはゲホゴホと咳《せ》き込んだ。

「と、とりあえず、水をよく飲ませて安静にさせることじゃ。薬ができたら持ってくるから……」

「ひどいよ、先生！　あんまりだ！」

暴れるマリアを押さえながら、バートがりあに言う。

「お嬢さん、先生を連れて外に出てください！　こっちは任せて！」

「は、はいっ」

ショックで我を忘れたマリアは、怒りの矛先《ほこさき》をザックに向けている。りあはザックを守るため、その背を押してララの部屋から出した。

「はあ、参った参った。絞め殺されそうになったのは、ここ最近で三度目じゃよ……」

げっそりした様子で呟《つぶや》くザック。青白い顔には疲労が表れている。りあは同情しながら、ザックと一緒に宿の外に出た。

「大変ですね……。先生は悪くないのに」

「じゃが、子を思う親の気持ちも分かるのでね、ワシは怒ってはおらんよ」

そう言って、ザックは深い溜息《ためいき》を吐《つ》いた。

「また何かあったら、いつでも呼んでくれ」

「はい……。ザック先生、ララちゃんの病気って、薬を飲まないとすぐに悪くなるものなんですか?」

「悪化するのは早くて三日、遅いと五日ってところだね。それを乗り切れば、治ったも同然なんじゃが」

「なるほど……」

思案顔をするりあに、ザックは軽く手を振る。

「それじゃあな。ワシは診療所に戻るから、あとはよろしく頼むよ」

「はい、ありがとうございました」

立ち去るザックに頭を下げてから、りあはララの部屋に戻る。そっと扉を開けると、マリアが椅子に座ったまま泣いていた。それをバートが優しく宥《なだ》めている。りあに気付いた彼が、部屋に戻っていいと手で合図してくれたので、りあは静かに扉を閉めた。

（いつも元気なマリアさんが、こんなに落ち込むなんて……。薬がないと、本当に危ない病気なんだわ）

りあは自分の部屋に戻って、ベッドの端に腰掛ける。

（薬草があればララちゃんを助けられるなら、駄目元《だめもと》で探しに行ってみようかしら）

マリアにはかなり世話になっているし、今こそ恩返しのチャンスだとも思う。

（うん。考えてても仕方ない、やるだけやってみよう）

そうと決めると、りあはさっそくウルオイ草を探しに行くことにした。

勢い込んで宿を出たはいいものの、りあはウルオイ草がどんなものか知らない。

それに、ララの看病をしていて昼食を食べ損ねたので、ひとまず腹ごしらえをすることにした。屋台でホットドッグのようなものを買って、すぐ傍《そば》にあるベンチで食べる。

昼食を手早く済ませたりあは、その足で冒険者ギルドへ向かい、モニカに事情を話した。すると彼女は薬草図鑑を見せてくれ、詳しく教えてくれた。

「ウルオイ草の群生地は西の森の奥にあります。最近、魔物に食い荒らされているらしいので、見つけるのは難しいかと思いますが……頑張ってくださいね。くれぐれも魔物にお気を付けて」

「ありがとうございます、モニカさん。行ってきます」

モニカに見送られて冒険者ギルドを出ると、りあは西の森を目指して歩き始めた。

(病気の人を助けるために薬草採集するって、いかにもゲームのイベントって感じだけど……ゲームではこんなイベントなかったわよね)

通りを歩きながら、りあは改めて周りを観察してみる。

(町の名前も雰囲気もゲームと同じなのに、冒険者ギルドの職員さんは見たことない人ばっかりだわ。宿の人達だってそう。でも、ゲームに出てきたヴィクターみたいなキャラもいるし……。よく分からないけど、やっぱりゲームそのものじゃなくて、ゲームと似た異世界にいるって感じなのかな)

そんなことを考えているうちに、町の西門に着いた。門の向こうには西の森が見えている。

（修練の洞窟に行った時は、レクス教官達が一緒だったから安心していたけど……、今度は私一人だし、ヴィクターが出てきたらどうしよう）

町を囲む壁には魔物よけの結界が張られているから、その中にいれば安全だ。だが、そこから一歩でも外に出たら、どうなるか分からない。

そこでりあは、久しぶりに宝石精霊《ほうせきせいれい》達を呼び出すことにした。籠《かご》バッグから二つの宝石を取り出し、呼びかけてみる。

「ハナ、エディ、出てきてくれる？」

するると、ポンッという音とともに宝石精霊達が現れた。

『ユーノリアしゃまーっ、やっと呼んでくれたーっ！』

「むぐっ」

フェレットの姿をしたエディが、りあの顔に張りついた。もふっとした毛皮の感触は気持ちいいが、これでは息ができない。

『エディ、ユーノリア様に失礼でしょっ』

ハリネズミの姿をしたハナがエディの尻尾《しっぽ》を引っ張り、りあから引きはがす。エディはばたばたと暴れながら、矢継《やつ》ぎ早《ばや》に質問した。

『大丈夫でした？　あの剣士に変な真似されませんでしたか？　命令してくだされば、僕が風で切り裂いてきますーっ』

「私は大丈夫だから落ち着いて！」

りあは慌てて宥《なだ》めた。見た目は可愛い動物なのに、なんて物騒《ぶっそう》なことを言うのだろう。

（そういえばエディは風属性の小規模攻撃、ハナは小回復魔法でサポートしてくれるんだったわね）

その辺はゲームと同じのようだ。だが、ゲームよりずっと可愛らしいし、こうしておしゃべりもできる。

「ゆっくり休めた？」

りあがそう問いかけると、二匹は嬉しそうに頷《うなず》いた。

『はい！　おかげで元気になりました』

『でも一週間も呼ばないなんて、ひどいです。僕達は一日休めば大丈夫なので、次からは早めに呼んでくださいねっ』

エディの言葉に、りあは「分かったわ」と返事をする。

「ええとね、私が今回あなた達を呼んだのは、これから西の森に出かけるから、サポートしてほしいと思って。魔人ヴィクターの気配を感じたら、すぐに教えてほしいの」

『分かりました！』

『お任せください！』

小さなお供ができたことで、りあは心強い気持ちになる。

「じゃあ、行くわよ！」

いつでも戦えるように杖を構えて、二匹と一緒に西門を出た。

◆

カノンの町の中心にある時計塔。その鐘楼《しょうろう》の前に、魔人ヴィクターは悠然《ゆうぜん》と立っていた。

時折風が吹いて、浮島から花弁が降ってくる。彼の足元にはそれが雪のように積もっていた。

ヴィクターは魔人の証《あかし》である紋様を隠しもせず、ずっとここに立っているのだが、下の通りを行く人々は誰も気付かない。まさか魔人が町中《まちなか》に入り込んでいるとは夢にも思わないのだろう。

だが、こんな田舎町《いなかまち》の結界など、ヴィクターには効かない。門を通り抜ける際に、少し気分が悪くなる程度だった。

「キィッ」

猿の声に似た短い鳴き声がして、遠くを見ていたヴィクターは視線を自身の肩の上に向ける。

そこに留まっている使い魔のギョロリが、金の目をぎょろぎょろと動かし、ヴィクターに何かを訴えていた。

「番人が町の外に出たのに、なぜ追わないのかって？」

「キキィッ」

肯定の返事をするギョロリに、ヴィクターはにやりと笑う。

「どうせ殺すんですから、しばらく観察したっていいでしょう。だって面白いじゃないですか、あの娘の魔法」

「キィ……」

ギョロリは納得したのか、しきりに動かしていた目をようやく落ち着かせた。

「やはり、あの娘は天界人と入れ替わったようですね。宿の少女を救うために一人で森に入るなんて、人との関わりを極力避けていた頃とは大違いです」

ヴィクターの知るユーノリアは本を守ることに必死で、それ以外の物事を切り捨てるだけの冷酷さを持っていた。だが、そのことで良心の呵責《かしゃく》を感じ、魔物や魔人への恐怖にもさいなまれて、いつも苦しそうな顔をしていたのだ。

しかし、今のユーノリアはどうだろう。警戒心がほとんど感じられず、気楽に生活している。

こんな状態なら、本を奪い取るのも彼女を殺すのも、ヴィクターには簡単だった。

だが、ユーノリアは例の禁じ手の魔法を成功させたようだ。せっかくの成功例をすぐに殺してしまうのは惜しいので、ヴィクターはしばらく様子を見ることにしたのである。

「ギョロリ、あの娘が戻ってきたら教えてください。いい天気ですし、私は昼寝させてもらいます」

「キッ」

ヴィクターは柱にもたれて座り、目を瞑《つぶ》る。退屈しのぎの遊びを、もう少し続けることにして。

◆

西の森に入っても魔物は出てこず、りあ達は無事に一つ目の分岐点までやってきた。

道の真ん中に看板が立っていたので、りあはそこに書かれた文字を読む。

左に進むと修練の洞窟があり、右に進むと森の奥へ行けるようだ。

りあは、ちらりと空を見上げる。ここに来るまでに、結構時間がかかってしまった。奥に着く頃には日が暮れていそうだ。

魔物は夜の方が活発になるので、昼よりも危険度が増す。ここは普通の町人でも来られるくらい長閑《のどか》な森だと言われているが、奥には薬草を食い荒らした魔物がいるかもしれない。

(でも、ララちゃんのためだものっ。行くわよ、りあ!)

暗い森と強そうな魔物を想像して、ひるんでしまったりあだが、自分を奮い立たせて森の奥へと足を進めた。


「あれ? ここ、見覚えがある気がする」

木々の間を抜けて広い場所に出た時、ゲームの光景がりあの頭を過《よぎ》った。修練の洞窟と同じく、この森も弱い魔物しか出ないので、ゲームを始めたばかりの頃は、レベル上げのためによく出入りしていたのだ。

『どうしたんですか、ユーノリア様』

ハナの問いに、りあは考え込みながら答える。

「なんか裏技があったような気がするのよね。うーん……」

『裏技!?　何それ、カッコイイ！』

エディがりあの言葉に食いついた。

『なんですか、どんなのですか？　ユーノリアしゃまっ』

「ちょっと待ってね、エディ。あとちょっとで思い出しそう……あっ」

広場をぐるりと見回したりあは、一本の大木に目を留めた。それで、ようやく思い出したのだ。

「そうだわ！　ここにはレベル50以上じゃないと入れない、隠しダンジョンがあるのよ」

昔、この森を守っていたドリアードが、大木に秘密の仕掛けを施《ほどこ》した。レベル50以上のプレイヤーがその大木に刻まれた紋様に触ると、新たな道が開かれる――という設定だった。

「ええと、どこだったかしら」

りあは宝石精霊《ほうせきせいれい》達を引き連れ、大木の周りをぐるぐると回る。そうしていると、幹の裏側に、魔法陣のような紋様を見つけた。

それに触れた瞬間、鬱蒼《うっそう》とした茂みがザッと二つに分かれ、奥へ続く道が現れる。

『すごーい！　カッコイイ！』

『道ができましたね、ユーノリア様！』

歓声を上げる宝石精霊達を横目に、りあは顔を綻《ほころ》ばせる。隠しダンジョンの休憩ポイントには湧水《わきみず》があったから、そこにウルオイ草が生えているかもしれない。

「よーし、今日中に戻れるように頑張ろう！」

りあは気合を入れて隠しダンジョンに入った。

◆

りあが西の森に入る少し前のこと。

レクスとウィルは修練の洞窟の前で、生徒達から回収した腕輪とカンテラの数を確認していた。その傍《そば》にはラピスもいる。

「腕輪もカンテラもそろっているな。まったく、カンテラを一つ壊されるとは思っていなかった。多めに持ってきていて正解だったな」

「そうですね」

ウィルのぼやきに頷《うなず》きながら、レクスは最後のカンテラを木箱に仕舞った。

「死角から飛んできたクロコウモリに驚いて、思わず投げつけたと言っていましたね。まあ、悪くない判断でしょう。そのままやられるよりマシです」

「そうだな。カンテラより命の方が大事だ。がっはっは」

巨体を揺すって笑うウィルの顔には、満足そうな笑みが浮かんでいる。

「十人中、九人が合格か。今回は豊作だな」

「ええ。失格になった者も、ただ迷子になっただけですし……。ここより広いダンジョンで迷子になれば致命的ですから、いい勉強になったでしょう」

「ああ、その通りだ」

二人はそれぞれ荷物を持ち、町へ戻るために歩き出す。そこでウィルが思い出したようにレクスに話しかけた。

「そういえばレクス教官、ここ最近、魔物が森を荒らしているという報告が上がっているらしいぞ」

「薬草の採集場でしたっけ？　グラス・ラビットの仕業《しわざ》じゃないかって言われてますね」

レクスはそう答える。ギルドマスターのクックから聞いたのだ。

「グラス・ラビットか……。なんだか引っかかるな。何年か前にも似たようなことがあったんだ。確かグラス・ラビットが採集場を荒らし始めて、その後に……」

ぶつぶつと呟《つぶや》きながら、ウィルは足を止めて考え込む。つられて立ち止まったレクスは、行く手に見知った人物を発見した。ラピスも気付いたらしく、「あっ」と声を上げる。

すると、うつむいていたウィルが顔を上げて言った。

「ん？　ユーノリア君じゃないか。さっそくクエストを受けたのだろうか？　ずいぶんやる気だな……いや、金を稼《かせ》ごうと必死なのか、金欠だと聞いているしな」

ユーノリアの懐《ふところ》事情は、冒険者ギルドの職員の間にすっかり広まっている。バイトで日銭を稼ぐ訳ありの貧乏美女なんていう、不名誉な噂《うわさ》も囁《ささや》かれていた。

彼女は何やら難しい顔で立て看板を眺めていたが、やがて森の奥へと入っていった。

それを見たウィルが心配そうに言う。

「何か困り事かな？　道に迷っているとか」

「立て看板をあんなにじっくり読んでも、まだ道に迷うんですか？」

レクスは思わずツッコむ。ラピスは「にゃしし」と笑ったが、すぐに笑いを引っ込めた。

「でも、ちょっと気になりますね。なんだか急いでいるみたいですし」

「ちょっと声をかけてみよう。レクス教官、教え子が困っていたら相談に乗ってやるべきだよ」

「……まあ、いいですけど。どっちにしろあいつは監視対象ですし」

ウィルの暑苦しさを少しばかり鬱陶《うっとう》しく感じつつも、レクスはその提案に乗った。

森に入ると、りあが広い場所で考え事をしているのが見えた。そのまま奥へ向かうのかと思いきや、大木の周りをぐるぐると回り始める。いかにも挙動不審だ。

りあに呼びかけようとするウィルをレクスが制し、彼らは三人で木陰に隠れた。

「レクス教官、どうして隠れるんだ？」

「静かに。どう見ても怪《あや》しいでしょう」

不満げな顔をするウィルをレクスが宥《なだ》める。そこで、りあの行動の意味が明らかになった。彼女が大木に触れた途端、近くの茂みが左右に分かれたのだ。

茂みの間にできた道は、りあが中に入ると勝手に閉じた。それを見たレクスは、ウィル達とともに木陰から出る。

「あんなところに道があるなんて……俺は何年もこの町に住んでるが、初めて知ったぞ！」

驚きの声を上げるウィルを横目に、レクスは抱えていた木箱を地面に置き、装備品をチェックする。何か緊急事態が起きてもすぐ対処できるようにと、必要なものは常に持ち歩いているのだ。

「レクス教官、これを見てみろ！」

「どうしたんですか？」

大木を調べていたウィルに呼ばれ、レクスはそちらに近付く。ウィルの指差すものを見たレクスは、彼と顔を見合わせた。

「魔法の仕掛けのようですね。……なるほど、これに触れれば道が開くのか」

レクスが魔法陣に手を触れると、背後の茂みが分かれて再び道ができた。

「ウィル教官。やっぱりあの女、怪《あや》しいですよ」

「まさか……魔人か？」

仕掛けに感心していたウィルは、レクスの言葉を聞いて表情を硬くする。

「でもにゃあ、ユーノリアさんが魔人だなんて言われても、ピンときませんけどねえ。モニカさんの言うように、僻地《へきち》に住んでいた魔法使いなのではないですか？」

ラピスは首を横に振りながら、心底疑わしげに言った。だが、レクスは険《けわ》しい顔でウィルを説得する。

「記憶があいまいだと言いながら、こんな秘密の抜け道を知っているなんて、たとえ魔人でなくても怪しいですよ。どういう魂胆《こんたん》があるのかくらいは調べておかないと。カノンの町に何かあったら大変でしょう」

「そう言われると放っておけんな。俺も一緒に行くよ、こういう時は人数が多い方がいい。……おいおい、そんな迷惑そうな顔で見ないでくれ。ま、竜殺しの英雄様にとっては、俺など足手まといかもしれんがな」

ウィルが苦笑すると、レクスは眉を寄せた。

「そういう言い方はやめてください。俺は戦いが得意なだけで、この町に必要なのは経験豊富なウィル教官の方です。だからこの先、危険なことになりそうなら先に帰ってもらいますよ、いいですね」

「オーライ、オーライ。俺ももうそんなに若くない、無理そうなら帰るさ」

「もし怪我《けが》をしても、ボクが回復魔法をかけますから大丈夫ですよ」

ラピスが笑いながら言うと、ウィルは大きく頷《うなず》いてその肩を叩いた。

「おう、よろしくな。猫の従者！」

「痛っ！　だから、ボクはケット・シーです！　猫じゃなくて妖精ですってば！」

軽く吹っ飛ばされてたたらを踏んだラピスは、恨《うら》みを込めてウィルを睨《にら》む。

「レクス殿もなんとか言ってくださいよ！」

「ああ、そうだな。無駄に毛皮で覆《おお》われてるだけなので、動物扱いはやめてあげてください」

「ひどい！　こんなに誠心誠意お仕えしてるのにっ」

ラピスの抗議をさらりと聞き流し、レクスは二人を伴《ともな》って秘密の通路へと足を踏み入れた。

◆

りあが秘密の通路を抜けると、そこには洞窟がぽっかりと口を開けていた。

「なんだか懐かしいわ」

このダンジョンは、天井が高くて広い。だが中は真っ暗なので、りあは杖の先に魔法で明かりを灯す。

「ハナとエディがいてくれてよかった。私、こういうところって苦手なのよね」

『そうなんですか？　僕、頑張って魔物を撃退しますね！』

エディが張り切って、りあの周りを勢いよく飛び回る。

『エディ、暗いから気を付けてね。こういう場所に入ると、すぐに頭をぶつけるんだから……』

ハナが心配そうに声をかけたが、エディは早くも鍾乳石《しょうにゅうせき》に激突していた。可愛らしいやりとりに癒《い》やされて、りあの緊張がほぐれる。だが、足元が湿っていて滑りやすいため、りあは転ばないよう慎重に歩き始めた。

ここに出没する魔物はレベル50台なので、修練の洞窟にいたものよりもずっとレベルが高い。コウモリやトカゲ、ムカデやクモなどの姿をした大型の魔物ばかりだ。

だが、それらの魔物に襲われるたび、りあは炎の魔法で簡単に倒していく。レベル100のりあにとって、レベル50台の魔物しか出ないダンジョンなど、小規模魔法だけで充分だった。ほとんど一撃で倒し、魔物がドロップした魔虹石《まこうせき》や回復アイテムを拾って先へ進む。

「このダンジョンの道順は覚えてないから、適当に進むしかないわね……」

ゲームと違い、マップ機能が使えないのは不便だった。

しばらくさまよい歩いた後、ようやく上から光が差し込んでいる場所にたどり着く。

「あったわ！　休憩ポイント！」

りあは思わず歓声を上げた。

洞窟の天井がここだけ崩落していて、空が見えている。空はすっかりオレンジ色に染まっており、徐々に暗くなりつつあった。

奥に目を向けると、段々畑のようになった岩場がある。その一番高い段から、湧水《わきみず》がちょろちょろと流れていた。

『わあ～、綺麗なところですね！』

『水がおいしいですっ』

近くの溝を流れる水に頭を突っ込んだ後、エディは嬉しそうに笑う。

『エディったら、ちょっとは警戒しなさいよ』

ハナが呆《あき》れた様子でエディに注意した。まるで幼い弟に注意する姉のようだ。

そんな二匹のやりとりに微笑《ほほえ》みながら、りあは周りを見回した。やはりゲームと同じく、ここには魔物がいないらしい。

安全だと分かったところで、湧水《わきみず》の方へと歩き出す。せせらぎの音が和《なご》やかな気分にさせてくれた。

「あったわ、ウルオイ草！　ダイヤ草もあるなんてツイてるわね」

湧水の周りの地面には、薬草が豊富に生えていた。ウルオイ草はもちろんのこと、クエストの達成条件であるダイヤ草まで生えている。

ウルオイ草は、雫《しずく》型の葉がいくつもついた蔦《つた》状の薬草だ。ダイヤ草は赤色をしていて、葉がトランプのダイヤの形に似ている。

とはいえ間違いがあっては大変なので、りあは念のため、それらの薬草をじっと見つめてみた。するとウインドウが現れて、薬草の名前が表示される。間違いないようだ。

『ユーノリア様のお目当ては、こちらの薬草ですか？』

手元を覗《のぞ》き込んできたハナに、りあは頷《うなず》いてみせる。

「そうよ。お世話になってる宿の娘さんが病気になったから、治してあげたいの」

『ユーノリアしゃま、お優しいですね。さすが、究極の回復魔法を司《つかさど》る白の番人……エディ、感激です』

エディが宙に浮かんだまま、うっとりしている。

「大袈裟《おおげさ》ねえ」

りあは苦笑いを浮かべた。言っていることはよく分からないが、そこまで褒《ほ》められるほどのことはしていない。

「これを採ったら、早く町に戻りましょう」

『はいっ、ハナもお手伝いします！』

『エディも！』

小さな精霊達が、自分の体よりも大きな草を摘《つ》もうとしている。その姿は少し滑稽《こっけい》だけれど、実に可愛らしい。

「薬草が傷《いた》むから、魔法はやめてね」

『は、はひっ』

今まさに使おうとしていたのか、エディがびくっとしながら返事をした。言っておいてよかったと思い、りあはほっとする。そして自分も摘《つ》むべく、ウルオイ草の根元を手で掴《つか》んだ。

その時、岩場の奥から獣の唸《うな》り声が響いてくる。

『ボォォォッ!』

りあがそちらを振り返ると、赤茶色の毛に覆《おお》われた巨大なイノシシがいた。攻撃モードを示す赤色の目が、薄闇の中で爛々《らんらん》と光っている。

「嘘……あれってこのダンジョンのボスじゃない。なんでここに?」

りあが唖然《あぜん》としながら見つめていると、巨大イノシシの横に『Boss キング・ボア Lv. 52』という文字が浮かび上がった。

キング・ボアは足を踏み鳴らして力を溜めた後、こちらに向かって勢いよく駆け出す。

(こっちに来られたら、薬草が駄目になっちゃう!)

りあはとっさに、ショートカットの二番に設定した氷の魔法――アイシクルランスを使った。

地面から先のとがった氷が飛び出し、キング・ボアの進路を塞《ふさ》ぐ。キング・ボアがそれに体当たりする激しい音が響いたが、氷は壊れなかった。

キング・ボアはやむなく進路を変え、氷を回り込むように走り出す。

「なんで？　ボスはダンジョンの奥にいて、そこから動かないはずよ？」

りあの独り言に、ハナが答える。

『おそらくユーノリア様が持つ、白の書に反応したのだと思います。攻撃か撤退か、ご指示をお願いします！』

ここで撤退するわけにはいかない。ウルオイ草はすぐ目の前にあるのだ。

りあは迷うことなく、キング・ボアと戦うことを決めた。

氷の向こうから現れたキング・ボアは、りあ達から少し離れたところで立ち止まる。

『番人……本をよこせ！』

キング・ボアは赤く光る目でこちらを見据《みす》え、地の底から響くような低い声で言った。

その体には黒い靄《もや》がうっすらまとわりついていて、ものすごい威圧感がある。

「こんな時に、なんて厄介なの……とにかく薬草だけは守らなきゃ！」

りあはキング・ボアの動向に気を配りつつ、湧水《わきみず》から離れる。直後、キング・ボアは再び足踏みをしてから、りあの方へ突進してきた。

ゲームをしている時は感じなかったが、こうして実際に向かい合うと、迫力があって怖すぎる。こちらに突撃してくる姿は、まるでワゴン車が正面から突っ込んでくるかのようだった。

魔法使いのジョブを選んでおいて本当によかったと、りあはしみじみ感じる。なぜなら、魔物と距離を取ったまま戦えるからだ。近付いて剣で刺したり、棍棒《こんぼう》で殴ったりするなんて、恐ろしくてできそうにない。

また、ここ一週間の訓練のおかげで、りあは新しい技を習得していた。

「深淵《しんえん》より来たれ、水姫縛歌《ウンディーネ・ラプソディー》！」

先日覚えた中規模攻撃魔法の呪文を唱えると、杖にはまっている青い宝石が光を放った。

キング・ボアの足元が青く輝き、水の渦《うず》が巻き起こる。やむなく足を止めたキング・ボアの巨体は、渦にぐるぐると巻き込まれていく。

やがて水流の一部が空へと舞い上がり、女の姿になった。

「きゃはは」

水の女――ウンディーネは軽やかな笑い声を上げた。すると周囲の水がパッと弾け、水の玉になって宙にとどまる。

ウンディーネがキング・ボアを指差すと、水の玉は弾丸のように飛んでいった。

『ボァアアア！』

キング・ボアが断末魔《だんまつま》の悲鳴を上げる。

攻撃が終わると、ウンディーネはりあに手を振ってから姿を消した。キング・ボアを取り巻いていた水も力を失い、地面へ吸い込まれていく。

地面に倒れたキング・ボアは血まみれになっていた。

「うう、グロい……」

りあは思わずキング・ボアに同情してしまった。だが、その気持ちはすぐに恐怖へと変わる。

『許さぬ……許さぬぞぉっ！』

キング・ボアが起き上がり、血走った目でりあを睨《にら》んだ。憎悪のこもった眼差《まなざ》しを向けられ、りあの足が凍りついたように動かなくなる。

『させないぞーっ』

エディがりあの前に飛び出し、キング・ボアに風の魔法を叩きつけた。しかし、キング・ボアはひるむことなく再び突進してくる。

その時、横合いから誰かが飛び出してきた。

「うおりゃああ！」

キング・ボアの横《よこ》っ面《つら》に剣を叩きつけ、力任せに弾き飛ばしたのは――

「えっ、ウィル教官!?」

りあは唖然《あぜん》とする。するとウィルが振り返り、肩で息をしながら尋《たず》ねてきた。

「大丈夫か、ユーノリア君！」

「だ、大丈夫ですけど、なんでここに……？」

わけが分からないが、今はキング・ボアを倒すことに集中すべきだろう。りあは気を引き締めて杖を構え直す。そこで、立ち上がったキング・ボアの口から紫色の煙が出ているのに気付いた。

（やばい！　あれ、毒の息だわ！）

このままでは、キング・ボアの近くにいるウィルが危ない。

りあはキング・ボアをきつく睨みつける。

「凍りつけ！　アイシクルランス！」

ウィルの前なのでショートカットを使わず、呪文を唱えてアイシクルランスを使った。

氷の槍《やり》が地面から飛び出し、キング・ボアを串刺しにする。キング・ボアは毒の息を吐こうとした体勢のまま動きを止めた。

まるでガラスが粉々に割れるかのように、キング・ボアの肉体が光の粒子となって弾け飛ぶ。その光が消えると、地面には魔虹石《まこうせき》の欠片《かけら》と大きな牙が落ちていた。

「ああ、よかった……」

りあは安堵《あんど》して、ウィルのもとに駆け寄る。

「ウィル教官、ありがとうございました。でも戦闘中にいきなり飛び込んでくるのは、やめてください！」

「うっ、いや、別に俺は獲物を横取りしたかったわけじゃ……」

「そういう意味ではありません、危ないからですよ！　さっきキング・ボアの毒を浴びそうになってたでしょう？　まさか吸ってないですよね？　大丈夫ですか？　これ、何本に見えます？」

りあはウィルの顔の前で、指を三本立ててみせた。

「さ、三本だ。俺は大丈夫そうか？」

青ざめるウィルを、りあは改めて観察してみる。特に異常はなさそうだ。

「大丈夫みたいですね。怪我《けが》がなくて本当によかった……あれ？　レクス教官達もいる。三人そろってどうしたんですか？」

休憩ポイントの入り口にレクスとラピスがいるのを見つけて、りあは首を傾《かし》げた。その横に浮かんでいるハナが、何かに気付いた様子で言う。

『もしかして、皆さんも薬草の採集にいらしたのですか？』

「「「薬草？」」」

顔を見合わせる三人を、りあはきょとんとしながら見つめた。

その後、りあは薬草採集に取りかかった。

全て摘《つ》んでしまってはまずいだろうと思い、ウルオイ草は三十本ほど生えていたうちの約半分、十五本だけを摘み取る。ダイヤ草はたくさん生えていたので、余裕を見て四十本摘んでおく。

そんなりあの様子を、レクス達は不思議そうに見ていた。

「ようやく採り終わったわ。ああ、すっかり夜になってるじゃない」

いつの間にか、空は藍色に染まっていた。杖に灯した明かりがなくては足元もよく見えない。

りあはレクス達のもとに歩み寄ると、改めて疑問を口にした。

「それで、皆さんはどうしてこちらに？　薬草を採りに来たわけではないみたいですが――」

ウィルが右手を挙げて、りあの問いを遮《さえぎ》る。

「すまないが、先に質問させてくれ。君はここへ薬草を採りに来たのか？」

「そうです。それ以外の用事で来ませんよ、こんな場所」

りあは顔をしかめた。

「暗いし、変な虫もいるし……気持ち悪いじゃないですか。この湧水《わきみず》は綺麗だから、お気に入りなんですけどね」

「その口ぶりだと、前にも来たことがあるのか？」

レクスの問いに、りあは頷《うなず》く。

「ええ……。でもずいぶん前なので、道に迷ってしまいました。キング・ボアが出てきたのには驚きましたが、薬草を守れてよかったです」

ユーノリアはやれやれと思いながら息を吐く。そして、レクス達にわけを話した。

「実は、ララちゃんがカラカラ病にかかってしまったんです」

「「ララ（ちゃん）が？」」

レクスとラピスの声が重なった。りあは再び頷く。

「お医者さんが言うには、薬の在庫がないらしくて……。しかも、この森の奥にある薬草の採集場は魔物に荒らされていると聞いたので、ここだったらあるかなあと思って試しに来てみたんです」

その時、突然ウィルが叫んだ。

「そうか、思い出したぞ！」

「わっ、なんですか、急に」

「びっくりしました……」

ラピスとりあはそろって一歩下がったが、レクスは少しも動じることなくウィルに尋《たず》ねる。

「どうしたんですか？　ウィル教官」

ウィルは手振りを交えて話し出した。

「レクス教官。さっき、何年か前にも似たようなことがあったと言っただろう？　キング・ボアに住処《すみか》を追われたグラス・ラビットが、薬草の採集場を荒らしたんだよ。もしかすると、ここは元々グラス・ラビットの住処だったんじゃないか？」

「つまり薬草を餌《えさ》にしていたグラス・ラビットがいなくなったから、この場所の薬草だけは無事に残っているということですか。一理ありますね」

レクス達の会話を聞いて、りあは彼らの目的がなんなのかようやく分かった。

「ああ、皆さんはその件を調査しに来たんですね。それが原因なら、採集場を荒らしていたグラス・ラビットはここに戻ってくるかもしれませんし、そのうち薬草不足も落ち着きそう」

りあはほっと息を吐く。そうなれば、ザック医師が患者の家族に絞め殺されずに済みそうだ。

なぜか他の三人は微妙な顔をしているが、今ならまだ町に帰れそうなので、りあはさっさと踵《きびす》を返す。

「では、私は先に出ますね。ララちゃんを早く治してあげたいですし、夜が更《ふ》けると魔物の数が増えちゃいますから」

「俺達も一緒に行くよ。な、レクス教官」

ウィルがレクスの肩をポンと叩くと、レクスは頷《うなず》いた。

「ああ。用事は片付いたから、町に戻ることにする」

「ほんとですか⁉　やった！　どうも一人だと心細くって……」

りあは嬉しくなった。レクス達が一緒なら心強い。

さあ行きましょうと先頭に立って歩き出すりあだったが、なぜかレクスがついてこない。りあが後ろを振り返ると、彼は何やら複雑な顔で考え込んでいた。

りあが見ているのに気付いたレクスは、すっと目を伏せる。

「……悪かった」

「え？」

　自分達を追い越し、すたすたと歩いていくレクスの背中を、りあはぽかんとしながら見つめる。謝られる理由が全く思いつかなかったので、すぐ後ろを歩くラピスの顔を見下ろした。

「ラピスさん。私、なんで謝られたんですか？」

「ブフッ、なんででしょうね。ブフフッ」

　奇妙な笑い方をしながら、ラピスはふかふかしている右手を振る。りあが不気味に思っていると、ウィルが豪快に笑い出した。そして勢いよくりあの背中を叩く。

「いやあ、よかったよかった！　なあ、ユーノリア君」

「へ？　何がですか？」

　混乱を極めるりあを置いてけぼりにして、ウィルとラピスはレクスの後に続く。一人になるのは嫌だったので、りあは首を傾《かし》げながらも彼らを追いかけた。

◆

　カノンの町に戻ったりあは、すぐにザック医師の家の扉を叩いた。

寝間着《ねまき》姿で出てきたザックは怪訝《けげん》な顔をする。

「昼間のお嬢さんじゃないか。どうしたんだい、まさかララの容態が悪化したのか？」

顔に緊張の色を浮かべるザックに、りあはウルオイ草の入った布袋を差し出した。

「いえ、実は先生にお願いがあって来たんです。ウルオイ草を採ってきたので、これで薬を作っていただけませんか？」

「ウルオイ草を⁉　とにかく中に入りなさい、確認させてもらおう」

布袋を受け取ったザックは、りあを家の中に招き入れる。

廊下を歩いている途中で、奥の部屋から奥さんらしき人が顔を出した。

「あなた、どうかしたの？　急患？」

「彼女がウルオイ草を採ってきてくれたそうなんでな。ちょっと見てみるよ」

「まあ、こんな遅くまで？　頑張ったわねえ」

夜遅くに訪問してきたりあを怒るどころか、褒《ほ》めてくれる奥さんに、りあは照れ笑いを浮かべた。すると奥さんが部屋から出てきて、すぐ近くの居間へ入るように促《うなが》す。

居間の燭台《しょくだい》に火をつけたザックは、テーブルの上に袋の中身を並べた。それらを丁寧に観察してから、うーんと唸《うな》る。

「先生、もしかして量が足りないんですか？　でしたら、また探しに行ってきます！」

りあは焦って居間を出ようとしたが、ザックの奥さんに止められた。

「大丈夫よ、お嬢さん。ね、あなた」

「ああ。これだけあれば三人分は作れる」

「本当ですか⁉」

りあは明るい声を上げて、二人のところへ戻る。

「そこで相談なんだが……調合代をタダにするから、代わりに残りの分をもらっても構わんかね？　他の患者にも飲ませてやりたいんじゃ」

「あ、はい。その方が私も助かります」

「では、そうさせてもらうよ。ちょっと診療所の方に行ってくるから、あんたはここで待ってなさい。お前、こちらのお嬢さんを頼むよ」

「ええ、行ってらっしゃい」

ザックは奥さんにりあのことを頼み、上着を羽織《はお》って居間を出ていく。

「よろしくお願いします」

りあが頭を下げると、ザックはひらひらと手を振って扉を閉めた。

二人きりになったところで、奥さんがりあに椅子をすすめてくれる。

「さあ、そちらへどうぞ。お茶をお淹《い》れするわ。よかったら、あなたの薬草探しの冒険《ぼうけん》譚《たん》を、私に聞かせてくれないかしら？」

「は、はいっ」

夜分遅くにお邪魔したことで、少し居心地の悪さを感じていたりあだが、奥さんの優しい言葉で気が楽になった。


一時間後、りあは薬を持って花降り亭に戻った。

「マリアさん！　お薬、手に入れましたよ！」

「え!?」

途方に暮れた顔でララのベッドに座っていたマリアが、がばりと顔を上げる。

「本当かい、ユーノリアちゃん！　でも、どうやって？　材料がないって話じゃ……」

「ええ。ですから、森に入って材料を集めてきました。すぐに見つかってよかったです」

りあはそう言って、マリアに薬の袋を握らせた。

「とにかく、この薬をララちゃんに飲ませてあげてください」

「あ、ああ、そうだね。そうするよ」

マリアは顔に生気を取り戻し、きびきびと動き出す。彼女が薬を飲ませると、苦しそうだったララの呼吸が次第に落ち着いてきた。寝顔も徐々に安らかなものに変わる。

そんな娘の様子を見守っていたマリアは、安堵《あんど》の溜息《ためいき》を吐《つ》いた。

「もう大丈夫だよ……。よかったね、ララ」

目尻に浮かんだ涙を拭《ぬぐ》い、りあの方を向く。

「ありがとうね、ユーノリアちゃん。娘のためにここまでしてくれて……。あんたは娘の命の恩人だ」

「いえ、私も二人にはお世話になってるので……わぷっ」

感極《かんきわ》まったマリアに抱きつかれて、りあは目を白黒させた。マリアからはハーブと日なたのにおいがして、なんとなく自分の母親を思い出してしまう。りあは急にホームシックになって、目に涙を浮かべた。

「本当にありがとう……」

そう言ってから体を離したマリアは、目を丸くする。

「おや、泣いてるのかい。そんなにきつく抱きしめたかね？」

「い、いえ……。その、故郷の母を思い出してしまって……すみません」

これまでは生活のことで頭がいっぱいで、故郷のことを思い返す余裕もなかったのに。ここにきて、とんだ不意打ちである。

「あんたのお母さんも寂しいだろうね。親っていうのは、子どものことをいつでも心配してるもんなんだ。たまには顔を見せておやり」

「は、はい……」

「ふふっ。ここにいる間は、私を母親だと思っていいからね」

「ありがとうございます……」

小さな子どもみたいに頭を撫《な》でられて、りあはなんだか気恥ずかしくなった。顔を赤くしながらもじもじしていたら、部屋の扉がノックされる。それをきっかけにして、りあはささっとマリアから離れた。

そんなりあを面白そうに見てから、マリアは「はあい」と返事をした。すると扉が開いて、レクスとラピスが顔を出す。

「マリア、ユーノリアから聞いたんだが……」

「ララちゃんの具合はどうですか？」

マリアはにこっと笑う。

「もう大丈夫だよ。この子のおかげさ」

「無事に薬ができたんですか。よかったですね、レクス殿」

「ああ」

頷《うなず》き合うラピスとレクスに、マリアは「心配してくれてありがとう」と礼を言った。

二人が安心した様子で扉を閉めると、マリアはふと何かを思いついたように、りあの方を見る。

「それにしてもユーノリアちゃん、あの薬草を手に入れるのは、かなり難しいって話だったのに……よく見つけられたね」

「たまたまです、たまたま」

マリアに照れ笑いしてみせてから、りあはぺこりとお辞儀《じぎ》をする。

「それじゃマリアさん、私はそろそろ行きますね。お腹が空《す》いたので、外で何か食べてきます」

「えっ？　わざわざ外に行かなくても、食事ならすぐに用意してあげるよ」

「いえ、今晩はララちゃんの傍《そば》にいてあげてください」

「……分かったよ。ありがとうね、ユーノリアちゃん」

マリアは渋々《しぶしぶ》返事をしつつも、嬉しそうな笑みを浮かべた。

ララの部屋を出て扉を閉めると、りあはふうと息を吐く。

（役に立ててよかったわ。マリアさんとララちゃんには、お世話になりっぱなしだし）

この辺で恩返しをしておかないと、いつか罰《ばち》が当たりそうだ。

（それに今回のことで、ゲームの知識が通用するって分かったしね。……白の書を狙って、ボス級の魔物が襲ってきたのは想定外だったけど）

白の書がこれほど危険な代物だとは思わなかった。少なくとも町の外に出る時は、一瞬たりとも気が抜けない。

そこでふと、りあの頭に一つの疑問が浮かんだ。

（ユーノリアには、仲間はいなかったのかしら？　ずっと一人だったのかな）

魔人ヴィクターに付け狙われたり、ダンジョンのボスにいきなりエンカウントしたりで、りあは早くもめげそうになっている。番人の辛《つら》さを知るにつれて、りあと入れ替わりたいと望んだユーノリアを責められなくなっていく。

廊下を歩きながら考え込んでいると、急に声をかけられた。

「大丈夫ですか、ユーノリアさん」

「あれ？　ラピスさんにレクス教官。てっきり、お部屋に戻ったのかと……」

人気《ひとけ》のない食堂にラピスとレクスの姿を見つけて、りあはそちらに歩み寄る。ラピスは金色のどんぐり眼《まなこ》でりあをじっと見つめた。

「これから食事に行こうと思って、ユーノリアさんを待ってたんですよ。でも、昼間からずっと歩き回ってましたし、さすがに疲れてるみたいですね」

「大丈夫ですよ。ちょっとぼんやりしてただけなので」

そう返した時、りあのお腹がくうと可愛らしい音を立てた。恥ずかしさで顔を真っ赤にするりあを、ラピスが笑う。

「にゃはは、お腹が空《す》いて元気がなかったんですね。じゃあ、やっぱり一緒に行きましょう」

「憐《あわ》れな貧乏美女とやらに、食事を恵んでやるよ」

レクスもにやりと笑った。りあは手を叩いて喜ぶ。

「奢《おご》ってくれるんですか？　やった！　……でも、なんですか、そのあんまりな呼び方は！」

平然と歩き出すレクスを、りあは足早に追いかけた。

その後ろでラピスが笑いながら言う。

「にゃしし。ご存知ありませんでしたかにゃ？　ギルドで噂《うわさ》になってるんですよ、ユーノリアさんは金欠だって」

「ええ!?」

りあが思わずラピスを振り返ると、彼は大きな目を糸のように細めた。

「これは失敬。にゃしし」

「ひどい、ラピスさん！　他人事だと思ってるでしょ」

「実際、他人事ですからにゃあ。ところでレクス殿、ボクもご馳走《ちそう》していただけるんですよね？」

抜け目のないラピスに、レクスは溜息《ためいき》を吐《つ》く。

「そのつもりだったが、やめた」

「にゃんと!?」

毛を逆立ててショックを表すラピスを見て、今度はりあが笑う。

「人のことを笑うからですよ。はいはい、レクス教官！　私、お肉が食べたいです！」

「……あんた、そんなに肉に飢えてんのか？」

レクスに冷めた目で見られて、りあはうぐっと詰まる。ラピスがまた「にゃしし」と笑った。

◆

花降り亭のある通りから、二ブロック離れた場所にある酒場『ホープ』。もう夜遅いにもかかわらず、そこは多くの人々で賑《にぎ》わっていた。傭兵《ようへい》に冒険者、仕事帰りと思《おぼ》しき衛兵などが、陽気におしゃべりしている。

壁際の席に通されたりあ達は、さっそく酒と料理を注文した。先に酒が運ばれてくると、三人はグラスを持って高く掲《かか》げる。

「ララの回復を祝って」

「乾杯！」

「かんぱーい！」

レクスの言葉にりあとラピスがそれぞれ応《こた》え、グラスを打ち鳴らした。レクスはビアと呼ばれる麦酒《ばくしゅ》を一気にあおり、ラピスも同じものを飲んでいる。あまり酒に強くないりあは果実酒をちびちびと飲んだ。

「がっつりしたお肉……久しぶりのお酒……夢のようです。ありがとうございます、教官！」

テーブルに並んだ料理は三種類。ソレーユ牛のステーキと、ポラポラ鳥の香草焼き、そして葉野菜のサラダだ。感激したりあは、思わずレクスに向かって手を合わせてしまう。

「……おい、拝むな」

さすがのレクスも居心地が悪くなったのか、顔を引きつらせた。そして、隣で遠慮なく料理にがっついているラピスに言う。

「こら、ラピス。俺が注文したもんを勝手に食べるんじゃねえよ」

「え〜？　ボク、酔っちゃったので分かりませ〜ん」

「この野郎……」

レクスはこめかみに青筋を立てたが、りあがくすくすと笑い出したのを見て、渋々《しぶしぶ》怒りを静める。

「ったく、仕方ねえな……」

そんなレクスの様子を横目で見て、今度はラピスが笑い出した。

「ブフッ、ブフフフフッ」

りあはそんなラピスを不思議に思いながら、ソレーユ牛のステーキを口に運ぶ。柔らかくてジューシーで、とにかくおいしい。

そうして食事を堪能《たんのう》していたら、誰かがテーブルに近付いてきた。

「よう、君達。そろって食事か？　仲がよくて結構なことだ」

なんとウィル教官だった。明るい笑みを浮かべる彼に、レクスが問う。

「今、上がったばかりですか？」

「ああ、キング・ボアの件をマスターに報告してたんだ。俺もレクス教官も、それぞれ報告書を三日以内に提出すること……だそうだよ。ところで、俺も同席していいかい？

一人で飲むのはつまらんからな」

「もちろんですよ」

「こちらへどうぞ、ウィル教官」

レクスが頷《うなず》いたのを見て、りあは自分の隣の椅子を示す。ウィルは通りかかった店員にビアと適当な料理を頼んでから着席した。そして、りあ達の顔を見回し、にかっと笑う。

「その様子だと、ララはもう大丈夫みたいだな」

りあは大きく頷いた。

「はい！　ザック先生に薬を作ってもらったんです。余った薬で、他の患者さんも助かると思いますよ」

「うーん、素晴らしい！　乾杯しよう！」

運ばれてきたビアのジョッキを掲《かか》げるウィルと、りあ達は再び乾杯した。

ビアを一気飲みしたウィルは、泡ヒゲのついた顔でわははと笑う。

「いい仕事をした後のビアは最高だ！　俺はこれのために働いているのかもしれんな」

「またまたご謙遜《けんそん》を。町の人々のためでしょう？　冒険者ギルドの中でも一番の町想いだって、皆言ってますよ」

ラピスがにまにましながら言うと、ウィルはしかめ面《つら》をした。

「すまんが、猫の従者殿に褒《ほ》められると、つい裏を疑ってしまうな」

「まったく、失敬な人ですにゃん」

澄まし顔をするラピスをうさんくさそうに見ながら、レクスがウィルに忠告する。

「ウィル教官。こいつの言うことは真面目に聞かない方がいいですよ。こいつが人を褒める時は、だいたい奢《おご》り狙いですから。たかり方が上手いんです」

「なっ、失礼ですよ、レクス殿！　ボクはただの褒め上手です。こんなに根性のある従者は世界広しといえどもボクくらいのものなんですから、もう少し大事に扱ってくれてもいいじゃないですか！」

ラピスは強く抗議した後、これまでの旅がいかに大変だったかを語り始める。

「レクス殿は本当にひどいんです。ボクが止めるのも聞かずに、北の荒地の傍《そば》に棲《す》む沼ドラゴンの退治に出かけたり、ゴロゴロ山にヒドラ狩りに出かけたり……。こんな人のお供をしてたら、命がいくつあっても足りません！」

そこで大きく息を吸い込み、ラピスは更にヒートアップした。

「一番ひどかったのは、エスバーン村遠征《えんせい》ですよ！　いくらお兄様の足をドラゴンに踏み潰《つぶ》されたからって、襲ってきたドラゴンの群れを全滅させるなんて……正気とは思えませんっ」

「ぐっ……ごほっ、げほっ」

りあは果実酒を飲み込むのに失敗して咳《せ》き込んだ。近くにいる客達もたまたま聞いてしまったのか、同じようにむせている。

「ラピス、余計なことを言うんじゃねえよ」

レクスがラピスの額《ひたい》を指で弾くと、ラピスは椅子から転がり落ちた。ついでに手元の皿をひっくり返してしまい、どんがらがっしゃんとけたたましい音が響く。

りあは仰天《ぎょうてん》して立ち上がった。

「きゃーっ、大丈夫ですか、ラピスさん！」

「ほっとけ。どうせ無駄に厚い毛皮のせいで、痛みなんか感じない」

「レクス殿は、ボクの毛皮になんの恨《うら》みがあるんですかーっ！」

ラピスはいかにも猫らしい俊敏《しゅんびん》さで、軽業師《かるわざし》のようにぴょんと立ち上がった。そんな様子を見るに、確かに痛くはなさそうだ。

「ユーノリアさんだけですよ、こんなに優しくしてくれるのは……。ケット・シーは妖精であって猫ではないのに、皆して猫扱いするんです！　もう、この羽が見えないんですか!?」

ローブの背中に生えた二枚の羽を、ラピスはレクスに見せつける。

「でも猫の妖精なら、やっぱり猫なんじゃ……？」

りあが首を傾《かし》げて呟《つぶや》くと、ラピスはショックを受けた様子でよろめいた。

「ひどい！　ユーノリアさんまで、ボクのことをそんな風に思ってたんですかっ。こうなったら、今日はしこたま飲んでやるーっ！」

ビアのジョッキを掴《つか》んだラピスは、中身を豪快にあおった。

「わ、ラピスさん、一気に飲んだら危ないですよ。もう、レクス教官も止めてくださいっ。自分の従者さんなんでしょ？」

「金にがめつい、が上につくけどな。こいつのことは心配しなくていい。どうせすぐに……」

レクスがそっけなく言ったところで、ラピスの体がぐらぐらと揺れ、そのままバッタリ倒れてしまった。レクスは肩をすくめる。

「ほら、倒れた」

「ほら、じゃありませんよ～っ」

りあは床に膝《ひざ》をついて、ラピスの肩を叩く。

「大丈夫ですか、ラピスさんっ。店員さん、お水をくださーいっ」

大きな口を叩いたわりに、ラピスは酒に弱いらしい。ジョッキ一杯で潰《つぶ》れてしまった。

「ブフフフ、宝石がこんなに～。あ、あっちには金貨がある～」

にやにやと笑いながら、ラピスは寝言を呟いた。夢の中でも金にがめつい彼に、りあは呆《あき》れてしまう。さっきまでの心配も吹き飛び、しらっとした目をラピスに向けた。

「本当にがめついんですね、ラピスさんって。こんな寝言、初めて聞きましたよ」

「幸せそうだろ？　そのままにしとけ」

「わははははは」

レクスは平然と酒を飲み続け、ウィルは大笑いしながらテーブルを拳《こぶし》で叩いている。

そんな教官二人とラピスを順番に見たりあは、店員から水のグラスを受け取って席に戻った。

「なんだか一人で慌ててた私が馬鹿みたいじゃないですか」

むくれるりあの前に、ウィルが唐揚げの皿を押し出してくる。

「悪い悪い。ほら、これ食べていいぞ！」

「……いただきます」

渋面《じゅうめん》を作りながらも素直に食べるりあを見て、ウィルは再び笑い出した。金欠のせいで、お腹いっぱい食べられなかったりあには、全てのものがおいしそうに見えるのだ。

「ひとまずラピス殿のことは置いといて……。エスバーン村遠征《えんせい》っていやあ、ひどい戦いだったって噂《うわさ》だな。確かレクス教官がSランクに昇格したのはその時なんだろ？」

ウィルが思い出したように話を振ると、レクスは苦い顔をする。

「あんなに後味の悪い戦いもなかなかありませんよ。エスバーン村の人々は昔から、近くの山脈に棲《す》むドラゴン達と共生してきたんです。それなのに、あの魔人がドラゴンの子どもを村の中に投げ込んだせいで……」

「ドラゴンの子どもを？　そんなことがあったのか？」

ウィルがぎょっとして、手に持っていた骨付き肉を皿に落とした。

「子どもが成体になるまでは、親ドラゴンが絶対に目を離さないはずだろ？　それに子育て中のドラゴンは気性が荒くなるから、生半可《なまはんか》な冒険者じゃ近付けもしないのに」

「ええ、その通りです。しかし、あの魔人は親ドラゴンの隙《すき》をついて子どもをさらった。あいつのせいで村は一夜で壊滅し、生き残った村人はゼロ。村人の救出に向かった騎士団も八割が死にました。運よく生き延びた者も、体のどこかしらが欠けていたとか」

レクスは淡々と話しているが、内容があまりに凄惨《せいさん》すぎる。

りあは急に食欲がなくなり、食べかけの肉を皿に置いた。そして、恐る恐る口を挟む。

「あ、あの～、できれば食事中にこういう話は……」

「ん？　ああ、悪かったな」

レクスもさすがに不作法だったと思ったらしく、素直に謝った。

（まあ、食欲はすっかり失せちゃいましたけどね！）

複雑な気持ちで、りあは皿の上のステーキを見やる。その残りを食べるのを諦め、果実酒のグラスに手を伸ばした。

それを横目に、レクスは話を締めくくる。

「そういうわけで、俺はそれ以来、元凶である魔人ヴィクターを追ってるんですよ。この近辺で目撃情報があるんですが、ウィル教官は何か知りませんか？」

その言葉を聞いて、りあは大いに驚いた。

（ヴィクターですって⁉　あの人、そんなひどいことまでしてたの⁉）

隣で青ざめるりあに気付いた様子もなく、ウィルは眉根を寄せて答える。

「いや、そんなおっかない話は初耳だよ。だが……これでようやく分かった」

「何がです？」

「レクス教官ほど腕の立つ冒険者が、こんな辺境でギルドの教官をしてる理由だ。働きながらヴィクターの情報を集めてたんだな？」

「ええ、それが八割」

レクスはあっさり肯定した。ウィルは怪訝《けげん》な顔をする。

「残りの二割は？」

「冒険者ギルドの本部から、教官をしてくれと長いことせっつかれていたんです。だから、ひとまず引き受けて黙らせようかと」

「わははは、あんたは本当に正直者だな！」

たまらないとばかりに、ウィルは膝《ひざ》を叩いて大笑いした。

そんな話をしていたら、近くのテーブルの客が話しかけてくる。

「兄ちゃん、あの『歩く天災』を追っかけてんのか？　それはやめといた方がいいぞ」

「そうそう。あの魔人を追う奴は、一人も戻ってこないって話だ」

「あいつって、魔王を復活させようとしてるんだろう？　魔人がいるだけでも恐ろしいのに、そんなことになったら世界が終わっちまうよ。くわばらくわばら」

酔客《すいきゃく》達は身震いしながら話している。酒が入って大袈裟《おおげさ》に演技しているわけではなく、本当に怖いと思っているようだ。

「魔王が復活したら土地が荒れて、食料不足になるって話だもんな」

「ただの干害《かんがい》なら、魔法使いを雇《やと》うか雨を待てばいい。だが、魔王はその土地の精霊ごと魔力を喰っちまうらしい。そうなったら、もう何やったって無駄だろ」

「封印の地がいい証拠だよ。魔王が封印されて千年も経《た》つのに、未だに干からびたまんまだ」

そんな話をしていると、誰かがふいにぽつりと零《こぼ》す。

「……そういやあ、魔人ヴィクターをこの近辺で見たって話を聞いたことあるな」

「なんだって!?」

酔客達の話を聞き流していたレクスは、その言葉に食いついた。椅子から腰を浮かせて、彼らの方に身を乗り出す。

「詳しく教えろ！」

思いがけず注目を浴びてしまった男性は、気まずそうに辺りを見回し、「言っとくけど、怪談みたいな話だよ？」と前置きしてから話し出す。

「ホワイトローズ・マウンテンに、料理に使う氷を取りに行った奴がいてさ。そいつがイグリド国風の格好をした若い男を見たって言うんだ。猛吹雪《もうふぶき》の中、防寒着も身につけず、平然と佇《たたず》んでたんだと。だがな……少ししたらスーッと消えちまったんだとよ！」

「消えた？　魔法か何かか？」

仲間の一人から怪訝《けげん》そうに問われ、男性は首をひねった。

「もしかしたら、消えたように見えただけかもしれんけどな。その時は幽霊かと思ったらしいんだが、町に帰って仲間と話してるうちに、こう思ったらしい。イグリド国風の格好といやあ、魔人ヴィクターの特徴じゃねえかって」

「ああ、あの魔人はイグリド国の貴族の服装をしてるって有名だもんな」

「……」

話を聞き終えたレクスは、不機嫌そうにどっかりと座り直した。ビアのグラスを無言であおる姿は妙に迫力がある。

彼はガツンと音を立ててジョッキをテーブルに置くと、ようやく口を開いた。

「……ホワイトローズ・マウンテンにはもう行った。だが、それらしい奴は見なかったよ」

彼にしてみれば、あまり役に立たない情報だったらしい。酔客《すいきゃく》達は顔を見合わせたが、田舎町《いなかまち》の人間らしい大らかさで、「また何か聞いたら教えてやるよ」と請《う》け負う。

（魔人ヴィクター……。思っていた以上に危険みたいね）

りあはちびちびと果実酒を飲みながら、ホワイトローズ・マウンテンで目覚めた時のことを思い出す。ユーノリアは彼の襲撃を見越して、厳重に結界を張っていたのだ。それなのに、ヴィクターは結界の仕組みをあっさり見破った。

彼が過去にやったという悪事の数々も、空恐ろしいものばかりだ。そんな危険人物に、ユーノリアはずっと付け狙われていたのである。

（勝手に入れ替わられたのは迷惑だけど……番人の役目を放り出したくなる気持ちも分

かるかな）

彼女はいったいどれだけ追い詰められていたのだろう。

りあには想像することしかできないけれど、彼女に少なからぬ同情心を抱いた。

◆

りあとレクスが酒場ホープを出ると、夜の通りは静けさに満ちていた。

家々の明かりもすでに消えており、魔法の外灯だけが通りを照らしている。

「ラピスさん、大丈夫でしょうか」

「ウィル教官が面倒見てくれるっていうから平気だろ。まったく、その辺に転がしておけば勝手に戻ってくるのに。あの人の世話好きなところは尊敬するがな」

ラピスを心配するりあに、レクスは迷惑そうな口調で返した。

（転がしておけばって……あなたは鬼ですか）

りあは思わず顔を引きつらせる。ウィルがいなかったら、レクスはラピスを本当に転がしておいたのだろう。『無駄に厚い毛皮があるから凍死しない』なんて平然と言いそうだ。

娘が猫好きだから喜ぶと言って、ウィルはラピスを家に連れ帰った。彼がいてくれて、ラピスは本当に幸運だったと思う。

「早く帰るぞ」

「あ、はい」

前を歩いていたレクスが足を止め、こちらを振り返っているのに気付き、りあは慌てて駆け寄った。同じ宿に泊まっているので、当然ながら一緒に帰っているのだ。久しぶりに酒を飲んだせいか、足元がちょっとだけ覚束《おぼつか》ないので、りあとしては正直助かる。

いつもならレクスといると緊張するのだが、酒のおかげで気持ちがふわふわしていた。りあは上機嫌でレクスに話しかける。

「おいしかったですね、ごはん。ご馳走《ちそう》様でした」

「ああ。この町じゃマリアの料理が一番うまいけどな」

「マリアさんの漬《つ》けるピクルスは、特においしいですよね」

りあはうんうんと頷《うなず》いた。絶妙な味つけが癖になるので、それ目当ての客も多いらしい。

結構な量を飲んでいたはずなのに、大剣を背負うレクスの足取りはしっかりしている。その背を眺めていたりあは、ひらひらと白いものが舞い落ちてくるのに気付いた。

空を見上げると、月明かりを受けてぼんやり輝く浮島から、花弁が降ってきていた。

「浮島が綺麗ですよ、レクス教官。夜に見るのもおつですね」

「ああ、そうだな。この時期はこれを見に来る観光客もいるくらいだ。カノンは他の町より浮島がよく見えるからな」

「そうなんですか？」

　どうやら、りあはいい時期に来たらしい。

「宿の名が花降り亭なのも、マリアの死んだ旦那がこの景色に惚《ほ》れて引っ越してきたかららしいぜ」

「あの名前に、そんな思い出があったんですね」

　確かに幻想的で美しいので、そういう人がいてもおかしくはない。花降り亭に向かってのんびり歩きながら、りあは浮島を眺めた。

　白い花びらのせいで霞《かす》んで見える浮島は、桜吹雪《さくらふぶき》の舞う日本の春を思い出させる。りあはまたホームシックになってしまい、胸がきゅっと痛んだ。

（なんか、急に寂しくなってきちゃった。今まではここでの生活にいっぱいいっぱいで、周りを見る余裕がなかったもんね）

　流されやすい性格のりあは、ある意味、順応性に優れていた。変なこだわりがない分、異質なものを受け入れやすいのだ。それはこんな異界の地で暮らすのにも役立っていたが、りあは自分をしっかり持っている人に憧《あこが》れていた。

りあにとっては自分という人間の輪郭《りんかく》があいまいで、とらえどころが分からない。ゲームのアバターであるユーノリアになりたいと思ったのは、分かりやすい憧れの象徴だったからだ。

（そういえば実家に帰るたびに、しっかりしなさい、自分の考えを持ちなさいって言われてたわね）

家族はりあの性格をよく分かっていて、しっかりしろ、もっと自分を持てと言ってくる。だが、何をしたいのかもよく分からないりあには、頑張りようがなかった。

正反対の性格をした妹からは、お姉ちゃんを見ているとなんだかムカつく、自分の意見はないのかと、いきなりなじられたこともある。

あの頃は、なぜそんなことを言われなければならないのかと、もやもやしていた。けれど、今ならなんとなく分かる。あの妹の言葉も、きっとりあに対する心配から来ていたのだろうと。

こんな異世界で、違う人間になっている状況で、自分の持つ危うさにようやく気付くとは。あまりに滑稽《こっけい》すぎて笑えない。

（家に帰って……皆に会いたいな）

母と妹の顔に続いて、大らかで優しい父親の顔も思い浮かぶ。これ以上考えては危険だと考え、りあは浮島から目を逸《そ》らした。そして、レクスに別の話題を振る。

「あの、レクス教官。さっきの話なんですけど……。お兄さんは助かったんですか？」

レクスの歩みが急に遅くなった。

振り返った彼の顔は、どこか不機嫌そうに見える。

「……まあな。ドラゴンに潰《つぶ》された左足はやむなく切断したが、義足をつけて仕事をこなしてるよ。たまには、ゆっくり休めばいいのにさ。……なんだよ、その驚いたような顔は」

「レ、レクス教官って、まさかのブラコンですか？」

「ブ……何？」

「ええと、お兄ちゃん子？」

その言葉を聞いて、レクスの眉間《みけん》に深い皺《しわ》が刻まれた。彼の地雷を勢いよく踏んでしまったらしいことに、りあは遅れて気付く。

「麗《うるわ》しい兄弟愛と言え！　なんだそのふざけた言い方は！」

「ええー、図星《ずぼし》なんですか？　……あ、もしかして二人兄弟だとか？　それでブラコンに？」

「兄貴は他にも三人いるよ。ドラゴンにやられたのは一番上の兄だ」

「大家族なんですね！」

意外な事実が発覚して、りあは更に驚いた。レクスはマイペースなので一人っ子ではないかと推測していたのに、まさか五人兄弟の末っ子とは。

（いや、違う。末っ子だからこそ自由な性格をしてるのよ！）

家を出て海外に飛び出していったりするのは、だいたい末っ子だと聞く。家を出て冒険者をしているレクスも、それにぴったり当てはまる。

「別に俺だけじゃねえぞ、兄貴を助けたいと思ってるのは。あの人はほぼ完璧なんだが、どっか抜けてるんだ」

「んん？　完璧ってどういうことですか？」

「容姿よし、性格よし、その上頭が切れるし、剣と弓の腕も騎士団顔負けで……」

「それはさすがに嘘でしょう。そんなお伽噺《ときばなし》の王子様みたいな人がいますか！」

思わずツッコミを入れるりあに、レクスは平然と返す。

「そう言いたい気持ちはよく分かるが、事実なんだから仕方がない。そのくせ天然で、ちょっとしたドジをやらかすんだよ。だから、周りの奴らは助けたくなるってわけだな」

「確かに完璧な人がちょっとドジをやらかすと、ギャップがあって可愛らしいですよね……って、やっぱり嘘でしょ」

「本当だ。兄貴が大怪我《おおけが》をしてからは、他の兄達がその分頑張ってる。兄貴を少しでも休ませるためにな」

「ふーん、なんだか忙しそうなお家ですね」

レクスは育ちがよさそうだし、兄弟そろって働いているということは、実家は家族経営の商家とかなのかもしれない。どうにも嘘くさい話だが、レクスの目がいつもより優しく見えるので、おそらく真実なのだろう。

（レクス教官って家族想いの人なのね。ちょっと見直しちゃった）

彼の意外な一面を知って、少しだけ印象が変わる。言葉がきつくて怖い人としか思っていなかったが、実はいい人なのかもしれない。

りあがうっすら微笑《ほほえ》んでいると、ふいにレクスが聞いてきた。

「話は変わるが……あんたさ、これからどうするんだ？」

「え……と？」

りあは顔を強張《こわば》らせた。これからどうするのか？　という質問は、最も苦手なのだ。

「とりあえず冒険者にはなっただろ？　徐々に記憶も戻ってきてるみたいだし、何かしたいことがあるんじゃないのか？」

「うーん、そうですね……ひとまず旅に出られるだけのお金を貯めたいです」

りあは当たり障《さわ》りのない答えを返した。

再び入れ替わるための情報集めと、魔人ヴィクターによる死亡フラグの回避。それが大きな目的と言えるが、何をするにしてもお金は必要だ。しばらくは冒険者稼業を続けるしかないだろう。

だが、再び入れ替わる方法を探すためには、遅かれ早かれカノンの町を出なくてはいけない。このままここにいても、目ぼしい情報など得られそうにないからだ。

「そういえば私って、この町を出てもいいんですか？　レクス教官の監視対象なんですよね」

「あんたが怪《あや》しいことに代わりはねえが、監視はもうやめた。好きにしな。だが、町を出る時は俺に一言言ってけよ」

「あ、もしかして弟子が心配なんですか？」

りあが冗談めかして聞いてみると、レクスが苦い顔をした。

「馬鹿か。何かあった時の保険に決まってんだろ」

「ええ、そうだと思いました」

りあは笑って返す。たった一週間かそこらで、レクスとの間に師弟愛が芽生えたとは思っていない。

「疲れてるんだろ、とっとと休め」

りあが酔っぱらっていると思ったらしいレクスは、珍しく優しい口調で言った。

「はーい」

そう素直に返事をした時、背後からガラガラと車輪の音が聞こえてきた。なんだろうと思ったりあは足を止め、後ろを振り返る。

車輪の音はどんどん大きくなり、やがて少し先の外灯の下に、黒い馬がぬっと飛び出してきた。

「危ない！」

レクスの鋭い声が響き、りあは彼に腕を引っ張られた。そのまま二人は、すぐ傍《そば》の路地裏に避難する。唖然《あぜん》とするりあの眼前を、馬車が猛然と走り抜けていった。

走り去った馬車に向かって、レクスが激しく毒づく。

「なんだあれは、危ねえな！　御者《ぎょしゃ》がいないところを見るに、馬の繋《つな》ぎ方が甘くて逃げたのか？」

「び、びっくりしました」

今になって、りあの心臓がドクドクと鳴り始める。レクスが助けてくれなかったら、あのまま撥《は》ねられていたかもしれない。

その時、上の方から軽薄そうな男の声がした。

「あはは、ざーんねん」

聞き覚えのある声に、りあはギクリとする。恐る恐る見上げると、英国紳士風の服装に身を包んだ青年が、民家の屋根に座って足をぶらぶらさせていた。

月明かりを浴びて、青年の銀髪がキラキラと光る。その肩に止まっている小さな使い魔が、金の目玉をギョロつかせた。

「嘘……ヴィクター!?」

酔いが一気に冷めるのを感じながら、りあは慌てて杖を構える。

「あいつがヴィクターだって？　おい、どういうことだ。なんであんたが魔人のことを知ってる」

レクスは背負っている大剣の柄《つか》に右手を添え、ヴィクターから目を逸《そ》らさずに尋《たず》ねた。

ピリピリした空気の中で、りあは顔を引きつらせる。りあにとってはヴィクターとレクス、どちらも同じくらい怖い。

「う……。えーと、えーと」

「言いたくないか？　じゃあ、この二択ならどうだ。あいつはあんたにとって敵か？　味方か？」

「もちろん敵です！」

りあは勢いよく答えた。するとヴィクターが、耐えられないというように噴き出す。

「あっはっはっは、そちらの青年は愉快な方ですね。見て分かるでしょう？　その娘は人間で、私は魔人。どう見たって敵同士です。――ねえ、ユーノリア？」

ヴィクターの冷たい微笑《ほほえ》みにゾッとして、りあは反射的に宝石精霊《ほうせきせいれい》を呼び出す。

「ハナ、エディ、出てきて！」

『はい！』

『はーい！』

ポンッと軽い音を立てて、ハナとエディが現れた。すぐにヴィクターに気付き、エディが毛を逆立てる。

『あ、またあいつだ！』

怒れる小動物のことなど一切気にせず、ヴィクターは悠然《ゆうぜん》と足を組み、飄々《ひょうひょう》としている。彼が首を傾《かし》けると、左目につけているモノクルが鈍《にぶ》く光った。

「あなたは本当にしぶといですよねえ。今の馬車、あなたを狙ったんですけど、気付きました？　ユーノリア……いえ、白の番人さん」

仕掛けたドッキリを明かすようなノリで、殺人計画を告白するヴィクター。そんな彼が、りあには得体の知れない生き物に見えた。攻撃するのはもちろん、逃げるのさえ怖い。

レクスはヴィクターの言葉を聞いて、怪訝《けげん》そうにりあを見た。

「は？　白の番人？」

（ああっ、レクス教官にバレた！　巻き込みたくなくて黙ってたのに！）

りあの膝《ひざ》が震え始める。ヴィクターは怖いけれど、それ以上に知人を巻き込むことがもっと怖い。謝罪の言葉が自然に口から零《こぼ》れた。

「ごめんなさい、レクス教官。本当にごめんなさい……」

「謝るってことは、あんたが白の番人だって認めるのか？」

そう確認するレクスに、りあは無言で頷《うなず》く。そして、再びヴィクターを見上げた。

彼が町の中に入れるということは分かったが、それなら今までりあを放置していた理由が分からない。

そのヴィクターもレクスの問いに、うんうんと頷いた。

「そうですよ。いやあ、あなたもお気の毒に。その娘とちょっと食事して帰っただけで、私の獲物になってしまったんですから」

「ちょっと、やめて！　この人は関係ないでしょ！」

『そうだそうだ！』

りあが思わず一歩前に出ると、エディも同意して叫んだ。

するとヴィクターは嬉しそうに笑う。

「ああ、その台詞《せりふ》！　以前のあなたからもよく聞きましたよ。『その人は関係ない、巻き込まないで』。魔人に人間の頼みを聞く義理などありませんのにねえ」

『このーっ！』

ぶち切れたエディがヴィクターめがけて、まっすぐに飛んでいく。

だが、ヴィクターが小声で呪文を呟《つぶや》くと、エディは魔法の風で吹き飛ばされた。

「エディ！」

こちらに飛んできたエディを、りあは両手で受け止める。幸い怪我《けが》はないようだった。

「ペットの躾《しつけ》は、もう少し厳しくした方がいいのでは？　勝ち目のない相手に飛びかかるなんて、ただの馬鹿ですよ」

『うるさーい！』

りあの腕の中で、エディがじたばたと暴れる。そんな小さな精霊のことなど気にした様子もなく、ヴィクターはりあに話しかけてきた。

「白の番人殿――いや、中身を入れ替えられた別人なんでしたっけ？　非常に面白いですねえ。この数日、じっくり観察させてもらいましたよ。どうやらあなたは本物の番人並みに魔法を使えるらしい。雪山では面白い魔法を見せていただいて、ありがとうございました」

そこで、ヴィクターは首をひねる。

「ええと、ショートカット……でしたっけ？　我々魔人が有する魔法の体系に、あんなものは存在しません。かといって、人間が使っているところも見たことがない。ということは、あなた独自の技術ということになりますよね」

ただ話しかけられているだけなのに、りあの背筋を冷や汗が伝う。目に見えないプレッシャーに押し潰《つぶ》されそうだった。

「いったいなんの用ですか。こんな雑談をしに、わざわざここへ？」

屋根の上のヴィクターに向かって、りあはそう尋《たず》ねる。だが、りあが瞬《まばた》きをした直後、ヴィクターはすぐ目の前に立っていた。

ぎょっとして固まるりあに、ヴィクターは綺麗な笑みを浮かべてみせる。

「是非、あなたと話がしたいのです。色々教えていただけませんか？　……まずは、禁じ手の魔法について」

その瞬間、闇夜に銀色の光が閃《ひらめ》き、ガンッとすさまじい音がした。見ればヴィクターの真横にある民家の壁に、大剣が突き刺さっている。

壁に大剣を投げつけて二人の会話を遮《さえぎ》ったレクスは、じろりとヴィクターを睨《にら》む。

「大人しく横で話を聞いてりゃ、勝手なことばっかり言いやがって……いけすかねえ。こいつが白の番人だとか、中身を入れ替えられた別人だとか、んなことは今はどうでもいい」

レクスはヴィクターを見据《みす》えたまま、静かに問いかける。

「お前、エスバーン村を覚えてるか？」

「エスバーン？　さて……」

動じた様子もなく、ヴィクターはただわずかに首を傾《かし》げた。

「村なんて、どこも似たようなものですからねえ……」

「お前がドラゴンの子どもを投げ込んだせいで、壊滅した村だよ！」

「……ああ、あの北の。あれはなかなか愉快でしたね。人間に裏切られたと勘違いしたドラゴンは怒り狂い、襲われた村人達もドラゴンに裏切られたと思って絶望し……。最高のすれ違い劇でした」

ヴィクターは挑発するように笑ったが、意外にもレクスはそれに乗らなかった。

「そうか、事実が確認できればそれでいい。はあ……長かった。ようやく兄上の足の仇《かたき》が取れる」

レクスは満足げに息を吐き、もう一度ヴィクターに目を向けた。

先ほどとは顔つきがすっかり変わったレクスは、口の端を吊り上げて獰猛《どうもう》に笑う。

「もういいから、くたばれよ」

ガァン！　と甲高《かんだか》い金属音が響いた。

レクスの大剣とヴィクターの杖がぶつかりあった音だ。

「田舎《いなか》の冒険者ごときが……私を殺す？　ふざけないでください」

ヴィクターの顔からも余裕が消え、その場は剣呑《けんのん》な空気に包まれる。

『ユーノリア様、こっちへ！』

「えっ？　でも、ハナ……」

『大丈夫です、あの方は強い。ハナには分かります』

「……分かったわ」

りあは頷《うなず》くと、ハナの誘導に従い、レクス達から少し距離を取る。

その間にも、二人は激しく交戦していた。

レクスが大剣を構えて、そのまま素早く薙《な》ぎ払う。するとヴィクターの姿が揺らぎ、一瞬で消えた。

だが、どうやらヴィクターの方が押されているようだ。狭い路地裏で戦っているにもかかわらず、レクスは大剣を自由自在に操り、ヴィクターを壁際に追い詰めていく。

「くっ……」

やがてヴィクターはよろめき、壁際に積まれていた木箱に背中を預けた。

「とどめだ！」

レクスが大剣を振りかぶり、上から叩きつけるように振り下ろした。

ドガシャンと激しい音がして、辺りに木片が飛び散る。

「きゃっ」

それと同時に爆風が起き、りあは飛んできた細かな木片から目を守るため、腕で顔を覆《おお》う。大きな木片は、エディが風の魔法で弾き飛ばしてくれた。

りあが再び目を開けると、左腕を押さえたヴィクターが、屋根の上から悔しそうにレクスを睨《にら》みつけている。状況はよく分からないが、ひとまず決着がついたようだった。

「今日は挨拶《あいさつ》だけにしておきます。また後日、遊びましょう」

「待て！」

レクスは叫んだが、すでにヴィクターの姿はなかった。

「ちっ、逃がしたか……。しかし、あれが『歩く天災』か。接近戦は不得意なのかもしれねえが、大したことなかったな」

そんなことを呟《つぶや》くレクスを、りあは呆然《ぼうぜん》と見つめる。

「た……大したことないんですか？」

「まあ、次に会ったら確実に仕留められるだろう」

「すごい……」

レクスがすごすぎて、りあの口からはそんな感想しか出てこなかった。

（『竜殺しのレクス』なんて呼ばれてるだけあって、規格外の強さだわ……）

りあの横では、宝石精霊《ほうせきせいれい》達がはしゃいでいる。

『あいつを追い払える剣士なんて初めて見た！』

『狭い場所で戦ったのが幸いしたんですね。きっと大剣をよけにくかったのでしょう。ヴィクターのような魔法使いは接近戦に弱いものですし……運がよかったですね、ユーノリア様！』

ハナは冷静に分析したが、りあには運というより、ただレクスが強すぎただけとしか思えなかった。

喜ぶ精霊達とは対照的に、りあはだらだらと冷や汗を流す。他人を巻き込まないために素性《すじょう》を隠していたのに、魔人ヴィクターのせいでレクスに番人だとバレてしまった。

レクスは大剣を背中の鞘《さや》に収めてから、りあに向き直る。

「記憶喪失とかいうわりに、色々怪《あや》しい行動をしてた理由がよーく分かったよ」

「あはは……」

レクスが一歩近付いてきたので、りあは苦笑しつつ一歩下がる。

「あんたは白の番人で、ただし中身は別人？　いったいどういうことなのか、もちろん教えてくれるよな？」

「え、ええと……」

どうすればいいのか分からなくて、りあは視線をさまよわせながら、じりじりと後ろに下がる。だが、地面に落ちていた木片につまずき、背後の壁にもたれかかった。

その壁に、レクスが片手をつく。後ろには壁、前にはレクスという状況になってしまい、りあは怯《おび》えて身をすくめる。

「あ、あの、そのっ」

しどろもどろになりながら、りあは心の中で叫んだ。

（怖い、めちゃくちゃ怖いっ！　誰よ、壁ドンが萌《も》えるだなんて言った人は！）

レクスは微《かす》かに笑みを浮かべているが、目は笑っていなかった。とにかく威圧感がすごい。

「嘘をつくとか、黙秘するとか……そういうのはやめにしよう。あんた、どうやらあの魔人に狙われてるみたいだし……敵の敵は味方ってことで、俺と仲よくしようぜ」

「つつつつまり、私を囮《おとり》にしたいと⁉」

りあが裏返った声で言えば、レクスはにやりと笑う。今まで見た彼の表情の中で一番友好的に見えたが、りあは寒気を感じる。

「その代わり、あんたのことを守ってやるよ。いい提案だろ？」

りあは顔を引きつらせながらも、結局頷《うなず》くしかなかった。

◆

強引で一方的な取引が行われた後、りあは詳しい事情を聞かせろと言われて、宿の部屋でレクスと二人きりになっていた。

秘密を守るためには仕方のないこととはいえ、猛獣の檻《おり》に入れられてしまったネズミのような気持ちになる。

二人でテーブルを挟んで座り、りあは自分の身に起きた出来事を洗いざらい話した。

それきり難しい顔で考え込んでいるレクスに、ひとまずお茶を淹《い》れる。

「はい、どうぞ」

「おう」

レクスはカップを受け取り、お茶を一口飲む。りあは自分の分のお茶もカップに注《そそ》いで、向かいの椅子に座った。

「あんたはチキュウという世界のニホンという国に住んでて、この世界のことはゲームで知った……と。そのゲームというのはなんだ」

「パソコンっていうこれくらいの機械があって、そこに映し出される物語を自分で進めていく遊び……といえば分かってもらえるでしょうか。その登場人物の一人を、私は自由に動かすことができたんです」

「その登場人物というのが、前のユーノリアだったと」

「はい」

りあが頷《うなず》くと、ハナが興奮した様子で横から口を挟む。

『今のユーノリア様は、元々天界の方なんですよ！　すごいですよね？』

「悪いが、チビは黙っててくれ。話がややこしくなる」

『す、すみません……』

レクスに注意され、ハナは落ち込んでしまった。

そんなハナをエディがよしよしと慰《なぐさ》める。

「とにかく別の世界の人間の人格と、この世界の人間の人格が、魔法で入れ替わったってことか。あんたが白の番人ってことだけでも嘘くさいのに、とんでもねえ話だな。そんな魔法があるなんて初めて聞いたぞ」

「ええ……私自身も未だに夢を見ている気分です」

りあは苦笑まじりに返した。

すると落ち込んでいたはずのハナが、黒い目をキラキラさせて言う。

『ユーノリア様だからこそできたことです。あの方は幼い頃から天才と言われていて、塔群《タワーズ》の長様《おささま》がわざわざ養子にしたくらいなので』

「塔群……。あそこの長のお墨付きなら天才に違いねえな。ところでユーノリアってのは、本物の方の名前なのか？」

レクスの問いに、りあは首を横に振る。

「いいえ、私の名前も同じです」

「そうなのかよ。余計にややこしいな」

椅子の背もたれに体を預けてレクスはぼやいた。そしてお茶を一口飲むと、別の質問をする。

「あんたは元の世界でも魔法使いだったのか？」

「いえ、それはあくまでゲームの中での話です。私自身は図書館で司書の仕事をしてました」

「だから本の整理が得意なんだな」

「ええ、まあ」

「つまり魔法の知識はあるが、実際に使ったことはないから、あれこれ戸惑ってたってわけか。なるほどな」

あっさり納得したレクスに、りあは驚く。

「信じてくれるんですか?」

「ひとまず信じるしかねえだろ。一旦呑み込んでおかないと、話が先に進まねえ」

「レクス教官って、いつでも冷静なんですね」

りあは感心しながら言った後、今度はハナに問いかける。

「そういえばハナ、ユーノリアの出身地は塔群《タワーズ》ってところなの?」

『ええ。といっても、元々は孤児だったそうですから、本当の出身地は分かりません。ご家族と言えるのは師匠である長様《おささま》と、彼のお孫さんしかいませんよ。その長様も五年前に亡くなり、ユーノリア様が白の書を引き継ぐことになりました』

「孫がいるなら、そいつが継ぐべきじゃないのか?」

レクスの言葉を聞いて、ハナは急にしょんぼりした。

『ユーノリア様の方が実力が上だったということもありますが、どうやら長様は、お孫さんに苦労をさせたくなかったみたいで……。後で真実を知ったユーノリア様は、大変ショックを受けておいででした』

『じいちゃんの養子になったせいで、こんな苦労をさせられるなんて、ひどいですよね！』

エディはまるで自分のことのように怒っていた。

「そうだったの……。それもあって、ユーノリアは追い詰められちゃったのね」

育ての親の裏切りに遭《あ》い、魔人ヴィクターに付け狙われて……あまりに悲惨すぎる。

「でも、私もずっとこの世界にいるわけには……。元の世界に家族がいますし、仕事もありますし……。あの、入れ替わりの魔法について、レクス教官は何かご存知ないですか？」

「さっきも言ったが、そんな魔法は初めて聞いた。しかも、こんな田舎《いなか》じゃ調べるのも無理だな。王都……いや、塔群の大図書館に行くのが賢明だろう。だが、塔群には本物のユーノリアを知る魔法使い達がいる。それがネックだな」

その言葉に、りあは目を丸くした。

「え、なんでですか？」

「魔法使いってのは、どいつもこいつも知りたがりなんだ。中にはとんでもない研究バカがいて、残酷な実験をやらかすこともある。未知の魔法で人格が入れ替わったと知られたら、あんたはどうなると思う？」

「……人体実験ですか」

さあっと青ざめたりあに、レクスは大きく頷《うなず》いた。

「そうなるな。だけど、危険覚悟で塔群《タワーズ》に行くしかねえんじゃねえの？　元の世界に帰りたいんだろ？」

「はい……でも……」

調べるのさえも危険なのかと思うと、りあは鉛《なまり》でも呑み込んだかのような、沈んだ気持ちになった。レクスは怪訝《けげん》な顔をする。

「何を迷ってる。戻りたいなら、そうするしかねえだろ」

「そうなんですけど……」

「煮え切らない奴だな。戻れなくてもいいのか？」

「……分かりません」

りあは首を横に振る。改めて聞かれると、自分が本当に戻りたいのかどうかも分からない。

ヴィクターに狙われていることを除けば、ここでの生活は気に入っている。ユーノリアになって冒険をしてみたいと思っていたのも本当だ。

（元の世界に戻ったところで、何かしたいことがあるわけでもないし……家族には会いたいけど、それ以外に死ぬほど恋しい人もいないわ）

むしろボランティアの関口のことを思い出すと、憂鬱《ゆううつ》な気分になる。現実逃避《とうひ》だというのは分かっているが、逃げることがそんなに悪いことだろうか。

だが、りあの答えは、レクスのお気に召さなかったらしい。

「分からない？　自分のしたいことも分からないのか？」

責められたように感じて、りあは無言でうつむいた。彼の言葉がトゲみたいに心に突き刺さる。

りあは昔から自分のやりたいことが分からない。情熱ややりがいという言葉の意味は分かるけれど、それがどんなものなのか、さっぱり理解できないまま大人になってしまったのだ。

『こらあ！　ユーノリアしゃまを虐《いじ》めるなっ』

見かねたエディが、毛を逆立ててレクスに怒鳴った。とはいえ見た目はただの小動物なので、大して迫力はない。レクスはうるさそうに片眉を跳ね上げた。

「虐《いじ》めてなんかいない。ただ聞いただけだろうが」

『お前は鏡を見てからものを言えっ。責めてるようにしか見えないぞ、このチンピラっ』

「なんだと、この小動物。ラピスと似たようなことを言うんじゃねえよ」

エディとレクスの間に口論が勃発《ぼっぱつ》した。両者が睨《にら》み合う中、りあは恐る恐る口を挟む。

「あのー、二人とも、もう夜も遅いので静かにしてください」

「ああ、そうだな。ひとまず事情は分かった。……だがあんたは、もうちょっと自分の将来について考えてみろ。そんなんじゃ、どこ行ったたって足元をすくわれるぞ」

レクスは耳の痛いことを言って席を立った。そして「おやすみ」と言い残して、りあの部屋から出ていく。

『元気を出してください、ユーノリア様。そのうち答えが出ますよ』

「うん、ありがとう。ハナ」

励ましてくれるハナに礼を言い、りあも就寝準備に入った。

三章　情報探し

窓から差し込む日射しで目が覚めたりあは、ゆっくりと身を起こした。

昨日の疲れがまだ残っているのか、少し体が重い。

りあはカーテンを開けて伸びをした。雲一つない青空に、浮島から飛んできた花弁がひらひらと舞っている。

それを見ながら、りあは大きな溜息《ためいき》を吐《つ》いた。

自分のしたいことも分からないのか？　というレクスの問いが頭の中をぐるぐる回り、あまり眠れなかったのだ。

(自分がどうしたいかなんて全然分からない……。これってやっぱり変なのかな)

成し遂《と》げたい夢や目標など特にない。だから場当たり的に、なんとなく生きてきた。

それで困ったことはないし、このまま年老いて死ぬんだろうと思っていたのだ。

だが、悩んでいても腹は減る。りあは手早く身支度《みじたく》を整え、朝食を取ろうと一階に降りた。

「おはよう、ユーノリアちゃん。昨日はありがとうね！」

りあに気付いたマリアが笑顔で話しかけてきた。

「おはようございます、マリアさん」

昨夜に引き続き、今朝も食堂を閉めているらしい。いつもはがやがやしている食堂が、しんと静まり返っている。けれど、テーブルの一つにパンとスープ、スクランブルエッグに厚切りベーコンという豪勢な朝食が並んでいた。

それを見た瞬間、重い気持ちが眠気と一緒に吹き飛んだ。マリアはその席にりあを案内して、にこにこと笑う。

「昨日のお礼だよ。ララは朝にはすっかり熱が引いてね。大事をとってしばらくは休ませるけど、もう大丈夫だろう。本当にありがとう、ユーノリアちゃん」

「マ、マリアさん、こんなに高そうなお食事を出されても、代金をお支払いできませんっ」

「あっはっは、あんたってばまったく……。お礼なんだから、金を払えなんて言うわけないでしょ。ご馳走《ちそう》するに決まってる。夕食もたくさん食べさせてあげるから、今日は早く帰っておいで。ついでに、レクスの旦那に借りてる分の宿代もチャラにしてあげるよ」

「ええー!? それはやりすぎです、マリアさんっ。私、そういうつもりで薬草を採ってきたわけじゃないし、宿代はちゃんと払います。……でも、せっかくなので今日の朝食と夕食については、お言葉に甘えさせていただきます」

「それだけでいいのかい？」

残念そうなマリアに、りあはぶんぶんと頷《うなず》く。

そこへ大きな声が割り込んできた。

「馬鹿だな。ありがたくチャラにしてもらっときゃいいのに」

「わっ、びっくりした。おはようございます、レクス教官。もう、驚かさないでくださいよ」

足音がしなかったので、りあは本気で驚いた。

「悪かったな」

冒険者ギルドの制服をかっちりと着込み、銀製のアクセサリーをあちこちにつけたレクスは、そっけなく返す。そして、ちらりとマリアを見た。

「俺の分の食事はあるか？　ないなら適当に屋台で済ませるが」

「大丈夫だよ、旦那。宿泊客分の朝食と夕食はちゃんと用意してあるんだ。ただ、食堂の再開は明日の朝にするから、今日の昼食は外でお願いね」

「分かった」

レクスは頷いて、りあに断ることなく向かいの席に座る。マリアは鼻歌まじりに台所へ戻っていった。りあの食事を一瞥《いちべつ》してから、レクスは再び口を開く。

「よかったな、いつも足りなくて腹を空《す》かせてたんだろ？」

「えへへ、ばれてましたか。あ、昨晩はご馳走《ちそう》様でした」

「ああ、気にすんな。……ったく、憎たらしいくらい普通だな、あんた」

「はい？」

フォークを手に取った体勢で、りあはきょとんとした。レクスはじっとりした目でこちらを見ている。

「また魔人が襲ってきたらどうしようとか、思わないのか？」

「はあ……。でも、あの人がいつどこから来るかなんて知りようがないですし、どうしようもありません。第一、今の私にはそれより大事なことがあるので」

「なんだ？」

「生活費の確保です！」

きっぱりと言い切ったりあに、レクスはがっくりと肩を落とす。

「これが番人って、絶対に人選ミスだろ……」

「何か言いました？」

「別に」

疲れたような顔で視線を逸《そ》らすレクス。りあは首を傾《かし》げたが、それよりも朝食が気になったので、せっせと食べ始める。

すぐにマリアがレクスの分の朝食を運んできた。食器はテーブルに置いたままにしておくようにと言って、マリアはそのまま立ち去る。

「あんた、今日はどうするつもりなんだ？」

「ギルドにダイヤ草を提出したら、お部屋でのんびりします。さすがに今日は出かけたくないので」

「まあ、それがいいだろうな」

「レクス教官は？」

「俺は昨日の件の報告書作りだ。面倒くせえな……ラピスに押しつけるか」

悪態をつきながらも、レクスは上品に食べ進めていく。

(ラピスさん、お気の毒様です)

りあは憐《あわ》れな猫の従者を思い浮かべて、心の中で手を合わせた。

「そういえば、ラピスさんは戻ってきたんですか？」

「いいや。だから静かだろ？」

「そ、それは頷《うなず》きにくい質問ですね！」

ラピスがいると確かに騒がしいけれど、りあはその騒がしさが嫌いではない。それにレクスと二人きりだと間がもたないから、ラピスがいてくれるとちょうどいいのだ。だから、レクスにもだいぶ慣れてきたが、二人でいるのはまだちょっと落ち着かない。

りあは食事に意識を集中させた。

厚切りベーコンがジューシーで最高においしい。りあが思わず頬《ほお》を緩《ゆる》ませていると、レクスが興味深そうに尋《たず》ねてきた。

「そんなにうまいのか、それ」

「えっ？　あげませんよっ」

りあはベーコンの皿を手元にさっと引き寄せる。そんな彼女に、レクスは呆《あき》れた目を向けた。

「横取りするわけないだろ。ラピスじゃあるまいし」

「……あの～、前から気になってたんですが、レクス教官とラピスさんはどういったご関係なんですか？　主人と従者にしては気安いというか、適当な感じですよね」

レクスはラピスを雑に扱っているが、ラピスの方もレクスに対してやけに気さくで、ただの主従を越えた信頼関係があるように見える。だから、りあはラピスが可哀想だなと思うことはあっても、助けようとは思わないのだ。

レクスは黒パンをちぎってスープにひたしながら、昔を思い出すような顔をした。

「まあ、あいつとは俺が生まれた時からの付き合いだしな」

「えっ？　まさか乳兄弟《ちきょうだい》というやつですか？　教官はラピスさんのお母さんのお乳で育てられたとか？」

「……いくらなんでも乳母《うば》は同族を選ぶ。あいつの家系は代々俺の家に仕えてるから、その縁で俺の護衛についてるんだ」

「やっぱりレクス教官って、いいお家の人なんですね。なんとなく、そんな感じはしてました」

「どの辺が？」

「だって食べ方が綺麗じゃないですか。なんだか品がありますよ」

りあが褒《ほ》めると、レクスは「そうか」とそっけなく返した。

食べ方は綺麗だが、食べる速度はかなり早い。りあはまだ半分しか食べていないのに、レクスはすでに食べ終わり、最後にお茶を飲んで席を立った。

「俺は先に失礼する。ユーノリア、後でミーティングするぞ」

「えっ、後っていつですか？」

「さあ。俺の用事が終わった後だな。昨日の今日でヴィクターが襲ってくるとは思えねえし、昼間は明るいから大丈夫だとは思うが、出かける時は宝石精霊《ほうせきせいれい》を呼び出しておけよ。もし何かあったら冒険者ギルドに来い。俺は今日は内勤だから」

「はい、分かりました。お気を付けて」

言うだけ言ってさっさと出かけていったレクスを見送ると、りあは一人で苦笑いする。

「あんなマイペースな人についていけてるラピスさんって、ほんとすごいわ」

だが、そう言うりあも、レクスのペースに慣れてきている。順応力が高すぎる自分が少し怖かった。

◆

午前中を自室で過ごしたりあは、昼食がてら冒険者ギルドへ出かけることにした。

宿の外に出てから、宝石精霊《ほうせきせいれい》のエディとハナを呼び出す。

『今日はいい天気ですね、ユーノリア様。どちらにお出かけですか？』

ハナが鼻をひくひくさせながら、嬉しそうに言った。

「お昼ごはんついでに、冒険者ギルドへ行くの。ダイヤ草を提出すれば報酬《ほうしゅう》がもらえるわ」

『わーい、これで貧乏脱出ですね！　昨日の洞窟で魔虹石《まこうせき》をたくさん拾いましたし、あれを売るだけでもいい値段になりますよ』

エディは、張り切った様子でりあに言う。

『ユーノリアしゃま。僕、周りに怪《あや》しい奴がいないか、ちょっと見てきますね！』

「うん、分かった」

りあが返事をし終わらないうちに、エディはびゅんと飛んでいく。

『もうっ、エディったら。ユーノリア様に失礼でしょっ』

ハナが空に向かって叱るが、とっくにエディの姿はない。りあは二匹のやりとりにくすくす笑いながら、大通りを歩き始めた。

通り沿いに、軽食の屋台がいくつも出ている。

砂糖をまぶした揚げパンや、野菜とひき肉を挟んだクレープのようなものなど、売り物は様々だ。

「おいしそうだねえ。今日は揚げパンくらいなら買えるかも」

『しっかり食べて元気を出してくださいね、ユーノリア様』

ハナがにっこり笑って言った。

「ハナとエディは、ああいうのは食べないの？」

りあが果物の屋台を指で示すと、ハナは顔を明るくする。どうやら、さくらんぼに似た木の実に興味をひかれたようだ。

『精霊は主に魔力を食べるんですが、ああいった小さな木の実も好きですよ。甘くておいしいです』

「そっかあ、なんか可愛らしいな」

お財布に余裕ができたら、おやつに買ってあげようかなと考えながら、りあは道端で立ち止まる。そして屋台を眺めつつ、お昼ごはんの候補を考えた。

「やっぱり揚げパンかなあ？」

その時、誰かの大声が耳に飛び込んできた。

「おーい、こっちこっち！」

若い男が、通りを進む荷車に向かって大きく手を振っている。薄汚れたつなぎを着ているので、何かの作業をしているところなのだろう。

よく見れば、近くの家の外に足場が組まれ、数人の男達が屋根を修理していた。ロバが牽《ひ》く荷車には赤い瓦《かわら》が山と積まれていて、かなり重そうに見える。

「へえ、瓦屋根の修理ってああやるのね」

ヨーロッパにあるような石造りの家々は、りあには物珍しかった。しばし眺めてから、荷馬車の横を通ってギルドへ向かおうとしたのだが――

「危ない！」

そんな声と同時に腕を引っ張られ、りあは思わずよろめいた。

「きゃ!?」

直後、りあの足元からガシャンと音がして、右足に痛みが走る。地面に尻もちをついたりあは、さっきまで自分が立っていた場所に、瓦が落ちているのを見つけた。

「君、大丈夫？」

りあの傍《かたわ》らにしゃがみ込み、心配そうに声をかけてきたのは、軽騎士の格好をした女性だ。黒のショートヘアと赤い目が特徴的な、男装の麗人《れいじん》である。

出るところは出て、引っ込むべきところは引っ込んでいるという、女らしい体つき。

それなのに、なぜだか「王子様」と呼びたくなる。

どうやら彼女がりあを瓦から守ってくれたようだ。思わずぽーっとしていたりあは慌てて答える。

「は、はい。大丈夫です」

「そう、よかった。……ちょっと、危ないじゃないか！　荷物はちゃんと縛っときなよ！」

女性は立ち上がり、荷車に向かって文句を言った。

修理工の一人が足場から降りて、こちらに駆け寄ってくる。

「ジョン、お前、何やってんだ！　見ろ、紐《ひも》がほどけてんじゃねえか！」

「あれっ？　でも親方、俺はちゃんと縛ったし、確認もして……」

「言い訳はいいから、まずは謝れ！　ほら！」

「……すみませんでした」

親方に頭をどつかれて、ロバの手綱《たづな》を握る青年が渋々《しぶしぶ》謝った。

「いえ、そんな。大丈夫ですから……痛っ」

慌てて立ち上がったりあだが、右足に痛みを感じて顔をしかめる。見れば瓦《かわら》がぶつかったと思《おぼ》しき箇所に、うっすらと切り傷ができていた。

それを見た男装の麗人《れいじん》が血相を変える。

「ああ、これはいけない！　こんな美しい方の足に傷がつくなんて、私には耐えられない！　ちょうど近くに冒険者ギルドがありますし、そこの医務室にお連れしますよ、お嬢さん」

女性は恥ずかしい台詞《せりふ》を熱く語って、りあの腕を取る。

（すごい……こんな台詞を真顔で言う人が本当にいるのね！）

なぜだかりあの方が照れてしまい、女性の手を取るのを躊躇《ためら》う。すると女性は少し強めに催促《さいそく》してきた。

「さあ、遠慮なさらず！　あ、それとも背負いましょうか？」

「いえ、自分で歩けますので！」

「……そうですか」

（なんで残念そうなんだろう、この人）

　理解不能な反応を見せる女性に、りあは唖然《あぜん》とした。そんなりあに構わず、女性は修理工達に向き直る。

「この程度の怪我《けが》で済んだからいいものの、今後は気を付けてくださいよ」

「「はい、申し訳ありません……」」

　女性に厳しく注意され、親方と荷車の青年は二人して謝った。

　その場を立ち去るりあ達の後ろで、修理工達が不思議そうに話している。

「おかしいなあ、ちゃんと確認したのに……」

「まだ言うのか、ジョン」

「親方、俺は屋根の上から見てましたよ。紐が急に切れたんです」

「そういや、なんか黒いのが飛んでたよなあ。コウモリみたいな」

　口々に言う修理工達を、親方が怒鳴りつける。

「仲間をかばうのはいいが、もっとマシな嘘をつけ！　なんだコウモリって。こんな昼間っから飛ぶわけないだろう、まったく！」

りあは、ちらっと彼らを振り返る。

（コウモリ？　なんだか心当たりがあるような……）

そう思ったものの、隣を歩く女性が話しかけてきたので、りあはすぐに忘れてしまった。

りあを助けてくれた女性の名前はアネッサというらしい。

「私も冒険者をしていてね、今日は久しぶりに里帰りしたんだよ。ところで君、杖を持っているところを見るに、戦闘ジョブは魔法使い？」

快活に笑いながら、アネッサが聞いてきた。そんな彼女に、りあも笑みを返す。

「ええ、魔法使いよ。私はユーノリアっていうの。さっきは助けてくれてありがとう」

「お礼なんていいんだ。人助けが趣味みたいなものだから。困っている人を見かけると、つい助けてしまうんだよ」

アネッサは苦笑まじりに言うと、冒険者ギルドの前で立ち止まった。

「ああ、着いたね。お先にどうぞ、ユーノリアさん」

「ありがとう、アネッサさん」

怪我《けが》をしているりあを気遣ってか、スイングドアを押さえて先に行かせようとするアネッサ。お姫様みたいに扱われて、りあは少しびっくりしてしまう。

（この人、男だったら確実にモテたでしょうね）

そんなことを考えながら、りあがスイングドアを通り抜けた瞬間……パンパンという破裂音がいくつも鳴り響き、色とりどりの紙テープが飛んできた。

「おめでと――っ！」

「な、何がです⁉」

思わず杖を構えた格好で、りあは目を丸くした。目の前には、同じような顔をした冒険者達とギルドの職員達がいる。よく見れば、それぞれクラッカーらしきものを手にしていた。

彼らはそろって我に返り、がっかりしたように溜息《ためいき》を吐《つ》く。

「なんだ、ユーノリアちゃんか」

「誰だよ、あいつが来るから準備しとけって言った奴は！」

「お前んとこのチビだろ。ふざけんなよ！」

ぎゃあぎゃあと騒ぎながら、彼らは互いに責任をなすりつけ合っている。

りあは髪や服についた紙テープを払い落としながら周りを見回した。壁や天井は派手に飾りつけられ、テーブルにはご馳走《ちそう》が並んでいる。

(何かの催《もよお》しかしら?)

りあが首をひねった時、その後ろからアネッサが顔を覗《のぞ》かせた。

「どうしたの? いったいなんの音?」

彼女は待合室の様子を見て、きょとんとする。

「あれ? 今日ってギルドマスターの誕生日だったっけ?」

そんなアネッサを見た人々は、慌てて新しいクラッカーを手に取った。

「アネッサ、Sランク昇格おめでとう!」

笑顔で声をそろえる彼らは、先ほどまで争っていたとは思えない。すぐに二度目のクラッカーが弾け、りあは巻き添えを食らって再び紙テープを浴びた。

アネッサがあっという間に人に囲まれてしまったので、りあは一人で医務室へ向かった。

医務室に入ると、看護を担当しているケット・シーの女性がすぐに声をかけてくる。

「あら、こんにちは。今日はどうされましたの?」

「すみません、ちょっと瓦《かわら》が落ちてきまして……」

「まあ、瓦が? ……軽い切り傷ね。魔法ですぐに治せるわ」

彼女は水で傷口を洗ってから、神官ジョブの回復魔法で治してくれた。

「軽傷なので、5ディルで結構です。ここにサインをお願いします」

「はい」

りあは治療費を払って書類にサインする。そこへ、拍手の音と歓声が聞こえてきた。

「アネッサが帰ってきたみたいね。相変わらず、すごい人気だこと」

「彼女って有名人なんですか？」

りあの問いに、ケット・シーの女性は頷《うなず》く。

「ええ。詳しく知りたいなら、受付のモニカに聞いてごらんなさいな。彼女はアネッサの幼馴染《おさななじみ》だから、よく知ってるはずよ。それじゃあ、お大事に」

「ありがとうございました」

りあが礼を言ってから廊下に出ると、ハナが話しかけてきた。

『すぐに治ってよかったですね、ユーノリア様』

「うん、ポーションを使うほどでもない怪我《けが》だし、医務室に来てよかったよ」

ポーションは一つ50ディルもするので、今のりあには高級品である。

そこへエディが戻ってきた。

『ただいま戻りました～』

『エディ、遅いわよ！　いったいどこで遊んでたの？』

ハナがすかさず詰め寄ると、エディはむくれる。

『遊んでないよ。ヴィクターの使い魔を見かけたから、追いかけ回してたんだ』

「ええっ、それでどうなったの？」

驚くりあの問いにも、エディは不機嫌そうに返した。

『逃げられました。あいつ、逃げ足だけは速いんですよ！　ムカつく！』

『なんだ、そうだったのね……。エディはすごいわ。ハナは怖くて追いかけられないもの』

『もしあいつがハナを虐《いじ》めたら、ボクが仕返しに行くから、ちゃんと言ってね！』

『うん、ありがとう。エディ』

ハナがお礼を言うと、単純なエディは嬉しそうにその場を飛び回った。そんな精霊達のやりとりにほっこりしながら、りあは待合室へ戻る。

するとアネッサはたくさんの女性に囲まれて、黄色い声を浴びていた。

（すごい……某歌劇団の男役みたいね）

これだけ女性に好かれていると、男性に敵視されるのではと、りあは心配になってしまう。だが、アネッサは男性にも人気があるらしい。友人や仲間としてだけでなく、恋愛対象としても見られているようだった。

（男にも女にもモテモテだなんて、世の中には色んな人がいるのね）

りあは感心しつつ受付に向かう。

三人の受付嬢は、いつものように席について仕事をしていた。

「モニカさん、こんにちは。これってなんの騒ぎなんですか？」

「こんにちは、ユーノリア様。アネッサのSランク昇格祝いですよ。カノンからはSランク冒険者なんてめったに出ないので、こうしてお祭り騒ぎになるんです。前はギルドマスターの時だったそうですよ」

モニカはそう返すと、りあに優しく尋《たず》ねる。

「それで、ご用件の方は？」

「クエストの完了報告です。薬草を採ってきたので、確認していただけますか？」

「もちろんです。こちらに置いてください」

りあは昨日摘《つ》んできた薬草をモニカに提出した。それを確認しながら、モニカがアネッサの話を聞かせてくれる。

アネッサは天才魔法使いであると同時に、ウィル教官直伝の剣技も習得しているという。かつて戦闘ジョブといえば騎士・魔法使い・神官の三つしかなかったが、アネッサが三年前に魔法剣士というジョブを提唱したらしい。その実力を評価され、彼女は魔法剣士として国に認められたそうである。

その後アネッサは王城に呼ばれ、王国騎士団で魔法剣士になるための方法を教えていたが、役目が終わったので久しぶりに帰省したという。『火蝶《かちょう》』という格好いいあだ名もあるのだと、モニカは教えてくれた。

「すごいでしょ～。あの子とは、絶対に喧嘩《けんか》しちゃ駄目ですよ。燃やされちゃいますからね」

薬草の状態を一枚ずつ確認しながら、モニカは楽しそうに言った。その内容があまりに恐ろしかったので、りあは面食《めんく》らってしまう。

「燃やされるんですか!?」

「そうですよ～。あの子の魔法は、ものすごい火力なんです。だから『火蝶』って呼ばれてるんですよ。蝶のように舞いながら、敵を燃やし尽くすということで」

「こわっ」

りあは想像して思わずゾッとした。

「そういえば、レクス教官のあだ名も怖いですよね。Sランクの人って、皆怖いあだ名を持ってるものなんですか？」

「嫌だわ、ユーノリア様ったら。一流の戦士なんですから、あだ名が怖いのは当たり前ですよ」

「そうですか……」

頷《うなず》きながら、りあは髪の毛についたままの紙テープをいじっていた。さっきからずっといじっているのだが、全くほどけなくて涙目になってしまう。

「取れないい〜っ。なんで？」

いじればいじるほど、紙テープは更にしつこく絡まってきた。

「――はい、薬草の確認は終わりました。ノルマは三十本でしたが、余った分はどうされますか？　特に必要なければ、ギルドで買い取らせていただけませんか？　今はとにかく薬草が不足しているので」

モニカの問いに、りあは快《こころよ》く頷く。

「是非そうしてください。あと、魔虹石《まこうせき》の買い取りもお願いしても？」

「あら、こんなにたくさん。これだけ純度が高くて質のいい魔虹石を落とすのは、かなり強い魔物でしょう？　そのような魔物が出るダンジョンが、近くにあったなんて驚きです」

モニカは書類に魔虹石の個数と質を書き込んでから、算盤《そろばん》に似た計算機をパチパチと弾き始める。

「魔虹石《まこうせき》は全部で二十二個。ほとんどは一個50ディルですが、特に質がいいものは100ディルで買い取らせていただきますね。クエストの報酬《ほうしゅう》と薬草の買い取り金額を足して、そこから手数料と見習い期間の経費を引くと……合計1250ディルとなります。初めてでこんなに稼《かせ》ぐなんて、すごいですよ」

「よかった！　これでレクス教官に借金を返せます！」

返してもまだ余裕がある。一気に懐《ふところ》が温かくなり、りあはほっとした。

「お金は後ほどお持ちしますので、先にクエストポイントを加算させていただけますか？」

「はい、お願いします」

モニカは手元の機械を操作しながら、右手にはめている指輪をりあのネックレスに近付けた。すると指輪から出た光が、ネックレスの青い石に吸い込まれていく。

「こちらでクエスト完了です。お疲れ様でした。……その紙テープ、まだ取れないんですか？」

「ええ……」

「あら、後ろにも絡まっていますね」

「後ろにも!?　やだもうっ」

そう言いつつ、りあは背後を振り返る。順番を待っている人はいなかったが、窓口に長くいては邪魔だろう。

モニカからお金を受け取ると、りあは待合室の隅に移動しようとした。その時、モニカの後ろにある扉が開いて、そこからレクスが顔を出す。

「お、ちょうどいい。ユーノリア、今からミーティングするぞ」

「待ってください、教官。私は今、この紙テープと戦ってるので！」

「はあ？」

レクスは怪訝《けげん》な顔をしたが、周囲の光景を見て合点《がてん》がいったらしく、「なるほど」と頷《うなず》く。

「パーティーに巻き込まれたのか。ラピス、取ってやれよ」

彼が後ろを向いて声をかけると、今度はラピスが出てきた。

「自分でやってください、レクス殿。ボクの手は、細かいことには不向きなんですよ」

ラピスは不機嫌そうに手を広げてみせる。彼の言う通り、丸々とした猫の手では、紙テープを取るのは難しそうだ。

「ラピスさん、こんにちは。昨夜は大丈夫だったんですか？」

「大丈夫じゃありませんよ〜っ。朝、起きたらウィル殿の家にいたんです。朝食の席にお邪魔したら、ウィル殿のお嬢さんにひっつかれて……帰り際もさんざん泣かれたんですが、どうにか宥《なだ》めすかしてようやく解放してもらえたんですからね」

ぶつくさと文句を言いながら、ラピスはカウンターから出てきた。レクスもその後についてくる。

「子どもはぬいぐるみが好きだからな」

「ちょっとレクス殿！　ボクをぬいぐるみ扱いしないでください！　あ～、思い出すだけで、こわっ」

両腕で自分の体を抱くようにして、ラピスは身震いした。どうやら相当怖い思いをしたらしい。

「細かいことが苦手ということは、悪戯《いたずら》で毛を三つ編みにされちゃったりしたら大変ですね」

ふと思いついて聞いてみたりあの言葉に、なぜかレクスが答えた。

「確かに、あれは大変そうだったな」

「まさか、あの時の悪戯はレクス殿が!?」

「いや、俺じゃなくて兄貴がやったんだ。俺は面白そうだったから見てただけ」

「そんなの同罪ですよーっ！」

ばたばたと腕を振り回して暴れるラピスにも、レクスはそっけない。

そこへ、クー・シーの男性がやってきた。左目に眼帯をしていて、顔はシェパードに似ている。体つきがたくましく、いかにも歴戦の猛者《もさ》といった感じがした。

「お前ら、パーティーに加わらないのか？」

「あ、マスター！」

モニカが男性を見て嬉しそうな声を上げた。

酒の入ったグラスを手にしている彼に、レクスが意外そうな顔で言う。

「おやっさん、珍しいな。いつも二階にこもってるのに」

「人を引きこもりみてえに言うな。仕方ねえだろ、ギルドマスターなんてのになると、書類仕事が増えちまうんだから。俺も現場に戻りてえよ」

そこでクー・シーの男は、りあの方を見た。

「ん？　見ない顔だな。新入りか？」

「はい、ユーノリアといいます。よろしくお願いします」

りあが丁寧に頭を下げると、彼は軽く手を上げる。

「おう、俺はここのギルドマスターをしてるクックだ。よろしくな。いやあ、うちには珍しいタイプだな」

「レ、レクス教官が研修を担当されたんでしゅっ……」

張り切って教えようとしたモニカだが、見事に噛んだ。

「「「「しゅ？」」」」

他の四人が声をそろえると、モニカはみるみるうちに顔を真っ赤にする。そして、ぺこりと一礼すると、逃げるように扉の奥へ引っ込んでしまった。

クックは頭の後ろをガリガリと掻《か》く。

「あー、また逃げられた。俺、そんなに嫌われてんのかねえ」

「こういうこと、よくあるんですか？」

「ああ。あいつは俺の前だと緊張するみたいで、必ず噛むんだよ。そんで、赤くなって逃げるんだ」

「え？　それって……」

モニカはクックに惚《ほ》れているのだろうと、りあは感づいた。だが、それを口にするかどうか迷っている間に、レクスがクックに言う。

「おやっさん、顔が怖いからな」

「お前には言われたくねえぜ」

「はあ？　俺のどこが怖いんだよ」

むっとして言い返すレクスだったが、クックの言葉はもっともだとりあは思う。レクスは顔は怖くないけれど、とにかく雰囲気が怖い。

（モニカさん、あんなに分かりやすいのに……全然気付いてないのね、この人達）

りあは恋するモニカが可哀想になったが、彼女とクックの仲が変にこじれても嫌なので、黙っておくことにした。

「おっと、レクスを怒らせると面倒くさいからな、俺はここらで退散しよう。ユーノリア、お前も遠慮なく飲み食いしてけよ。冒険者になったからには、お前もうちのギルドの仲間だからな」

りあの肩を軽く叩くと、クックはグラスを片手にその場を離れた。

「逃げ上手め」

引き際を心得ているらしいクックを、レクスは軽く睨《にら》む。そんなレクスをよそに、りあはテーブルの上のケーキへと目を向けた。

「やった〜！　このお菓子、食べていいのね」

久しぶりのケーキが、りあにはキラキラ輝いて見える。熱のこもった目でケーキを見ていたら、ついと髪を引っ張られた。

後ろを振り返ると、レクスがりあの髪に絡まっている紙テープを摘《つ》まんでいた。

「これ、取りたいんだろ」

「取れそうですか？　私は何回やってもできなくて……」

「待て、動くな」

よく見ようと思って身じろぎしたりあを、レクスが短い言葉で制止した。りあがぴたりと動きを止めると、ラピスがレクスの手元を覗《のぞ》き込む。

「これはまた複雑に絡まってますにゃあ。髪を切った方が早いのでは？」

「ええっ、切っちゃ駄目ですっ」

「おいこら、動くなって言ってんだろ」

「は、はいっ」

レクスにどすの利《き》いた声で言われ、りあは慌てて従った。

しばらくすると、レクスがにやりと笑って、取れた紙テープを見せてくる。

「どんなもんだよ」

「さすがです、レクス教官！　そっちのも取っていただきたいです！」

「どんだけくっつけてんだよ、お前……」

手を叩いて喜ぶりあに、ぶつぶつと文句を言いつつも、レクスは残りの紙テープを取ってくれた。

「すごい！　取れた！」

「レクス殿って見かけによらず、こういうことがお得意ですものね。パズルもお好きですし」

「へえ、そうなんですか？　パズルは私の苦手分野ですよ」

りあが感心しながら言うと、レクスはそっけなく返す。

「それは見てれば分かる」

その言葉は、りあの心にぐさっと突き刺さった。だが、紙テープをちゃんとゴミ箱に捨てに行くあたり、レクスはきちんとしている。ほんの小さなテープの切れ端など、床に落としても誰にも文句は言われないだろうに。

そこでふと、りあは周囲が静まり返っていることに気付いた。

辺りを見回すと、信じがたいというような目で、人々がこちらを見ている。すぐ我に返った彼らは、口々にひやかし始めた。

「ちょっと、旦那！　こんなところでいちゃつかないでくださいよっ」

「というか、レクスさんが女と仲よくしてるところなんて、初めて見ましたよ！」

ぎゃあぎゃあと騒ぐ彼らに、ラピスが抗議する。

「なんですか、いちゃつくとは。レクス殿のスキャンダルはボクが未然に防ぎますよっ。というか、ボクの存在を無視するなーっ！」

ぴょんぴょんと跳ねて、必死に自己主張するラピス。だが身長が低いせいか、冒険者達の眼中には入っていないようだ。

「ラピスさん……従者として努力されてるんですね！」

ラピスの健気《けなげ》な一面を知って、りあは目尻に涙を浮かべる。

「そんなに目立ちたいのか？　ほら、これでどうだ」

レクスは怪訝《けげん》な顔をしながら、ラピスの襟首《えりくび》を掴《つか》んで高々と持ち上げた。宙吊りにされたラピスを見て、りあは思わず歓声を上げる。

「わあ、生け捕りにされた獲物感、半端ないですね！」

「もおおおお、ふざけないでください、二人とも！　……え？　もしや真面目にやってます？　変なところで天然発揮《はっき》しないでくださいよ――っ」

ばたばたと手足を振り回して暴れるラピスは、ひどく滑稽《こっけい》だ。さっきまで二人をひやかしていた冒険者達が笑い転げている。

そんな混沌《こんとん》としたギルド内に、鋭い声が響き渡った。

「君、そんないたいけな猫ちゃんに、なんて真似をするんだ！　可哀想じゃないか、放したまえ！」

見れば、アネッサが両手を腰に当てて仁王立ちしていた。

彼女は親切に注意してくれたのだろうが、なぜかラピスの顔が険《けわ》しくなっていく。

「猫ちゃん……？　いたいけな……猫ちゃん……？」

ぶるぶると震えながら呟《つぶや》くラピスを見て、アネッサは気の毒そうな表情をした。

「可哀想に、そんなに怯《おび》えて。大丈夫、ひどい真似をする主人から私が解放してあげよう」

「余計なお世話ですよ、誰がいたいけな猫ちゃんですか！　ボクはケット・シー。よ・う・せ・いです！　猫扱いすんな――っ！」

どっかんと怒りを爆発させたラピスは、レクスに宙吊りにされたままでファイティングポーズを決めた。その姿もまた滑稽で、冒険者達が爆笑している。

「いい加減、諦めろよ。猫は猫だろ……」

「そうですよ。どこから見ても、可愛らしい猫ちゃんです」

レクスはラピスをそっと床に下ろし、りあは首を横に振る。

「お二人まで！　ちくしょう、こうなったら仕事なんてサボってやるーっ」

なんとも低レベルな捨て台詞《ぜりふ》を叫ぶと、ラピスはご馳走《ちそう》の並ぶテーブルから酒瓶を一つくすねて、ギルドを飛び出していった。

「レクス教官、追いかけなくていいんですか？」

「放っておけよ、面倒くさい。どうせ酒を飲んだら、その辺で潰《つぶ》れるだろ」

それでいいのだろうかと、りあは疑問に思った。だが、ラピスがヤケ酒を飲むたびに心配していてはきりがない。夕方になっても戻らなかったら探しに行こうと決め、それまでは放っておくことにした。

レクスのそっけない態度にますます腹を立てながら、アネッサがりあに忠告する。

「なんて冷たい主人だろう。ユーノリアさん、君もそんな人と付き合うのはやめるべきだと思うよ」

それを聞いたレクスが、怪訝《けげん》そうにりあを見る。

「なんだ、あんたら知り合いか？」

「あ、はい。さっき通りで大怪我《おおけが》しそうになったところを助けてもらったんです。近くの荷車から瓦《かわら》が落ちてきて……」

りあがいきさつを簡単に話すと、レクスが眉を寄せた。

「おい待て。なんで瓦が落ちてきたんだ？」

「瓦を縛ってた紐《ひも》が、いきなり切れたみたいですよ」

「……あー、なるほど。昼間も油断できないわけか。俺の見通しが甘くて悪かったな」

「は？　なんで謝るんですか、不気味ですっ」

「うるせえ。あんたも少しは危機感を持て。なんなんだ、その警戒心の薄さは……」

ぎろりと睨《にら》まれたりあは、とりあえず口を閉じた。レクスが急に不機嫌になった理由がよく分からない。

そこへ再びアネッサが口を挟んできた。

「ちょっと！　まずは心配してあげたらどうだい。ほんと嫌な奴だな！　……そういえばユーノリアさん、さっきはごめんね。医務室までついていってあげられなくて」

「いいえ、大丈夫ですよ。あの程度の怪我で、付き添いなんていりませんって」

りあがあははと笑っていると、近くにいた女性達がアネッサの腕に飛びついた。

「も～、アネッサってばあ。そんな新人なんて放っておいて、私達とおしゃべりしましょうよ」

「そうそう。ねえ、今度は私とパーティを組んで、お姉様」

「ちょっと、抜けがけは禁止よ！」

取り巻きらしき女性達はアネッサを取り合って、いがみあいを始める。

彼女達の方を振り返ったアネッサは、大袈裟《おおげさ》に嘆《なげ》いてみせた。

「申し訳ないね、お嬢さん達。パーティを組む相手は、もう決まってるんだ」

それを聞いた女性達は、ぎょっとしてアネッサを見つめる。

「えっ、いったい誰なの？」

「そうよ。私達のうちの誰か？」

アネッサは首を横に振り、りあの肩に手を置いた。

「いいや、このユーノリアさんという人だ」

「「「ええー!?」」」

女性達と一緒になって、りあも思わず叫ぶ。いつの間にそんなことが決まっていたのか。

「なんで？　どうして新人なんかと？」

詰め寄る女性達に、アネッサはりあを手で示す。

「ほら見てくれ、彼女の美しさを。私の理想のお姫様だ」

「……は？」

思いもよらないことを言われて、りあは目を丸くした。そんなふざけた理由を聞いたら、取り巻きの女性達が激怒するのではないかと、ハラハラしてしまう。

だが、女性達はただただ呆《あき》れているようだった。

「アネッサ……あなた、まだあの病気が治ってなかったの？」

「え？　病気？　どういうことですか？」

困惑したりあは、説明を求めて周りの人々を見回す。すると、彼らは「しまった」というような顔をして、額《ひたい》に手を当てたり天井を仰《あお》いだりしていた。

そんな中、騒ぎを黙って見守っていたウィル教官が口を開く。

「王都に行ってる間に治ると思っていたんだがなあ。アネッサの『お姫様病』」

「お、お姫様病？」

初めて耳にする病名だ。ますます困惑するりあに構わず、アネッサはウィルに言う。

「可憐《かれん》にして清楚《せいそ》。まさに私の理想のお姫様ですよ、師匠。――ユーノリア様、私はあなたの騎士になりたい！」

「ひっ」

がしっと手を掴《つか》まれ、りあは顔を引きつらせた。同性からの熱い視線に、たじたじになってしまう。

「……ええと、褒《ほ》め言葉をありがとう、アネッサさん」

ぎこちなく笑いながら、りあはアネッサの手をゆっくりとはがした。

「私のことは、どうか呼び捨てにしてください！」

「いやいやいや」

りあは慌ててふためいて、アネッサから距離を取る。ちらりとレクスを見ると、彼はこちらに背を向けて笑っていた。確かに見世物《みせもの》としては面白いだろうが、笑うなんてひどい。

困っているりあが可哀想になったのか、そこでウィルが助け舟を出してくれた。

「アネッサ、ユーノリア君は優秀な魔法使いだぞ？　確かに美人だが、お姫様というのは、ちょっと違うと思うんだがね……」

「優秀ならばなおのこと、私とパーティを組んでいただきたいですね。魔法使いにフォローしてもらえれば、戦闘が楽になります。それに、こんなに美しい方が傍《そば》にいてくだされば、心が和《なご》むというもの」

アネッサはそう言って、くるりと受付を振り返る。

「モニカ！　パーティ登録をしたいのだけど！」

その声が聞こえたらしく、カウンター奥の扉が開いてモニカが顔を出した。

「パーティ登録？　アネッサったら、あの病気が再発したの？」

呆《あき》れながらも、モニカはパーティ登録用の書類を用意し始めた。

「あの、私の意見は……誰か止めてください！」

焦ったりあは周りに向かって叫ぶ。しかし、誰もが首を横に振った。

「無理だよ、ユーノリアちゃん。アネッサは一度言い出すと聞かないんだ」

「これまで逃げられた人はいないよ」

「三日付き合えば満足するから、ごっこ遊びみたいなものだと思って、パーティを組んであげて？」

口をそろえて、りあを宥《なだ》めてくる面々。その間も、レクスはずっと笑っていた。

「くく……お、お姫様？　せいぜい頑張れ……」

「ひどいです、教官！　こういう時だけ応援しないでくださいよっ」

いつもレクスに文句を言っているラピスの気持ちが、ほんの少し分かった気がするりあだった。

◆

最初は笑っていたレクスだが、ギルドの応接室までついてきたアネッサを見て、次第に機嫌を悪くしていく。その様子を間近で見ているりあは、冷や汗が止まらない。

「おい、なんでこの女も一緒に来るんだ？　これじゃ何も話せないだろうが」

「私に言われても困ります」

レクスからの苦情に、りあは肩をすくめるしかない。

りあが白の番人であることは、今のところ二人だけの秘密なのである。当然、ミーティングも二人きりでする予定だったが、そこにアネッサがついてきたのだ。

当のアネッサは長椅子にゆったりと腰掛けて、紅茶の香りを楽しんでいる。レクスとは違う意味でマイペースな性格をしているようだ。

「そりゃあ、私はユーノリアさんの騎士なんだから、傍《そば》にいるのは当然だよ」

魅惑的に微笑《ほほえ》むアネッサは、レクスに睨《にら》まれてもどこ吹く風といった様子だ。それを見て、レクスの方があっさり根負けする。

「はあ、やめだやめ。こいつがいるんじゃ話にならない。ユーノリア、また後で話そう」

「えっ」

二人を残して部屋を出ていこうとするレクスに、りあはぎょっとする。りあを囮《おとり》にする代わりに、ヴィクターから守ってくれると言っていたのに。

りあの視線の意味に気付いたのか、レクスはアネッサを目で示す。

「Sランクの番犬がついてるなら、俺がいなくても平気だろ」

そう言って、彼はさっさと部屋から出ていった。

「まったく、番犬なんて品がない……。彼の粗野《そや》な振る舞いは鼻につくよね」

閉まる扉を横目で見ながら、アネッサが嘆《なげ》かわしげに言った。

「もしかして、お二人はお知り合いなんですか？」

「敬語なんて使わなくていいよ、ユーノリアさん。……まあ、彼のことは知っているけど、親しくはないよ。彼は有名だからね。王城でも何回か見かけたし」

りあに優しい笑顔を向けてから、アネッサはそう答えた。

（王城で？　レクス教官って、国からクエストを頼まれるくらいすごい人なのかしら）

もしそうだとしても、彼が王城にいる姿は想像できない。なんとなく、そういう場を嫌っていそうな気がするのだ。

りあが首を傾《かし》げていると、気を取り直したアネッサが尋《たず》ねてきた。

「ところで、今日の予定を聞いてもいいかな、お姫様」

「そのお姫様っていうの、やめてくれないかな？」

「なんで？　可愛いのに」

「私、そういう柄《がら》じゃないし……」

今まで地味女子として生きてきたから、過度に持ち上げられると鳥肌が立ってしまう。美人になってちやほやされてみたいと夢見た時期もあるが、実際にされてみると違和感が強すぎた。

「名前で呼んでもらった方がずっと嬉しいな」

「では、ユーノリアと呼ばせてもらうよ。私のこともアネッサと呼び捨てに」

「ありがとう、アネッサ。さっきの質問だけど、今日は宿に帰って休むつもりよ」

「ああ、今日は休日にしてあるのか。昨日見習い終了試験に合格したばかりだと聞いてるけど、ちゃんと計画を立てていて偉いね」

そう自然にりあを褒《ほ》めるアネッサは、人気者である理由がよく分かる。りあは笑顔で礼を言う。

「ありがとう。アネッサは出かけないの？」

「町に帰ってきたばかりだからね、私も休日にするつもりだよ。でも久しぶりだから、少しショッピングでもしたい気分。よかったら町を案内してあげようか？　品物の質がよくてお財布に優しい店をいくつか知ってるよ」

「うーん、気になるけど、今はお財布に全然余裕がないから……」

買い物を我慢するため、できるだけ店に近付かないようにしていたりあは、苦笑まじりに断る。すると、アネッサは小首を傾《かし》げて微笑《ほほえ》んだ。

「じゃあ、私のお茶に付き合ってくれないかな。ケーキ、ご馳走《ちそう》するよ」

「わあ、喜んで！」

甘いものが大好きなりあは、その誘いにあっさり負けたのだった。

迷惑なお姫様病さえなければ、アネッサは素晴らしい女友達と言えた。しかも、カフェテリアでお茶をするうちに、りあと同い年だと分かったのである。

アズルガイアに来て初めてできた同年代の女友達と、りあはおしゃべりを楽しんでいた。

「へえ、君は塔群《タワーズ》の出身なんだ？」

「そうなの」

塔群出身なのは本物のユーノリアの方だが、りあはひとまず頷《うなず》いた。

「アネッサは天才魔法使いなんでしょう？　なら、塔群にも行ったことあるんじゃない？」

「ああ、もちろんだよ。あそこの大図書館は、魔法使いなら一生に一度は訪れたい憧《あこが》れの場所だ。でも、一度きりで充分だね。あんまり肌に合わなくて」

塔群のある地域は雨が多く、薄暗くてどんよりしているという。いくつもの塔が集まってできた都市は閉鎖的で、よそ者には過ごしにくい場所だったと、アネッサは苦笑まじりに言った。

「でも大図書館は素晴らしいよ。アズルガイア中から貴重な本が集められていてね。あと魔法の研究施設もたくさんあるんだけど、残念なことに部外者は立ち入り禁止なんだ」

研究施設か……とりあは心の中で呟《つぶや》いた。入れ替わりの魔法に関する情報も、そこに行けば得られるに違いない。

しばらく会話を楽しんだ後、りあ達はカフェテリアを出た。

お茶会は楽しかったが、アネッサは困ったことに、それから毎日りあにつきまとった。りあが出かける時には必ずついてきて、夜、寝るために部屋に入ったのを見届けてから帰る。

なんと、りあが引き受けたクエストにもついてきて、率先して魔物を倒してしまうのだ。りあとしては実戦訓練を兼ねているので、これにはさすがに辟易《へきえき》した。

三日付き合えば満足すると聞いていたのに、五日目になってもアネッサはりあの傍《そば》にいる。どうしていいか分からなくなったりあは、アネッサの幼馴染《おさななじみ》だというモニカに泣きついた。

「モニカさーん、アネッサの病気、治る気配がないんですが！」

「ええ、困りましたねえ。これは初めてのケースですわ」

モニカは頭が痛いというような顔をした。

「クエスト達成率が上がって助かってはいますけど……私、訓練のためにも一人で頑張りたいんです！」

「ええ、ええ、おっしゃりたいことはよく分かりますよ、ユーノリア様」

りあの訴えに耳を傾けながら、モニカはアネッサを手招きする。

「アネッサ、新人さんを困らせては駄目じゃないの。できない子を育てるならまだしも、ユーノリアさんは魔法の腕がいいのよ。ある程度は自由にさせてあげないと、逆効果だと思うわ」

まさにその通りである。同じことを、りあもアネッサに伝えたのだ。

だが案の定、アネッサはにこやかに拒否した。

「騎士たるもの、お姫様の前に立ち塞《ふさ》がる障害は、全て取り除かなくては」

りあにとっては迷惑この上ないが、アネッサはただ自分のポリシーを実践しているに過ぎないのである。そう分かってはいるものの、四六時中傍にいられて、りあは息苦しくなってきた。アネッサのことは嫌いではないけれど、とにかく過保護すぎる。

「くだらねえ」

冷たく吐き捨てるような声がして、りあははっとそちらを向く。見れば書類の束を手にしたレクスが、受付カウンター奥の扉から出てくるところだった。

「まったく、ありがた迷惑ってやつの見本だな。ユーノリア、お前も嫌なら嫌とはっきり言えよ。中途半端に情けをかけるから、その騎士もどきにしつこくつきまとわれるんだ」

言い方はきついが正論だった。りあは反論できずにうなだれる。

「……すみません」

そこでレクスの後ろからラピスが顔を出し、りあをフォローしてくれる。

「いえいえ、ユーノリアさんが謝ることじゃないですよ。レクス殿も、前に女性につきまとわれて、ちょっとトラウマになってるんです。それを思い出して八つ当たりしてるだけですから」

どうやら図星《ずぼし》だったらしく、レクスはしかめ面《つら》でラピスを見た。

「ラピス、余計なことを言うな」

「申し訳ありません。つい口が滑りました」

ラピスは口元を手で押さえたが、今更である。そこでアネッサがレクスに反論した。

「私は騎士もどきではない！　れっきとした騎士だ。性別のせいで騎士団には入れなかったが、入れるだけの実力はあると自負している」

「なら、もう少し自分の行動を顧《かえり》みろ。女につきまとうのは、騎士に相応《ふさわ》しい行動か？」

正論と辛口が合わさり、レクスの攻撃力は格段に上がっている。りあはハラハラしながらレクスとアネッサを見比べた。

（なんでこんなに仲悪いんだろう、この二人……）

これまであまり接点はなかったらしいのに。これはもう性格の問題だろうか。

りあとモニカがおろおろしていると、そこに第三者の声が響いた。

「はいはい、そこまで！」

パチパチと手を叩きながら、ギルドマスターのクックが歩み寄ってくる。

「ギルド内での揉め事は勘弁してくれよ。Sランク同士の喧嘩《けんか》なんて、血の雨が降るだけでギルドにとってなんの得もない。ただ迷惑なだけだ」

すっぱり切り捨てるように言ってから、クックは眼帯をしていない方の目でじろりとアネッサを見る。

「今回はレクスに分《ぶ》があるな。アネッサ、お前はやりすぎだ。高ランク冒険者が新入りを振り回すのは感心しねえぞ」

「ですが、マスター！」

「やりすぎだって、ちょっとは自覚してるんだろ？」

「う……。まあ、少しは」

アネッサは気まずそうに目を逸《そ》らす。

「罰《ばつ》として、二、三日ウィルの仕事を手伝え。ついでにパーティってものについて、基礎から教えてもらいな」

「えー、嫌だなあ。師匠の話、長いんですよね……」

「はい！　マスターがそうおっしゃるなら、そうします。申し訳ありませんでした。……「返事は？」

ユーノリアもごめんね」

軽く両手を合わせてりあに謝ると、アネッサはさっそくウィルを探しに行った。

「さすがはマスター。すっきり解決ですね！」

モニカが目をキラキラ輝かせて言うと、クックはにやっと笑う。

「まあ、これでも一応ギルドマスターなんでな。おう、悪かったな、ユーノリア。あいつはいい奴なんだが、時々暴走するんだよ」

「いえ、マスターのおかげで助かりましたので。ありがとうございます」

「ああ。……だが、パーティを解消するのは少し待ってやってくれ。アネッサの奴、あんたのことを心底気に入ったみたいだからな」

「え!?　私のどこをですか!?」

りあは目を真ん丸にした。

ここ五日間、りあはアネッサに振り回されていただけで、パーティに貢献した覚えがない。それどころか、クエストのために出かけた森で転んだりして、足を引っ張っていたような気がする。

「あんたとは、長時間一緒にいても疲れないって言ってたぞ」

クックの言葉を聞いて、モニカがころころと笑った。

「アネッサは人前で格好つけたがるから、後でどっと疲れちゃうのよ～」

（確かに、取り巻きに囲まれてる時のアネッサは、これでもかってくらい笑顔を振りまいてるわね……）

あれでは疲れるのも当然だと、りあは納得する。

「……分かりました。マスターがおっしゃるなら、パーティの件は保留にしておきます」

「また流されるのか。あんたは、もっと自分の意思をしっかり持った方がいいんじゃないか？」

レクスは不愉快そうに言うと、モニカに書類を渡して、カウンター奥の扉に入っていった。

りあの煮え切らない態度は、レクスにとっては目に余るらしい。また怒らせてしまったと落胆するりあに、ラピスが近付いてきた。

「あんまり落ち込まないでください。ユーノリアさんって見てるとなんだか危なっかしいから、レクス殿なりに心配してるんですよ。ちょっと分かりにくいですけど」

普段はこんなに口出ししないんですよ、とラピスは笑みを含んだ声で言う。

「そうなんですか？　わざわざ励ましてくれてありがとうございます、ラピスさん」

「いいんですよ。主人が誤解されるのが嫌なだけなので。それじゃあ」

そう言って、ラピスも扉に入っていく。

「レクスもいい奴なんだが、言葉がきついのだけはどうしようもねえな。でもよ、あいまいな言葉で茶を濁《にご》す奴より、はっきりしてて親切だと思うがな」

この世の中、腹の内を見せない狸《たぬき》や狐《きつね》が多いからなあ、とクックは呟《つぶや》いた。

◆

ギルドの鍛錬場《たんれんじょう》の隅に置かれたベンチに座って、りあは溜息《ためいき》を吐《つ》いていた。

日射しが強いせいで、足元に濃い影が落ちている。どんよりしている心に反して空は澄み渡っていて、なんだか恨《うら》めしい気持ちになる。

（いいなあ、レクス教官。あんな風にはっきり自分の意見を言えて……）

いくらラピスが励ましてくれようが、レクスの言葉は正論なので、りあの心にぐさぐさと突き刺さってくる。

「私、これからどうしたいのかしら……」

生活費を稼《かせ》ぐという課題をクリアしてしまった今、そればかりが頭に浮かんできた。

元の世界に戻りたいという気持ちはあるものの、戻ってどうするのかといえば、よく分からない。ここで冒険するのも楽しそうだが、ずっと続けていきたいのかと考えると、やっぱり分からなかった。

（ユーノリアになれたら、悩みなんて何もなくて、ただ毎日を楽しく過ごせるのかなって思ってたけど……実際は違うのね。どこに行ったって、私は私なんだわ）

どれがいいと聞かれて、なんでもいいよと答えてしまうのが、りあという人間である。

だが、本当になんでもいいのだ。りあにとっては、どれもこれも似たり寄ったりに見える。

腕を組み、うーんと唸《うな》っていると、後ろから声をかけられた。

「ユーノリア、どうしたの？　何か悩み事？」

アネッサが、ひょいと顔を覗《のぞ》き込んできた。

「あれ？　ウィル教官のところに行ったんじゃなかったの？」

「それが、見つからなくて探してるんだ。見かけなかった？」

「ううん」

「じゃあ、教室で講義中なのかなあ。ねえ、隣に座ってもいい？」

「いいわよ」

律義に断りを入れるアネッサに、りあは快《こころよ》く許可を出す。

「なんかごめんね、この五日間振り回しちゃって。なんだかユーノリアといると、家族といる時みたいに居心地よくてさ」

クックに叱られたのが効いたのか、アネッサは素直に謝った。

「私もアネッサといるのは楽しいよ。もうちょっと、私の話も聞いてほしかったけど……」

そう返したりあの頭に、『中途半端な答え方はやめろ』と怒るレクスの顔が浮かんだ。

またやってしまったと、りあは心の中で反省する。

「それなら嬉しいけど……。ところで、何か考え事？　私でよければ相談に乗るよ」

「うーんとね、自分が何をしたいか全然分かんなくて」

りあはそう答えた後、なんとなくアネッサの夢を聞いてみたいと思った。

「アネッサには、夢ってある？」

「夢？　もちろん！」

アネッサは即座に頷《うなず》く。

「私なりの騎士道を貫《つらぬ》くことだよ」

「へえ、あなたらしい夢だね」

「簡単に叶えられそうだって思った？　でも、これが意外と難しいんだよ。まず、この国じゃ女性は騎士団に入れないからね」

「そうなの？」

りあは首を傾《かし》げる。アズルガイアにおける強さというものは、体力や腕力が全てではない。魔法やスキルを上手く使いこなせば、性別に関係なく活躍できる。だから女性の騎士がいても全く不思議ではないのだ。

「ああ。だからレクスみたいな奴が嫌いなんだ。私が男だったら、騎士団に入って国に忠義を尽くすのに。それだけの条件と能力を備えてる奴が、なんで騎士団に入らないんだろうってさ」

アネッサは本当に悔しそうに、眉間《みけん》に皺《しわ》を刻んでいる。レクスを敵視しているのも、それが理由らしい。

「私は性別のせいで、本当の騎士にはなれないんだ。だから、どうしても自称騎士になっちゃうんだよ。だったらもう、私らしいやり方を貫けばいいかなって」

順風満帆《じゅんぷうまんぱん》そうに見えて、アネッサにも色々あるみたいだ。苦笑するアネッサの顔から、過去の苦労が窺《うかが》える。

「ユーノリアもさ、あんまり深く考えるのはやめた方がいいよ。こういうのはね、頭じゃなくてこっちで考えるものだから」

自分の胸をポンと叩いて、アネッサはにっこり微笑《ほほえ》む。

「焦らないで、今を楽しんでみたらいいよ。そしたら、答えなんて意外とあっさり見つかるさ」

りあは目をパチパチと瞬《しばた》かせた。

「あなたって本当にいい人なのね……。親身になって聞いてくれてありがとう」

「どういたしまして。私の騎士道の中にはね、目の前の人を大事にするっていうものがあるんだ。たくさんの人を守るには、まず目の前の一人を助けることが大切だと思う。その人が幸せになったら、今度は他の人を幸せにしてくれるかもしれないだろ？」

「うん」

「そしたらほら、どんどん幸せな人が増えていくんだ。それと同じように、目の前のことには真剣に取り組むって決めてるんだよ」

アネッサの考え方はとても前向きで、未来への希望に満ちている。活き活きと語るその様子を見ていたら、りあまで元気になってきた。

「そっか……。うん、そうだね。私も目の前のことから一つずつやってみるよ。――そうだ、アネッサは魔法に詳しいんだよね？」

「え？　まあ、そこそこかな。塔群《タワーズ》の研究者ほどではないけど……」

それがどうしたの？　と首を傾《かし》げるアネッサに、りあは続けて問う。

「例えばさ、すっごい遠くに行ける魔法とか、誰かと中身を入れ替える魔法とか、そういうのって知らない？」

「何それ、変わった魔法だね。うーん、どちらも知らないな。君みたいな塔群出身者でも知らないなら、知ってるのは大精霊くらいじゃない？」

「大精霊？」

思わぬ答えが返ってきて、りあは目を丸くした。

「そうだよ。あの浮島に、大精霊がいるって伝説があるだろ？　精霊達のボスなら、研究者よりも魔法に詳しいと思うんだ」

「浮島の大精霊かあ……」

りあは、がっくりと肩を落とした。

ゲームにも浮島エリアはあったが、アップデート待ちでまだ行けなかったから、りあにはなんの予備知識もない。何せ、行き方すら分からないのだ。

「そういや大精霊といえば、この近場にもいるよね。まあ、そっちも伝説だけど」

そう言いながら、アネッサはホワイトローズ・マウンテンを指差す。

「あの山には、巨大な魔力ラインがあるらしいんだよ。その流れを守るために、ホワイトドラゴンの姿をした大精霊が住んでるって、小さい頃からよく聞かされてたな」

「それだわ！」

りあはアネッサの話に飛びついた。

ホワイトローズ・マウンテンといえば、ゲームではとあるイベントが起きる場所で、それにまつわるクエストもあった。その名も『迷子の子ドラゴン』。

プレイヤーが偶然保護した子ドラゴンを親であるドラゴン型の大精霊に届けに行くのだが、子ドラゴンをさらったと勘違いされて、大精霊とバトルになってしまうのだ。それに勝つとイベント限定の素材がもらえるので、りあも集めて武具を作った記憶がある。

「アネッサ。今度、私とホワイトローズ・マウンテンに行かない？　大精霊に会うの！」

「は？」

りあの唐突《とうとつ》な発言に、アネッサはきょとんとしていた。

◆

分厚い灰色の雲から、綿のような雪が次から次へと降ってくる。

その日、ホワイトローズ・マウンテンのふもとに集まったのは、りあとレクス、ラピスとアネッサの四人だ。それぞれ防寒着に身を包み、武器もばっちり備えている。

「えーと……大精霊に会うというのは、冗談かと思ってたんだけど……」

アネッサが気まずそうに言った。いつもの羽飾りのついた帽子ではなく、毛皮の裏地がついた耳当て付きの帽子を被っている。

「ねえ、ユーノリア。レクスがいるなら、私は必要ないんじゃないか？」

「必要よ。だってこのイベントって、四人パーティじゃないと発生しないんだもの」

「え？　イベント？」

「ううん、こっちの話！　大丈夫、心配しないで。ちょっと記憶があやふやだけど、大精霊のいるダンジョンへの入り口は、うっすら覚えてるから」

軽く請《う》け合うりあに、ラピスがじっとりとした目を向けてきた。

「なんとも信用性の低いお言葉を、ありがとうございます。……はあ、またここに来る羽目になるとは。最悪です」

首にマフラーをぐるぐると巻きつけ、いかにも寒そうに震えるラピス。裏に毛皮のついたコートを着込んだレクスは、不愉快そうにアネッサを見やる。

「おいこら、ユーノリア。そいつとのパーティは解消したんじゃなかったのか？」

「まだ続行中ですよ。……もう、そんなに嫌そうな顔をしないでくださいよ、二人とも。

大精霊に会うためには、どうしても仲間が四人必要なんです。だから、はい！　よろしくの握手！」

りあはレクスとアネッサの右手を掴《つか》み、無理矢理くっつけた。

するとラピスが、今度は恐怖で震える。

「うわ、こわっ！　ユーノリアさん、よくやれますね、そんな怖いこと」

レクスとアネッサは、お互いしかめ面《つら》をしつつも、渋々《しぶしぶ》握手をした。

その後、アネッサは不思議そうにレクスを見る。

「レクスも恋人のためなら、こんな山までついてくるんだね」

「ええっ？　恋人じゃないわよ！」

「ふざけんなよ、騎士もどき」

のけぞるりあと、目つきを更に険《けわ》しくするレクスに、アネッサはきょとんとした。

「いや、だってギルドでいちゃついてたじゃないか。……違うの？」

この問いにはラピスが答えた。

「いちゃついてません！　レクス殿はユーノリアさんの髪についてた紙テープを取ってあげてただけですよ！」

「ふうん、猫ちゃんがそこまで必死に否定するってことは、本当に違うみたいだね。でも、それならどうしてついてきたんだ？　ユーノリアはレクスにとって、ただの弟子に過ぎないってことだろ？」

納得いかない様子のアネッサに、りあが事情を話す。

「レクス教官は、私を監視中なの。行動が怪《あや》しいんですって」

本当はもう監視は終わっているのだが、りあとレクスは例の秘密を守るため、そういうことにしていた。だが、アネッサはなおも首を傾《かし》げる。

「監視？　ふーん。それがギルドの考えなら、私も口出しできないな」

眉を跳ね上げはしたものの、アネッサはそれ以上追及しなかった。彼女が納得したのを見て、りあはホワイトローズ・マウンテンを指差す。

「では行きましょう。目指すは山頂です」

そうして四人は、いよいよ山道へと踏み出した。


さくさくと雪を踏みしめながら、りあ達は山の斜面を登っていく。アネッサが先頭を行き、その後にラピス、りあ、レクスという順番で続いている。

中腹まで来たが、今のところ平和だ。もしかするとヴィクターが襲ってくるかもしれないと思っていたが、そんな気配もない。

「ユーノリア。あんた、結局チキュウに帰ることにしたのか？」

後ろを歩くレクスが、りあにしか聞こえない程度の声で聞いてきた。実は彼には『大精霊に会いたいから付き合ってほしい』としか伝えていなかったのだ。

りあは首を横に振る。

「まだ決めていません。今のところ、絶対に帰りたいという気持ちはありませんが、情報だけでも集めておこうかと。そのうちカノンの町を出るかもしれませんし」

「まあ、こんな南の辺境、また来ようと思ってもなかなか来れねえからな」

レクスは訳知り顔で呟《つぶや》いた。旅慣れしている彼は、王国内の地理にも詳しいのだろう。

「すみません。私、どうしたいかが今でもはっきり分からないんです。でも、冒険をしてみたいなという気持ちはあるので、とりあえず今を楽しんでみようかと……」

「そうか」

レクスがあっさり納得したので、りあは思わず振り返る。

「え!? それだけ!? また怒るのかと思ってましたよ。……まさか、今度は呆《あき》れました？」

「いや、別に。今回のことについては、俺はとやかく言わねえよ。大精霊に会えるってんなら、俺も会ってみてえしな」

「そんなに会えないものなんですか？」

「気軽に会えるなら、誰も伝説なんて呼ばないだろ」

「ああ、そっか。それもそうですね」

言われてみればその通りだ。伝説の存在がその辺を歩き回っていては、ありがたみがない。

「ところで、四人じゃないと会えないっていうのも、前に言ってたゲームとやらの知識か？」

「はい。プレイヤー……えーと、登場人物が四人で進まないと、ホワイトドラゴンが出現しないって決まりになってて」

「だから四人なのか」

「そうです。こんなところまで来られるレベルの人は、カノンにはそんなにいないみたいなので、アネッサがいてくれて助かりました」

「それじゃあ仕方ねえな……」

レクスは嫌そうに呟いて、それきり黙った。

そこからは雑談もせず、黙々と登っていった。上に近付くにつれ、風がどんどん強くなってきて、おしゃべりする余裕もなくなったのだ。

そして登り始めて四時間。途中で魔物と何度か交戦しつつ、りあ達は山頂近くにたどり着いた。目の前には切り立った岩壁《がんぺき》があり、これをよじ登らないと山頂には行けない。

「うーん、確かこの辺だったような……」

りあは岩壁の前で、うろうろと歩き回る。ゲームではイベントの時だけ、ここに洞窟の入り口が出現していた。だが、どうやら現実の岩には、入り口などないらしい。

「ちょっとすみません、下がってもらっていいですか？　魔法を使うので」

りあがレクス達に頼むと、彼らは大人しく距離を取った。それを確認して、りあは杖を高く掲《かか》げる。

「では行きますよ。――荒ぶる火の精霊よ、ここに集《つど》いて破壊せよ。プラスエクスプロージョン！」

あらかじめ暗記しておいた、中規模爆発魔法の呪文を唱えた。すると、体から力が抜けていくような感覚がした後、杖の先が淡い赤色に光る。

りあが杖を向けていた岩壁が、轟音《ごうおん》とともに弾け飛んだ。

雪で凍りついた灰色の岩が、がらがらと崩れ落ちる。そして、大人が五人は横に並んで通れそうなくらいの穴が、ぽっかりと開いた。

「当たりでした。行きましょう！」

記憶通りの場所に入り口があったので、ほっとしたりあは笑顔で振り返る。すると、他の三人はとても驚いた顔をしていた。

「いや、当たりでしたじゃないでしょう！　まさか、本当に知ってたんですか⁉」

ラピスはりあの話を本気にしていなかったらしく、今更ながら慌てている。アネッサも恐る恐るりあに尋《たず》ねてきた。

「じゃあ、この先に大精霊がいるの？」

りあは大きく頷《うなず》く。

「いると思います！」

「そ、そう。では身だしなみをしっかりしないと……」

アネッサは急に髪や服装を整え始めた。こんな山奥まで来て、身だしなみも何もないだろう。もしかしてアネッサも混乱しているのだろうかと、りあは不思議に思った。

「おい、見栄えを気にする前に、武器を確認しておけよ。こんな荒っぽいことをして、大精霊が怒らないとでも思うのか？」

レクスは冷静に忠告した。大剣を鞘《さや》から抜いて、いつでも戦えるようにしている。

「「「えっ」」」

りあ、ラピス、アネッサの三人は声をそろえた。

大精霊が怒っているかもしれないなんて、りあは考えもしなかった。なんとなくラピスやアネッサと顔を見合わせて、ごくりと唾を呑み込む。そしてレクスの忠告に従い、武器を装備し直して、回復アイテムもチェックした。

「では、行きますよ？」

他の三人が頷《うなず》くのを確認したりあは、杖の先に明かりを灯して洞窟へと踏み込む。

長くて暗い通路を抜けると、眩《まぶ》しいくらい明るい場所に出た。まるでホールのように広々としている。

「お邪魔しまーす」

りあは恐る恐る声を上げた。しかしその声が反響するだけで、返事はない。

「すごいですね、一面光ゴケだらけですよ」

洞窟内を見回して、ラピスが溜息《ためいき》を漏《も》らした。壁や天井は淡い緑色に光るコケで埋め尽くされ、それが洞窟の中を幻想的に照らしている。

巨大なドラゴンでも余裕で入れるほど大きな洞窟は、更に奥へと続いていた。

アネッサも感嘆《かんたん》の息を吐いて言う。

「まるで岩でできた宮殿のようだ……。それくらい美しい場所だと思わない？　ユーノリア」

「確かに綺麗ですけど、今にもボスが出てきそうで怖いです」

りあがそう返した時、奥からひゅうっと冷たい空気が流れてきた。

全員が自然に身構えた時、ずぅんと地面が振動して、それが姿を表す。

真っ白な鱗《うろこ》に覆《おお》われたホワイトドラゴンが、青い目でりあ達を睥睨《へいげい》した。

『堂々と正面から来るとは、いい度胸だな、お前達』

ホワイトドラゴンは、人間の言葉を流暢《りゅうちょう》に話した。その背には青白い光の紋様が四つ、羽のような形に広がっている。その羽が青く輝き、近くの空中に、パキ……と音を立てて氷の玉が作られた。

『さては私の坊やをさらいに来たんだろう。ただでは帰さないよ！』

低い声で吠えるホワイトドラゴンの足元には、小さくて可愛らしい子ドラゴンが、ちょこんと座っていた。

「うえぇぇぇ!?　なんか勘違いされてますよぉーっ!!」

ラピスが真っ青になって叫ぶ横で、レクスは落ち着いた態度で呟《つぶや》く。

「ユーノリアの破壊行為については、お咎《とが》めなしか。意外と温厚だな」

「確かに。玄関を勝手に増やされたら、普通は怒るよな」

アネッサまで、のんきなことを言っている。

「わああ、来ますよ！」

りあがそう叫んだ瞬間、ホワイトドラゴンが魔法で作り出した氷の玉を連射した。

◆

ずぅぅぅ……ん。

激しい地鳴りとともに、ホワイトドラゴンは倒れた。りあ達もぜいぜいと肩で息をしつつ、どうにか立っている状態だ。

氷の玉を浴び、冷気で吹き飛ばされ、爪や尾で攻撃されながらもなんとか勝てた。誰も大した怪我《けが》をしていないのは奇跡と言える。

『くそ……人間ごときにやられるとは……』

地面に倒れ伏したまま、ホワイトドラゴンがうめく。その足元に子ドラゴンがすりより、ピイピイと悲しげな鳴き声を上げた。

ホワイトドラゴンにとどめを刺そうとしたレクスを、りあは大声で止める。

「レクス教官、待ってください！　殺されては困ります。私は大精霊の持つ情報が欲しくてここに来たんですから」

「ああ、そうだったな。戦闘に必死で、こいつが大精霊だってことも忘れてた」

大剣を引っ込めて、レクスが後ろに下がる。その冷静さはいっそ恐ろしいほどだったが、りあは気にしないことにした。ホワイトドラゴンの頭に近付き、そっと声をかける。

「初めまして、大精霊様。私はユーノリアといいます。実は、あなたにお伺《うかが》いしたいことがあって……」

ホワイトドラゴンの青い目が、ぎょろりと動いた。

『ユーノリア？　……なんだ、白の番人ではないか。お前、また来たのか』

よろよろと身を起こし、ホワイトドラゴンは呆《あき》れたように息を吐く。

『あんまりではないか、ユーノリア。前回、魔法でボコボコにされた記憶はまだ新しい。お前だと分かっていたら攻撃しなかったのに……』

ぷんすかと怒りながら、ホワイトドラゴンはりあに文句を言った。

りあ達は洞窟の中で焚火《たきび》を囲み、ホワイトドラゴンが分けてくれた木の実を食べながら話をしていた。どうやらホワイトドラゴンはユーノリアと知り合いだったようで、今やすっかり警戒を解き、歓待モードに入っている。

りあが白の番人だと知って、アネッサがしみじみと言う。

「驚いたなあ。まさか白の番人だったなんて。ユーノリア、あなたの騎士になりたいと思った私は、間違っていなかったみたいだ」

アネッサは喜んでいるようだが、ラピスは心配そうな目でりあを見ていた。

「ユーノリアさんが白の番人だなんて、不安すぎます。この世の終末が近いのでしょうか」

「すっごく失礼ですよ、ラピスさん」

本音を赤裸々《せきらら》に告《つ》げられ、りあは眉を寄せる。そして、クルミのような味がする木の実をかじりながら、ホワイトドラゴンを見上げた。

言うか言うまいか迷ったが、助けを求めるのなら、事実を告げなくてはならない。

「大精霊様。私は本物のユーノリアに中身を入れ替えられた、違う世界の人間なんです」

その言葉を聞いて、アネッサとラピスが息を呑むのが分かった。

『ほう?』

ホワイトドラゴンは訝《いぶか》しげな顔で、りあをまじまじと見つめる。そしてにおいを嗅《か》ぐと、納得したように頷《うなず》いた。

『言われてみると、確かににおいが違うな。前に会った時は、柔らかな花の香りだったが、今は……草か?』

ホワイトドラゴンの呟《つぶや》きを聞いて、りあ以外の三人が同時に噴き出した。りあはショックを受けて抗議する。

「草⁉　ひどいです、もうちょっとマシなこと言ってください！」

『そう言われても、私はあんまり植物には詳しくないし……。花と草の違いしか分からん』

困ったように言われて、りあはがっくりした。そして、忍び笑いをしている三人を睨《にら》む。

ホワイトドラゴンはしきりに首を傾《かし》げていた。

『中身の入れ替えか……確かに、あの娘ならやりかねないな。研ぎ澄まされた刃のような冷酷さを持っていたから。今のユーノリアの方が温かみがあって、私は好きだ』

頭をりあの方に近付けて、ホワイトドラゴンは目を細めた。

「……ありがとうございます」

突然褒《ほ》められて、りあは照れてしまう。

『前に来た時は、人形のように冷たい目をしていて、おっかなかった。さすがは封印の書の番人に選ばれるだけあると思ったものだよ。だから今の方が好ましいんだが、ちょっと心配にはなるな。本当に大丈夫か？』

今度はものすごく心配されてしまった。りあ以外の三人が再び噴き出す。

りあはもう一度彼らを睨んでから、ホワイトドラゴンの問いに答えた。

「正直自信がないですし、できるなら元に戻りたいんです。大精霊様は、その方法をご存知ないですか？」

『私は知らないよ。……前のユーノリアは、この山にある魔力ラインから、魔力を引き出すための許可を取りに来たんだ。ここの管理者は私だからね。そして、あの娘との勝負に負けた私は、魔力の使用を許可した。だけど、まさか中身の入れ替えをするためだったとは……。人間というのは、時に驚くべきことを成し遂《と》げる』

やれやれと首を横に振ったホワイトドラゴンは、急にあっと声を上げた。

『そうだ。浮島の大精霊なら、ご存知かもしれないよ。私よりずっと長生きだからね』

うんうんと頷《うなず》きながら、ホワイトドラゴンは言う。

『ああ、でも今は眠っておられる時期だな。あの方は一年のうち、十日しか起きておられないんだよ。魔王が封印されている北の荒地、あそこの影響で魔力の流れが滞《とどこお》るんでね、その調整にすごく疲れてしまわれるんだ。でも、あの方でないとできないことだからねえ』

心底同情したように、ホワイトドラゴンはしみじみと呟いた。

そんなホワイトドラゴンに、今度はレクスが問う。

「なあ、大精霊様。どうして魔王が封印されたのに、あの土地はずっと干からびたままなんだ？　魔力を流せば、精霊も戻るはずじゃないのか？」

『そりゃあお前、魔王がまだ生きているからだよ。あの荒地全体が魔王みたいなものなんだ。魔力が荒地の方に流れていっても、封印の中にいる魔王が片っ端から喰ってしまう。だから精霊も魔王に喰われるのを怖がって寄りつかないのさ』

「あの一帯が全て魔王そのものなのか。俺は荒地の近くまで行ったことがあるんだが、何もない大地がずっと広がっていて……」

『魔王の恐ろしさがよく分かっただろう。いいかい、どうせ封印があるから無理だろうが、決してあの土地に入ろうとしてはいけないよ。お前達の体内にある魔力ラインを、根こそぎ喰われたくなかったらね』

ホワイトドラゴンは低い声で脅《おど》した。

「でも魔力がなくなっても、倒れるだけで死にはしないのでは？」

今度はラピスが質問した。確かに、それはりあも気になる。

『魔力ラインを根こそぎ喰う、と言っただろう。そうなったら、ただの抜け殻だ。眠ったまま衰弱死するか、運よく目覚めたとしても、魔法やスキルを一切使えなくなる。魔力ラインは、この世界の生物にとってなくてはならないものなのさ。人間や妖精には、生まれた時から一体の守護精霊が宿っているというだろう？　魔法やスキルを使えるのは、その精霊のおかげだ。人間や妖精が魔力をなくせば、守護精霊も離れていってしまう』

ホワイトドラゴンは大きな溜息《ためいき》を吐《つ》く。

『人間や妖精が死んだら、その魂を神様のもとまで守護精霊が運ぶんだ。死んだ後、永遠に地界をさまよいたくなかったら、守護精霊に愛想を尽かされないよう、くれぐれも気を付けるんだね。でないと魔物になっちまうよ』

「え……？　待ってください、まさか魔物の正体というのは、守護精霊を失った生き物なんですか？」

ラピスがホワイトドラゴンに詰め寄ると、彼女は首を傾《かし》げた。

『知らなかったのかい、神官の坊や。精霊教《せいれいきょう》が精霊を大事にするのも、そういう理由からだよ』

「そ、そんな……」

ショックを受けてよろめくラピスを、レクスが支える。

「おい、落ち着け」

「気持ちは分かるよ。こっちに座ったらどうだい、ラピス君」

アネッサに誘われるまま、ラピスは火の傍《そば》に座った。よほど衝撃を受けたのか、ぼーっとしている。そして、ホワイトドラゴンにまた質問した。

「ど……どうやったら、彼らは救われるんです？」

『さあ、私は知らないよ。でも、魔物達が魔王を蘇《よみがえ》らせようとしている理由は理解できるね。奴らは世界が終われば、自分達が救われるとでも思ってるんじゃないかい』

「……」

ラピスは完全に口を閉ざした。落ち込む彼の肩を、アネッサがポンポンと叩く。

今度はレクスが質問した。

「魔物や魔人は、死んだらどうなるんだ？」

『しばらく実体になれず魂だけの状態でいることになるが、時間が経《た》てば体が再構築される。その点は精霊と似ているよ。ダンジョンにいる魔物を倒しても、しばらくするとまた増えてるだろう？　あれはそういうことだ』

「とんだいたちごっこじゃねえか」

『これ以上魔物を増やすのが嫌なら、魔王の封印は絶対に守りきらなきゃならないよ。いいね、ユーノリア。たとえ中身が違う人間でも、お前は白の番人だ。何があっても本を守りきれ』

りあは呆然《ぼうぜん》とホワイトドラゴンを見つめていたが、やがてのろのろと頷《うなず》く。

「……分かりました。できるだけ頑張ります」

ユーノリアが強いプレッシャーを感じていた理由がありありと分かって、りあはそう答えるしかなかった。

『これで話は終わりかい？』

「いや、もう一つだけ教えてください。浮島の大精霊様が起きておられる十日間というのはいつなのでしょうか？」

アネッサが丁寧にお願いすると、ホワイトドラゴンはそうだったと言って、ぺろりと舌を出した。

『浮島の大精霊はね、一年の終わり、癒白《ゆはく》の月の百四十日から百五十日の間だけ起きておられるよ。今は春だから、まだまだ先だね。その頃にまた来てくれたら、私が浮島に連れてってあげよう』

「いいんですか⁉」

りあが顔を明るくして問うと、ホワイトドラゴンは頷く。

『私にとどめを刺さなかった礼だよ。さあ、今日はふもとまで送ってあげよう。特別サービスだ。私の背中にお乗り』

ホワイトドラゴンはパチリとウィンクをして、茶目《ちゃめ》っ気のある笑みを浮かべた。

◆

りあ達がホワイトドラゴンの背に乗って洞窟を去ると、岩陰から人影が出てくる。

「せっかくつけてきたのに、どこかへ行ってしまいましたねえ」

魔人ヴィクターは、肩に乗せた使い魔ギョロリに向かって呟《つぶや》いた。

「ギキッ」

目玉の使い魔が耳障《ざわ》りな鳴き声を上げる。

「仕方ありませんね、別の方法で遊びましょうか。……久しぶりに、ハーピーの長に会いに行ってみましょう」

「ギッ」

ヴィクターはにっこり笑うと、主人が不在となった洞窟を後にした。

四章　花が降る町

『どうしたんですか、ユーノリアしゃま。元気ないですね』

花降り亭の部屋の中を、ふわふわと飛び回っていたエディが、りあの方へすーっと寄ってきた。

とっぷりと日が暮れて、窓の外は真っ暗だ。あとは就寝するだけという時間帯である。

エディに心配されて、りあは初めて自分が落ち込んでいるのに気付いた。ネグリジェ姿でベッドに寝転がったまま、エディに返事をする。

「大丈夫よ、エディ。入れ替わりの魔法って、そんなに簡単なものじゃないんだって分かったら、なんだか怖くなっちゃっただけなの」

りあが帰るか帰らないか迷っていられたのは、簡単に帰れるものと思っていたからだ。自分で選べるのと、そもそも選択肢がないのとでは、状況は大きく変わってくる。

「それに、白の番人でいるってことが、どういうことかも分かって……正直、私にはこんな大役務まらないと思うわ」

天才魔法使いであるユーノリアですら、あまりの辛《つら》さに逃げ出したのだ。彼女より弱くて甘っちょろいりあに耐えられるわけがない。

『うーん、ユーノリアしゃまのお話は、ボクには難しいです』

エディは首を傾《かし》げ、そのままくるんと一回転した。二人のやりとりを見ていたハナが、りあが立てた膝《ひざ》の上に乗り、つぶらな目で見下ろしてくる。

『塔群《タワーズ》の魔法使いに協力してもらうのはどうですか？』

「ユーノリアには、故郷にお友達がいたの？」

『……いえ、いません』

「ええ!? 一人も？」

りあは驚いて、自分の胸をばんばんと叩く。

「こんなに美人で、天才魔法使いなのに？」

『だからですよ。元孤児でありながら塔群の長《おさ》の養子となり、天才な上に美人でしたから、周りからは妬《ねた》まれておいででした。ユーノリア様は、私達と長様以外、誰も信用していませんでした』

りあはゲームに出てきた塔群を思い浮かべてみる。確かにあのフィールドはなんとなく陰気だったが、まさか住民もそんな感じだったとは。

「なんか、塔群って窮屈《きゅうくつ》な場所みたいね。そんなところに行ったとしても、協力者なんて見つけられるかな？」

『う……っ』

ハナは言い淀《よど》み、しょんぼりとしてうつむいた。

『やっぱり無理かもしれません。それどころか、魔法使い達の研究材料にされそうな気がします……』

やはり自力で入れ替わりの方法を見つけ出さないといけないようだ。浮島の大精霊に会えるのはまだまだ先だから、他にできるのはユーノリアの足跡をたどることくらいだろう。

「ねえ、塔群にあるユーノリアの部屋を調べてみたらどうかな？」

『部屋といいますか、ユーノリア様は家を所有されていますから、そこなら何か手がかりがあるかもしれません』

「えっ？　家？」

りあは勢いよく起き上がる。その拍子に、ハナがベッドへ転がり落ちた。

「あ、ごめん。ねえ、ユーノリアってお家を持ってるの？」

丸くなって転がったハナは、見事にピタッっと止まると、りあを見上げる。

『はい。白の番人に選ばれるほどの魔法使いですから、家くらいお持ちです。ただ、収入のほとんどを研究書や装備品の購入に充《あ》てていましたから、貯蓄はほとんどないようでしたけど……』

「そうよね。入れ替わった後、私が困らないようにって、お財布にお金を残しておく余裕もなかったみたいだし……」

潔《いさぎよ》いお金の遣い方だが、りあにとっては恨《うら》めしい。けれど、それだけ本を守ることに必死だったのだろう。

(よし。目指すは塔群《タワーズ》、ユーノリアの家ってことにしておこう)

方針が決まったところで、りあはベッドから下りる。

「なんだか喉が渇いちゃった。私、お水をもらってくるわね」

『ハナもご一緒します。エディは留守番ね』

『はーい』

ネグリジェの上に白いマントを羽織《はお》ると、りあは水差しを手に部屋を出た。

花降り亭の食堂は、夜は酔客《すいきゃく》で賑《にぎ》わう。階段を下りると、がやがやとした雰囲気が伝わってきた。そのまま食堂に出ようとして、ふとりあは勝手口の窓から裏庭を覗《のぞ》いてみる。

「レクス教官じゃないですか。こんばんは」

裏庭の隅に置かれているベンチに、レクスの姿があった。彼は私服姿で、大剣を横に置いている。

りあはレクスの傍《そば》へ歩み寄った。酒瓶を手に空を見上げていたレクスは、りあを見て挨拶《あいさつ》を返す。

「よう」

「晩酌《ばんしゃく》ですか？　中で飲めばいいのに」

「夜風に当たりながら飲みたい気分なんだよ。……なんだ、あんたまだしょげてんのか？」

りあは水差しを持っているのとは反対の右手で、自分の頬《ほお》に触れてみる。

「そんな、一目で分かるほど顔に出てます？」

「思いっきり出てるぞ。でも、それが普通じゃないか？　あんたは自覚がないみたいだが、本心では元の場所に帰りたいんだろ」

りあはびっくりして、レクスをまじまじと見つめる。

自分でも分からなくて困惑していたりあの本音を、レクスはあっさりと見抜いた。もしやエスパーか何かだろうかと、一瞬、本気で疑ってしまう。

「レクス教官は、占い師になった方がいいかもしれません」

「は？」

「人の深層心理をずばずばと言い当てるなんて、すごすぎますよ」

「俺は思ったことをそのまんま言ってるだけだ。もしその通りなんだとしたら、あんたが分かりやすすぎるだけだろう」

「……そうですか」

またもやざっくりと斬《き》り捨てられて、りあはそう返すしかなかった。溜息《ためいき》を吐《つ》きつつ足元を見つめていたら、レクスがぼそりと呟《つぶや》く。

「……悪かったな」

「へ？」

りあがきょとんとしながらレクスを見ると、彼はばつの悪そうな顔をしていた。

「俺はこういう言い方しかできないんだ。あんたを毎度へこましてるんなら悪いと思ってな」

「もしかして、アネッサに何か言われたんですか？」

「……ラピスだ。言いすぎだから気を付けろと注意された。だから一応、謝っておく」

ものすごく不機嫌そうに目を逸《そ》らし、ぼそぼそとレクスは言う。りあはおかしくなってきて、ついに噴き出してしまった。

「ぷっ。なんだかんだ言って、ラピスさんと仲がいいんですね！」

「気持ち悪いことを言うな」

しかめ面《つら》で返すと、レクスは自分の茶色い髪をぐしゃぐしゃと掻《か》き回す。

「なんかあんたといると、調子が狂うんだよな。俺を怖がってるくせに、呼んでもないのに寄ってくるし……。落ち込んでるかと思えば、ガキみたいにへらへら笑ってるしな」

「へらへらなんてしてません」

「自覚がないだけだろ」

「してませんったら」

なんだ、へらへらとは。まるで馬鹿みたいに笑いまくっているかのようだ。それだけは認められないぞと、りあは踏ん張った。

「レクス教官は怖いですけど、いい人なのはなんとなく分かりますから、嫌いにはなれませんよ。私は小さい頃から、中途半端ではっきりしない人間なんです。だから、レクス教官みたいに自分の意見を持っている人がうらやましいです」

「……そうか」

ぷいっと目を逸らすレクス。意外と分かりやすいなと、りあは口元に笑みを浮かべる。

「もしかして、照れてます？」

「調子に乗るな」

「すみませんっ」

レクスに低い声で叱られたので、りあは即座に謝った。レクスは小さく息を吐くと、酒瓶に口をつけながら問う。

「で？　どうすんだよ、ユーノリア」

「はい？」

「帰りたいんなら、その方法を探せばいい。あんたはヴィクターをおびき寄せるための囮《おとり》になるし、俺もあんたの旅に付き合ってやろうか」

囮だなんてひどい話だが、旅についてきてもらえるのはありがたい。もしヴィクターのような敵に襲われても、レクスがいれば安心だ。

「でも教官、ギルドでのお仕事は辞めてもいいんですか？」

りあが懸念《けねん》を口にすると、レクスは問題ないと頷《うなず》く。

「大丈夫だ。ギルドには充分恩を売ってきたからな。そろそろ元の冒険者生活に戻ってもいいだろう」

ヴィクターを捕まえるためなら、どこへでも行くのだとレクスは言う。それを聞いていたら、りあはなんだかわくわくしてきた。

「なんだかいいですね、そういうの」

「そういうのって？」

「旅とか、冒険者生活とか」

りあが笑いながら言うと、レクスはわずかに首をひねる。

「それじゃないのか？」

「え？」

「あんたがしたいことだよ」

「ええ!?」

りあはぎょっとした。

（でも確かに、私がゲームのアバターに憧《あこが》れたのって、自由に冒険してみたかったからよね。私って、旅をしたかったのかな？）

それも行先を決めない適当な旅がいい。気の向くままというところに惹《ひ》かれるような気がする。

「旅なんて、しばらくやってりゃ飽きるけどな。囮になってもらう礼として、あちこち案内してやってもいいぞ。まあ、とにかく考えておけよ」

そう言うと、レクスは大剣を掴《つか》んで立ち上がった。そんな彼に、りあは純粋な疑問をぶつける。

「……レクス教官。なんで私なんかに、そこまでしてくれるんです？」

するとレクスは首を傾《かし》げた。本人もよく分かっていないようだ。

「さあ……分からん。あんた、危なっかしいからなあ。とりあえず俺が面倒を見てれば死なないだろう？」

「はあ……。なんだか拾ってきた犬猫みたいな扱いですね」

りあは人間だが、雪山で拾われたのは事実だった。

「まあいいだろ、お互いに利益があるっていうことで。それじゃあな。おやすみ」

「はい、おやすみなさい……」

りあは宿に入っていくレクスを見送ると、一人首を傾げる。

「不思議な人だね、レクス教官って」

『でも、よかったではありませんか、味方が増えるのは心強いです』

ハナは嬉しそうに言った。

それもそうだと頷《うなず》き、りあはレクスとの旅を想像してみる。この世界のことをよく知らないりあにとって、かなり心強いガイドになる予感がした。

◆

カノンの町の北西にある岩山には、魔物の群れが集まり、今にも空に飛び立とうとしていた。

両腕の代わりに生えた翼、鋭い爪のついた鳥の足。上半身は人間の女のようだが、口は耳まで裂けている。その魔物はハーピーと呼ばれていた。

中でも一際《ひときわ》大きな個体が、ハーピーの群れの長であるブラッドベリーだ。真っ赤な長い髪をした彼女は、隣に立つ魔人ヴィクターにすり寄っていた。

「約束ですよ、ヴィクター様。その町を落としたら、私を妻にしてくださると」

「ええ。約束しますよ、ブラッドベリー。ふふ、血のような赤い髪は、いつ見ても美しいですね」

ヴィクターは、ブラッドベリーの長い髪を一房摘《つ》まんで唇を寄せた。それだけでブラッドベリーはのぼせ上がり、顔を真っ赤にする。

「ああ、夢のようですわ。百年目にしてようやく、私の気持ちを受け入れてくださるなんて！」

「私は強い者が好きなんですよ、ブラッドベリー。ですから、まずはこのゲームに勝利してみせてください」

「はい！」

ブラッドベリーは勢いよく頷《うなず》いて、岩山に集《つど》う子分達に命じる。

「話は聞いていたな、お前達！　私とヴィクター様の結婚の前夜祭だ。血で派手に飾ってみせろ！」

そのかけ声に、白い髪をしたハーピー達は、鳥の鳴き声にも似た奇声で応《こた》える。

張り切る子分達の様子に満足げに頷くと、ブラッドベリーは未来の伴侶に流し目を送った。

「さあ参りましょう、ヴィクター様。どうぞ、その者の背にお乗りください」

「ええ、そうしましょう」

優男《やさおとこ》のような外見のヴィクターは、一体のハーピーの背に軽々とまたがる。ブラッドベリーは愛しげに微笑《ほほえ》んだ後、その眼差《まなざ》しを鋭くした。

そして、夜明け前の暗い空へと、大きく羽ばたく。

先陣を切るブラッドベリーに続き、他のハーピー達も空へと舞い上がった。

◆

リリリリンッという甲高《かんだか》い音が鳴っている。

寝ぼけているりあは、その音を目覚まし時計だと勘違いして、布団から手を出して探した。だが一向に見つからないので、ベッドの上で起き上がる。

「なんの音？」

音の出所は、りあが首から下げているネックレスだった。暗い部屋の中で、銅のプレートに埋め込まれた青い石が点滅し、鈴のような音を立てている。

どうやって音を止めるのか分からず、適当に青い石に触れると、今度は声が聞こえてきた。

『緊急招集です。すぐギルドに集まってください。繰り返します、緊急招集です――』

緊急事態が起きているという事実に気付くや、りあの眠気はあっという間に吹き飛んだ。すぐにベッドを抜け出して着替え、籠《かご》バッグと白い杖を手にして部屋を出る。

するとと廊下でラピスとばったり出くわした。

「あ、ラピスさんも？」

「はい。レクス殿はすでにギルドへ向かいました。あ、ユーノリアさん。それ三回叩くと音が消えますよ」

「よかった、止め方が分からなくて……」

りあはネックレスの石を三回指先で叩いた。すぐに声は消えたが、青い光はまだ点滅している。

宿の外に出ると、空はまだ薄暗かった。だが、地平線に朝日がにじんでいる。

時計塔の鐘の音に交じって、町の北門の方からガンガンと警鐘《けいしょう》が聞こえてくる。武器を手にした人々が、通りをせわしなく行き来していた。

りあ達が人波に揉まれながら町の中心部――冒険者ギルドの前にたどり着くと、すでに集まっていた冒険者達が、ギルドマスターであるクックの指示で、持ち場へと駆け出していくのが見えた。

「ユーノリア！」

りあがその声に振り向くと、アネッサとモニカが足早に近付いてきた。

「アネッサ。これ、なんの騒ぎ？」

「ああ、それは――」

「ユーノリア様、ハーピーの群れがこちらに向かっているんですよ」

モニカがアネッサの言葉を遮《さえぎ》って答えた。ラピスが怪訝《けげん》な顔で言う。

「ハーピーの群れですか？　あれの巣はずっと北西にあるから、もし襲うなら隣町の方では？」

「我々もそう思っていたのですが、どうやら長が群れを率いてカノンへ向かっているようなんです。彼らの到着予定時刻は――」

その時、北の方でドォンと激しい爆発音がした。モニカは厳しい眼差《まなざ》しをそちらに向ける。

「予想より早く着いたようですね。アネッサとユーノリア様は広場で待機し、やってきた魔物を魔法で撃墜《げきつい》してください。ラピス様、レクス教官は北門に向かいましたが、いかがなさいますか？」

りあ達に素早く指示を出すと、モニカはラピスに問う。

「もちろん、レクス殿のいる北門に向かいますにゃ。では皆さん、ご武運を。なあに、ハーピーのレベルは三十前後。ここらの魔物の中では強い方ですが、大精霊相手に立ち回ったお二人なら大丈夫でしょう」

「ええ。ラピスさんも気を付けてくださいね」

「こっちは任せろ」

りあとアネッサの言葉に頷《うなず》くと、ラピスはすぐさま身を翻《ひるがえ》した。本気の走りを見せたラピスの背中は、あっという間に小さくなる。それを見送ると、アネッサがモニカに声をかけた。

「モニカ、町の人達の避難誘導は任せたよ」

「ええ。アネッサは魔物退治に専念してちょうだい。ユーノリア様は……無理だと思ったら逃げてくださいね」

新人の自分を気遣ってくれるモニカに、りあはこくんと頷く。

「はい、そうします。……行こう、アネッサ。魔法を使うから、できるだけ広い場所がいいわ」

「それなら広場の中央がいい。人ごみは避けよう」

アネッサの誘導に従い、りあは広場の中央へと向かった。

◆

一方、北門付近の壁の上では、レクスが薄暗い空を睨《にら》んでいた。

ハーピーの群れは徐々に近付いてくる。鳥の群れのような可愛らしいものではない。

凶暴で高い知恵を持つ魔物の群れだ。

やがて群れが北門のすぐ傍《そば》まで近付き、レクスの攻撃範囲内に入った。レクスは大剣をゆっくりと構え、体内の魔力を練り上げる。

「スキル〈薙《な》ぎ払い〉！」

左下から右斜め上へ向けて、大剣を一閃《いっせん》する。その大剣から飛び出した風の刃が、ハーピーの群れへと襲いかかった。風の刃がハーピーの体にぶつかり、レクスの頭上でドォンと爆発音が響く。

「ちっ。殺《や》れたのは五、六体ってところか、やっぱ遠距離攻撃は苦手だぜ」

地面へ落ちていく魔物を見ながらレクスがぼやくと、少し離れた場所に立つウィルが笑う。

「剣士なのに遠距離攻撃ができるだけで、充分立派だ！　さすがは竜殺しだな」

「このくらい、あなただってできるでしょう。俺は接近戦向きなんです」

「はっはっは。その調子で頼むよ、レクス教官。この町の冒険者はあまりレベルが高くない。対して、北西の岩山に棲《す》むハーピーは、強い個体だとレベル六十を超える。うかうかしてると全滅させられるかもしれないぞ」

険《けわ》しい顔をするウィルに、冒険者ギルドの男性職員が声をかける。

「そのための補助アイテムですよ、ウィル教官。今から使用するので、お二人とも、取りこぼしをお願いしますね！」

「了解」

「任せとけ！」

男性職員は壁の下に向かって手で合図を送る。すると、壁の上に設置されていた半球状のアイテムから、火の玉がいくつも飛び出した。それは町の上空へと入り込んできたハーピーの群れに次々とぶつかり、すさまじい爆発音を立てる。何体かのハーピーが撃ち落とされ、町の外の草原へと落ちていった。

仲間を殺されて怒ったのか、群れの中から数体のハーピーが飛び出してきた。彼らはレクス達の方へと滑空《かっくう》してくる。

「飛んで火にいる夏の虫ってな！」

ウィルがバスタードソードを大きく振りかぶり、ハーピーを一体倒した。同じくレクスも大剣で一体を斬《き》り伏せ、その巨体を蹴り飛ばして壁の下に落とす。

「もっと来いよ！　ハエども！」

上空にいる群れに向かって、レクスは大声で喧嘩《けんか》を売る。魔物達を、町の中心部に行かせるわけにはいかない。できるだけここで仕留めるつもりでいた。

「ギャアア！」

血の気の多いハーピー達は、レクスの挑発に乗った。耳障《ざわ》りな声を上げ、五体のハーピーがいっせいに襲いかかってくる。

レクスは冷静にハーピー達を見つめ、タイミングを測る。そして再び大剣で薙《な》ぎ払おうとした時、後方で呪文を叫ぶ声がした。

「神の雷槍《ゴッド・スピア》！」

頭上から降ってきた雷が、五体のハーピーに直撃する。痛みで動きが鈍《にぶ》ったところを、レクスが剣でとどめを刺した。

ハーピー達が草原へ落ちていくのを横目に、レクスは後方を振り返る。すると杖を頭上高く掲《かか》げたラピスが、ぜいはあと肩で息をしながら立っていた。

「なんだ。遅かったな、ラピス」

「もおおお、レクス殿！　なんで魔物に喧嘩を売ってるんですかーっ！　あなたに何かあってはこのラピス、父君と母君に面目が立ちません！　そもそも従者を置いていかないでくださいよっ」

「お前の足が遅いのが悪い」

「あなたの走りについていける神官職なんか、いるわけないでしょうがっ。――神の雷槍！」

ラピスは文句を言いながらも、ハーピーの第二陣をしっかりと撃退し、壁の階段を駆け上がってくる。

「ところでレクス殿、合図は送られましたかにゃ？」

「ん？　そういやまだだったな」

町の外から応援を呼ぶため、レクスは上着のポケットから笛を取り出し、それを軽く吹いた。ピーッという高音が鳴り響くと同時に、目の前に小さな魔法陣が浮かび上がり、空に向かって光が打ち出された。それは花火のように光の粒をまき散らす。

それを確認したレクスは、笛をポケットに戻し、空を見上げる。あっという間に何体もの仲間がやられたせいか、こちらを警戒して上空で旋回しているハーピー達の姿があった。

空飛ぶ敵は厄介だとレクスが苦々しく思っていると、冒険者ギルドの男性職員がやってきた。

「レクス教官、ウィル教官！　ハーピーが何体か、町の中心部に向かいました！　それだけでなく、更に最悪なお知らせがあります」

ウィルが眉をひそめて問う。

「ハーピーの襲来より悪い知らせってのはなんだ？」

「ハーピーの中でも一際《ひときわ》大きな個体と、魔人ヴィクターらしき者がその中にいたとか……」

「『歩く天災』!?　なんでこんな辺鄙《へんぴ》な町に奴が来るんだ。まさか、ホワイトローズ・マウンテンでの目撃情報は本当だったのか？」

不思議がるウィルと固まるラピスに向かい、レクスは身を翻《ひるがえ》しながら叫ぶ。

「ウィル教官、ラピス、ここを頼んだ！　俺はあいつをぶっ殺す！」

「ええ!?　レクス殿！　そんなまた勝手にっ。あわわ、神の雷槍《ゴッド・スピア》！」

ラピスは慌てふためきながらも、隙《すき》を見て飛びかかってきたハーピーの爪をよけて、呪文を叫ぶ。魔法の雷が直撃したハーピーは、ぶすぶすと黒い煙を上げて城壁の上に落ちてくる。

ようやく落ち着いたラピスが振り返った時には、すでにレクスの姿はなかった。

「速っ！　もおおお、従者使いが荒すぎますよ、レクス殿――っ！」

青毛を逆立てて怒るラピス。ウィルはわははと豪快に笑う。

「まあ頑張ろうや、ラピス君。……後方支援頼むぞ、皆ーっ」

壁の下から援護する役の冒険者達は、「おー！」と声をそろえた。

◆

「ここならいいだろ、ユーノリア」

アネッサはそう言って口の端を上げた。二人がいる広場の真ん中には、大きな噴水がある。普段なら洗濯にいそしむ主婦の姿があるのだが、非常事態の今は誰もいない。

馬車のロータリーにもなっている広場は広く、逃げる人々を魔法に巻き込む恐れはなさそうだ。

「ええ、ここならなんとか……」

周囲の状況を確認しながら、りあは宝石精霊《ほうせきせいれい》のハナとエディを呼び出す。

「二匹とも、援護よろしくね」

『はい、お任せください！』

『あいあいさー！』

可愛らしい精霊達の姿に、少しだけ緊張が和《やわ》らいだ。

「ギルドの屋上にはマスターがいるし、こっちはその取りこぼしを狙えばいい。私もついてるんだし、大丈夫だよ、ユーノリア」

りあの肩に力が入っているのに気付いたのか、アネッサが励ましてくれた。彼女の指差す方を見ると、大斧《だいふ》を手にしたクックが、屋上から下にいる職員達に指示を出している。

そこでアネッサがサーベルを抜き、緊迫した声で言う。

「ユーノリア。あいつら、早くもガードを抜けてきたよ」

冒険者や町の衛兵が放つ魔法や矢を器用によけて、二体のハーピーがこちらに近付いてくる。赤い髪をした個体と、白い髪をした個体だ。

赤い髪をしたハーピーは体が飛び抜けて大きく、広場付近に集っていた冒険者や兵士達の間にどよめきが起こる。

「なんてでかい個体だ……！」

「群れのボスだろ、どう見ても……！」

彼らが口々に呟《つぶや》く中、白い髪をしたハーピーの背中で、黒い影がすっと立ち上がった。

「やあやあ、皆様、ご機嫌よう」

シルクハットを軽く持ち上げて微笑《ほほえ》んだのは、魔人ヴィクターである。

一瞬、広場が静まり返った。誰もが信じられないという顔をして、ヴィクターを見つめている。

やがて人々の間にざわめきが広がった。

「……嘘だろ。あれって魔人ヴィクターじゃないか!?」

「『歩く天災』かよ!?」

「あんなのと戦うなんて無理だ。逃げろ！」

恐怖はあっという間に伝染し、彼らはわっと叫んで逃げ始める。

「あははは、狩りの時間だよぉ！」

赤毛のハーピーが楽しそうに叫ぶと、遅れてやってきた三体のハーピーが、逃げ惑う人々の背中に飛びかかる。鋭い爪で切り裂かれ、地面に倒れる人々。まるで猛禽類《もうきんるい》がネズミを追い回して遊んでいるかのような光景だ。

「愚かですねえ、逃げるなんて無理なのに。ふふ、そう思いませんか？　白の番人殿」

白毛のハーピーの背からひらりと飛び下りたヴィクターは、薄笑いとともにそう尋《たず》ねた。

「……ヴィクターっ！」

りあは杖を握りしめて、ヴィクターを睨《にら》みつける。

「あなた、もしかして私からこの本を取り上げるためだけに、こんな真似をしたの？」

予想は簡単についた。だが、信じたくない。町の人々を巻き込んでしまったという事実に、手足が勝手に震え出す。

「ええ。どうせやるなら、楽しい方がいいでしょう？　それに、これは彼女との結婚を祝う前夜祭なんですよ」

にっこりと笑うヴィクターの後ろに、赤毛のハーピーが着地した。

「ヴィクター様、その者が番人ですか？　私が食べて差し上げますよ！」

「いえ、ブラッドベリー。この娘には聞きたいことがあるので、まだいいですよ。それよりも、私達のための宴を盛り上げてください」

赤毛のハーピー――ブラッドベリーは頬《ほお》を染めて頷《うなず》く。

「ええ、あなたの頼みなら。この町の通りを血に染めて、赤色のウェディングロードとしましょう！」

うっとりしながら恐ろしい言葉を口にしたブラッドベリーは、鷲《わし》に似た茶色の翼を大きく広げる。すると何十本もの羽根が抜け落ち、ふわりと宙を舞った。

「スキル〈ウィングスター〉！」

羽根は鋭いナイフとなって、通りにいる人々に襲いかかる。悲鳴が上がったが、彼らが傷付くことはなかった。

「紅蓮《ぐれん》の蝶《ちょう》よ、舞え！　クリムゾン・バタフライ！」

アネッサが鋭い声で呪文を唱えると、地面から飛び立った炎の蝶によって、全ての羽根が燃やし尽くされる。

「邪魔する気？」

ブラッドベリーはぎろりとアネッサを睨《にら》む。アネッサはサーベルを構え、好戦的に微《ほほ》笑《え》んだ。

「君の相手は私がしよう。これ以上、無体《むたい》な真似はさせないよ」

「大きな口を叩くんじゃないよ、小娘がっ！」

激高したブラッドベリーはアネッサへと飛びかかった。

そうなると、りあはヴィクターと戦うことになる。

（こうなったら、やるだけやってみよう！）

りあがヴィクターと戦う覚悟を決めた時、ぶんぶんと風を切るような音がして、りあとヴィクターの間の地面に斧が突き刺さった。その横にクックが身軽な動作で着地する。

「ユーノリア、こいつは俺が引き受ける。他の奴らを頼んだぜ！」

「は、はいっ」

りあには無理だと判断したのか、クックがヴィクターの相手をしてくれるらしい。だが、それはヴィクターが許さなかった。

「どこに行くんです？　逃がしませんよ」

雪山で戦った時のように、あっという間に距離を詰められる。

だが、りあだって想定済みだ。三本の指を立て、心の中で叫ぶ。

（ショートカットF3キーの魔法、ブリザードスピン！）

中規模魔法が詠唱《えいしょう》なしで発動し、ヴィクターを吹雪《ふぶき》の渦《うず》に巻き込む。敵を足止めしつつ、攻撃も加えられる魔法だ。消費MPは多いし、次に魔法を発動できるまでのスパンが五分と長いけれど、使い勝手のいい魔法である。

りあはこの隙《すき》に、ヴィクターから距離を取る。

すると頭上を旋回していたハーピーが二体、りあの方に飛びかかってきた。

エディとクックがりあを助けようと動く。

『ええい！』

「だらあ！」

エディが風で切り裂き、クックが斧で斬《き》り伏せる。ハーピーは二体とも地面へ落ちた。

そこで吹雪がやんだが、ヴィクターは平然と立っていた。傷一つ負っていないようだ。

（どこまで化け物なのよ！）

さすがは『歩く天災』と恐れられるだけはある。杖を握るりあの手は、汗で湿っていた。

「ふふふ、面白い！　もっと見せてください、その異界の知識を！　何百年も生きてきましたが、これほど興味をそそられるものは初めてだ」

笑っているヴィクターが怖くて、りあは青ざめた。

「だから、俺が相手するって言ってんだろうが！」

クックが斧を手に、ヴィクターへと斬《き》りかかる。

「邪魔ですねえ……スキル〈悪魔の足音《デビル・ステップ》〉」

ヴィクターは斧をひらりとよけ、空中に地面があるかのように一度蹴って、離れた地点へと着地した。

「風の精霊よ。我が前にいる愚者を滅せよ。王者の風渦《グラン・トルネード》！」

素早く詠唱《えいしょう》したヴィクターは、さっとしゃがんで地面へ右手の平をつけた。そこから竜巻が起こり、クックを弾き飛ばす。

「きゃああっ」

りあも吹き飛ばされそうになったが、その場にしゃがみ込んで耐えた。

竜巻がやむと、そこには石畳がえぐれてめちゃくちゃになった広場があった。

「くそっ、中規模魔法をいとも簡単に使いやがって！」

クックが吐き捨てるように言った。よく見れば、頬《ほお》が切れて血が流れている。

「分かりました、まずはあなたと遊びましょう」

ヴィクターは仕方なさそうに呟《つぶや》いて、クックと対峙する。両者の戦闘が始まるのを見たりあは、慌てて立ち上がった。

（何か私にできることは……っ）

頭上から茶色の羽がふわりと降ってくる。そして地面には、ぐるぐると動き回るハーピー達の影があった。

（あれをどうにかしなきゃ！　その間にレクス教官が来てくれたら……）

他人任せな自分を情けなく思うが、ヴィクターの相手をするのは怖い。りあはひとまず広場上空を舞っているハーピーの退治に専念することにして、杖を構え直した。

◆

レベル六十八のアネッサは、ハーピーの長ブラッドベリーと余裕でやり合っていた。

羽根での攻撃を火の魔法で無効化し、炎をまとわせたサーベルで攻撃する。

先に膝《ひざ》をついたのは、ブラッドベリーの方だった。

アネッサはブラッドベリーにとどめを刺そうと、サーベルを構え直す。あと一撃で、勝負はつくはずだった。

だが、アネッサが踏み出そうとする前に、ブラッドベリーに異変が起きた。

ぶるぶると体が震え、茶色い羽毛が赤色に染まっていく。

鬼のような形相をしたブラッドベリーは、大きく地を蹴って飛び上がった。

「なっ⁉」

ブラッドベリーの巨躯《きょく》が、想定外の速さで迫る。

とっさにサーベルの刃でガードしたアネッサだったが、鋭い鉤爪《かぎづめ》のある足で勢いよく蹴り飛ばされた。

「ぐあっ」

地面へと放り出されたアネッサは、その場に転がった。鋭利な爪に切り裂かれたことと、地面へ叩きつけられたことで、体に激痛が走る。幸運にも深い傷ではなかったが、打ちどころが悪かったのか、頭がくらくらして起き上がれない。

「はあ、はあ……ざまあみろ!」

ブラッドベリーは悪態をつき、その場に座り込んだ。

その時、ガランという音が響いた。

アネッサが吐き気をこらえてそちらを見ると、壁に叩きつけられたクックの手から、斧が滑り落ちていた。

◆

「マスター！」

りあは悲鳴を上げた。クックがヴィクターの魔法に跳ね飛ばされて、時計塔の壁に叩きつけられたのだ。

彼はとうとう地面に倒れてしまった。あちこち傷だらけで、今まで立っていられたのが不思議なくらいだ。

しかし、クックは強かった。多少とはいえ、ヴィクターに手傷を負わせていたのだ。

「こんな田舎町《いなかまち》に、あなたみたいな手練《てだ》れがいるとはね。少々甘く見ていましたよ」

左足の傷を忌々《いまいま》しそうに見下ろして、ヴィクターが呟《つぶや》いた。口では称賛しているが、クックを睨《にら》む目つきは恐ろしい。

ヴィクターが右手を掲《かか》げ、そこに炎をまとうのを見た瞬間、りあはクックの前に立ちはだかった。

「駄目よ！　これ以上はさせないわ！」

『そうだぞ！　いい加減にしろ！』

『いいようにはさせません！』

宝石精霊《ほうせきせいれい》達が、りあと一緒になってヴィクターを睨《にら》んだ。

ヴィクターはりあ達の様子を見てふっと笑い、指先に灯した魔法を消す。

「ふふ、面白いお嬢さんだ。前のあなたは冷酷で、巻き込んだ人々をあっさり見捨てていましたよ。世界の平和と天秤にかけて、そちらを優先したのでしょうが……結局、あの娘は罪の意識に耐えかねて逃げ出した」

『何を抜けぬけとっ。お前がそうなるように、あの方を追い込んだんでしょう！』

ハナがぶち切れて、小さな体のどこから出ているのかというような大声で怒鳴った。

だが、ヴィクターは気にした様子もなく続ける。

「新しい白の番人殿、あなたもさぞかし迷惑していることでしょう。いかがです、本を私によこすなら、殺さないと約束しますよ」

りあは無言で首を横に振る。

「これ以上、犠牲を出したくはないでしょう？　ほら、周りをご覧なさい」

ヴィクターに優しい声で促《うなが》され、りあは周りの様子を窺《うかが》った。

クックは時計塔の下で倒れ、広場の端の方にはハーピーの餌食《えじき》になった冒険者や衛兵、逃げ遅れた住民達が倒れている。その中に、りあはアネッサの姿を見つけた。

「アネッサ！」

りあは思わずその名を呼んだ。彼女が負けるのは予想外だったが、ブラッドベリーも身動きが取れないくらいに消耗しているらしい。

今すぐにでも駆け寄って、アネッサを医者のところへ運びたい。りあが焦りを感じていると、ヴィクターが「ほう」と呟《つぶや》いた。

「あの娘は、あなたの友人ですか？　では、決意を固めやすくなるように、彼女から死んでもらいましょうか」

「だ、駄目よ！」

りあはすぐさま拒否したが、その場を動けなかった。自分が一歩でも動いたら、ヴィクターはクックとアネッサにとどめを刺すに違いない。

「でしたら、あなたはどうしたらいいか、分かりますね？　――本を、こちらに」

薄ら寒くなるような微笑《ほほえ》みを浮かべて、ヴィクターは右手をりあに差し出す。りあはその手をじっと見つめ、やがてのろのろと頷《うなず》いた。

「……分かったわ」

りあはぐっと唇を噛みしめる。そして、籠《かご》バッグから白い革表紙の本を取り出した。

「おい……やめろ……」

後ろから、クックの弱々しい声がした。だが、白の番人としての誇りも覚悟もないりあには、友人の命の方が大事だった。

「駄目だ、ユーノリア！」

アネッサが必死に叫ぶ声がしたものの、りあは本を両手で持ったまま、ヴィクターの方へと足を踏み出す。ヴィクターは満足げに微笑《ほほえ》んだ。

「ふふ、それでいい。あなたの扱いには手間取りましたが……やはり美しいですね。私の花嫁として迎えてやってもいいくらいです」

りあはゾッとして足を止めた。さすがにどうかしている。

「ヴィクター様、どういうことです！」

ヴィクターの発言に、ブラッドベリーが激怒していた。怪我《けが》のことを忘れたかのように素早く起き上がると、ヴィクターへと詰め寄る。

「あなたの花嫁は私のはずでしょう！」

「ええ、そのつもりでしたが……」

冷たい笑みを浮かべ、ヴィクターは続ける。

「私は弱い者と、醜《みにく》い者が大嫌いなんですよ」

彼はなんの躊躇《ちゅうちょ》もなく、ブラッドベリーに対して攻撃魔法を使った。竜巻に巻き込まれたブラッドベリーは悲鳴を上げ、光の破片となって飛び散る。羽毛でできた鎧《よろい》と大きな魔虹石《まこうせき》が、地面へと転がった。

「長《おさ》ーっ！」

一体のハーピーが甲高《かんだか》い声を上げ、ヴィクターに抗議する。

「血迷ったか、魔人！　皆、かかれ！」

「ギャアーッ」

生き残りのハーピー達が、いっせいにヴィクターに飛びかかった。

だが、ヴィクターは彼女達をあっさり魔法の餌食《えじき》にしてしまう。ガランガランという音がいくつも響き、アイテムや魔虹石が地面に転がった。

りあはその様《さま》を呆然《ぼうぜん》と眺め、かすれた声で尋《たず》ねる。

「なんで……？　ハーピーはあなたの仲間なんじゃないの？」

「仲間？」

ヴィクターはきょとんとしていた。

「こんな下等な魔物と、仲間なわけがないでしょう。ただ、少しばかり遊びに付き合って差し上げただけですよ」

それよりも、とヴィクターは右手を差し出す。

「さあ、本を」

りあは恐ろしさに足が震えた。彼は本当に魔人なのだと、まざまざと理解させられる。人の姿をしているだけで、心は魔物と同じなのだ。

（ユーノリア……そりゃ、あなただって逃げたくもなるわよね）

こんな恐ろしい生き物、会わずに済むならそうしたい。

白の書を強く握りしめ、りあはヴィクターにすがるような視線を向ける。

「本はあげる。だから、町の人達には手出ししないで」

「いいでしょう。さあ、こっちへ」

りあはゆっくりと近付いて、ヴィクターの手に白の書を押しつけた。

「でもね、ヴィクター。私もただじゃやられないの」

りあは微笑《ほほえ》んだ。きっとヴィクターも顔負けの冷酷な笑みだったことだろう。

白の書から光が迸《ほとばし》り、雷撃がヴィクターを襲う。

「ぐあああ、なんだと……！」

たまらず地面に膝《ひざ》をついたヴィクターを、りあは静かに見下ろした。

「白の書は――いえ、封印の書は、番人にしか持てない。そういう魔法がかかっているのよ。でないと、あなたのような者達から本を守れない」

りあはぎゅっと目を瞑《つぶ》り、もう一度ヴィクターの体に白の書を押しつける。

「が、ああああ！　おのれええ！」

雷撃に身を焼かれながら、ヴィクターはりあの左手を掴《つか》んだ。爪が刺さり、あまりの熱さと痛みに、りあは思わずヴィクターを振り払う。

ヴィクターがどさっと地面に倒れた。目玉の使い魔は雷撃で死んで、小さな魔虹石《まこうせき》が転がり落ちる。

「な……にこれ……っ。苦しいっ」

りあの口からヒュウヒュウと変な息が漏《も》れる。息苦しさと気分の悪さで立っていられない。

うずくまるりあを見て、ヴィクターは低い声で笑う。彼はよろりと立ち上がり、右手に魔法で氷を呼び出し、短剣のように持った。

「放っておいても猛毒で死にますが……、私をここまで追い詰めたことを評価して、すぐ楽にしてあげましょう」

ヴィクターがその氷を振りかざした時、胸の辺りから大剣の刃が飛び出してきた。

「え……？」

あっけにとられたような顔のまま、ヴィクターの姿が揺らぎ、ガラスが割れるような音とともに光の破片が飛び散る。大型の魔虹石《まこうせき》が三つ、地面に転がる。

「死ぬのはお前の方だ」

大剣をすっと引き、レクスが冷たい声で言った。

「レクス……教官？」

りあは目を丸くして、口を手で覆《おお》う。

「ごほっ、げほっ」

口の中に鉄臭い味が広がった。内臓が焼けつくように熱い。見れば、手の平が真っ赤に染まっていた。

レクスは剣を放り出し、前のめりに倒れそうになるりあを支える。

「おい、大丈夫か？　すぐ神官のところに……」

「……毒、だそうです」

そう伝えるので精いっぱいだった。りあが再び咳《せき》をすると、ぱたたっと地面に血が落ちた。

「毒？　……毒消しを呑め！」

レクスはりあを地面に横たえると、上着のポケットから錠剤の入った試験管のようなものを取り出す。その中身を一錠、りあの口に押し込んだが、りあは血と一緒に吐き出してしまった。

「げほ……っ」

「おい、ちゃんと呑め！」

レクスの焦った声が遠く聞こえる。痛みに眉をひそめながら、りあは自分の命が尽きようとしているのを、どこか他人事のように感じていた。

（やばい……無理……。苦しい……。私、死ぬみたい）

自分のアパートの部屋や、家族の顔が、頭に浮かんでは消えていく。図書館で働く同僚の顔に続いて、関口が珍しく優しくしてくれた時のことが思い浮かんだ。

（なんでよりによって今、こんなことを思い出すのよ……変なの）

他にいい思い出はないのかと、りあは小さく笑う。しかし笑い声は、咳へと変わってしまった。

「ちっ」

薬を呑み込めないりあに焦れて、レクスが錠剤を自分の口に放り込む。そして、そのままりあに口付けた。それを口内にたまっていた血ごと、無理矢理呑み込まされる。

唇を離して袖口《そでぐち》で手を拭《ぬぐ》うと、レクスはりあの頬《ほお》を軽く叩く。

「おい、しっかりしろ！　もう大丈夫だ。おい、ユーノリア！」

いつになく必死なレクスがおかしくて、りあはうっすら笑う。

大丈夫でないのは、自分が一番分かっている。

「教官……本をアネッサに渡して。あの人は魔法使いだから……きっと本を上手く扱えるし……守れる」

「ユーノリア！」

叱咤《しった》するかのように、レクスがりあの名を呼んだ。そして、その右手をぎゅっと掴《つか》む。

りあは自分でない何者かになりたかった。だからこうしてユーノリアと入れ替わり、ゲームの世界で彼女の役を演じていたのかもしれない。

でも、どうせならもっと楽しい役がよかった。

「一緒に……旅……してみたかったな」

レクスの綺麗な紅茶色の目が、霞《かす》んで見えなくなってきた。レクスはまだ何か叫んでるみたいだが、よく聞き取れない。

やがて痛みが波のように引いていく。

そして、暗闇が訪れた。

◆

「ユーノリア！」

りあの右手から力が失われたのに気付き、レクスは一際《ひときわ》大声で彼女の名を呼んだ。

『ユーノリア様！』

『ユーノリアしゃま！』

宝石精霊《ほうせきせいれい》達も必死に叫んでいる。

りあの肩を軽く揺すってみたが、なんの反応もなく、ただ揺れるばかりだ。レクスは呆然《ぼうぜん》とその場に座り込む。

「嘘だろ、ユーノリア！」

離れた場所から、アネッサが叫ぶ声がした。

魔人ヴィクターという宿敵を倒したことへの感慨はなく、ただ胸の辺りにぽっかりと穴が空《あ》いたように空虚な感じがしていた。

ヴィクターからりあを守るくらい簡単なことだと思っていた。その傲慢《ごうまん》さが、ヴィクターに付け入る隙《すき》を与えたのかもしれない。

それに気付くのがもう少し早ければ、彼女は助かったのだろうか。

――一緒に旅をしてみたかった。

りあはそう言い残したが、それはむしろレクスの方だったかもしれない。

最初はただ怪《あや》しいと思って見張っていただけだったが、危なっかしいりあから次第に目を離せなくなっていった。レクスが厳しいことを言っても、教官と呼んで追いかけてくるのが、少し嬉しかったのだ。

「ユーノリア……」

りあの右手を掴《つか》んだまま、レクスは彼らしくなくうつむいた。

冒険者や衛兵が死ぬ様を見たことは何度もある。けれど、そのどれよりも今回のことが一番応《こた》えた。

その時、レクスにも他の誰にも見えないウインドウが、勝手に開いていた。

――キャラクターの死亡により、アイテムオート使用機能を使います。取り消す場合は、三十秒以内にキャンセルボタンを押してください。三十……二十……十……一……

アイテム〈蘇生《そせい》の羽〉を使用します。

唐突《とうとつ》に目の前が明るくなり、レクスは眩《まぶ》しさに目を細める。

「な……んだ、これ……」

りあの胸の上で、金色の羽がキラキラと輝きながら回っている。それがりあの体に、すっと吸い込まれた。

何が起きたのかと目を見開いているレクスの手の中で、りあの手がぴくりと動く。

冷たかった指先がほんのりと温かくなり――りあの目蓋《まぶた》が微《かす》かに動き、そこから菫色《すみれいろ》の瞳が覗《のぞ》いた。

◆

りあはなんだか清々《すがすが》しい気持ちで目が覚めた。ぐっすり眠って疲れがとれたような、そんな感じだ。

目を開けると、呆然《ぼうぜん》としているレクスと目が合った。

「生き返った……」

彼は信じられないというように、ぽつりと呟《つぶや》く。

「え……と。私、死んでました……よね。あれ？」

いや、間違いなく死んだと思う。それなのに、どうして生きてるんだろう。それにあんなに苦しかった呼吸が普通にできるし、内臓の痛みも消えている。

とりあえず起き上がったりあは、体のあちこちにパタパタと手で触れて、怪我《けが》がないか探ってみる。

「なんかよく分かんないけど、元気みたいで……すぅっ⁉」

そう報告した瞬間、レクスにがしっと両肩を掴《つか》まれて、りあの声が裏返った。

「あんた……確かにさっき一度死んだよな」

「は、はい」

「そしたら、金色の羽が胸の上で光って、それが体に吸い込まれて……」

レクスの説明で、りあは何が起きたのかを悟った。

「あ、蘇生《そせい》の羽ですね！　そういえば私、アイテムオート使用機能を設定してました」

「アイテムオート……なんだって？」

「えーと、特定の状況になったら、自動的にアイテムを使う魔法みたいなものです。生き返ることのできるアイテムを持ってたんで、それを使うように設定してたんですけど、これで使い切っちゃいましたね」

「それはつまり……もう奇跡は起きないってことか？」

「そうです」

りあが頷《うなず》いた瞬間、レクスに抱きしめられた。

「いいよ！　奇跡ってのは一度きりだから、奇跡なんだ。あんたが生きてるんなら、それで……」

「きょ、教官!?」

レクスの力が強くて息苦しかったが、なんとなく彼が泣いているような気配を感じて、りあは大人しくしていることにした。

「……すみません、心配をおかけしました」

そっとレクスの背中に両手を回すと、返事の代わりに、抱擁《ほうよう》が若干強くなった。

『よかったです、ユーノリア様〜』

『大好きですーっ』

頭にハナが、肩にエディがひしっとしがみついて、わんわん泣く。

「ありがとう、二人とも」

思わずもらい泣きをしてしまい、りあはぐすっと鼻をすすった。

『あれ？　ユーノリア様。本が光ってますよ』

生きている実感を噛みしめていると、ハナに頬《ほお》を軽くつつかれた。

「え？」

足元に落ちている白の書が、確かに光っている。

レクスが放してくれたので、りあは本を拾い上げた。すると、手の中で本が勝手に開き、ページがめくれる。そして、とあるページでぴたっと動きが止まった。

「何かしら……」

「呪文か？　俺には読めないな」

傍《かたわ》らから覗《のぞ》き込み、レクスが怪訝《けげん》そうに呟《つぶや》いた。

「読めないんですか？」

「ああ、文字がぼやけてる。あんたが読めるなら、それは番人だからだろう。一回死んで生き返っても、持ち主はあんたのままなんだな」

「ちょっとがっかりですけど、私が生きている以上、誰かに押しつけるわけにもいきませんし……」

これはっかりは仕方がない。

本の最初のページには、死んで初めて手放せると書いてあった。りあは一度死んだのに、まだ手放せないということは、心臓が止まった後に一定の時間が経《た》たなければ、死んだと認められないのかもしれない。

「とりあえず、そのページを読んでみろよ。なんて書いてあるんだ？」

レクスに催促《さいそく》されたりあは、首を傾《かし》げながらそのページを読む。

「広範囲に効果がある回復魔法みたいですね」

「回復魔法？　番人は神官じゃなくても、癒《い》やしの魔法を使えるのか？」

「そうみたいです。さっそく使ってみましょうか。……ええと、範囲はカノンの町、かな」

りあは本を両手で持って、そのページに書かれた呪文を読み上げる。

「我、白の番人の名において命ずる。カノンの町を範囲として、癒やしの光、顕《あらわ》れよ……。癒やしの光花《ヒーリング・フラワー》！」

白の書が輝き、開かれているページから、金色に輝く魔法陣が飛び出した。それははるか上空までのぼっていき、町を覆《おお》うように広がる。

「わあ……！」

空を見上げたりあは、思わず歓声を上げた。

魔法陣から、まるで雪のような光が降ってくる。よく見れば、それらは花の形をしていた。

レクスも感心した様子で呟《つぶや》く。

「これはすごいな！」

『すごい、綺麗ですっ〜！』

『わ〜！』

光に誘われるように、ハナとエディが空へと飛び上がっていく。そして光の花と戯《たわむ》れながら、嬉しそうに飛び回った。

りあとレクスが広場に座り込んで、その光景を眺めていると、町のあちこちから声が上がった。

光の花は怪我人《けがにん》に触れた瞬間、その体へすっと吸い込まれる。そして怪我をしている箇所が輝き、その光が消えると、傷はすっかり癒えていた。

だが、残念ながら死者に対しては、なんの効果もなかった。

「ユーノリア！」

その声にりあが振り向くと、すぐ横にアネッサが立っていた。白の魔法で傷が癒えた彼女は、仁王立ちした状態でりあの顔を見下ろしている。その目に涙が浮かんでいることにりあが気付いた瞬間、アネッサは飛びつくように抱きついてきた。

「ユーノリアの馬鹿！　一回死んだと思ったら、なんか生き返ってるし！　それに私を次の番人に指名するなんて、勝手すぎるよ！」

「あ、その節は大層申し訳なく……」

りあは慌てるあまり、変な謝り方をしてしまう。

するとアネッサは、子どもみたいな膨《ふく》れっ面《つら》でりあを睨《にら》んだ。

「何それ、変なの。でも、よかったよ……生き返って。もう本当に駄目かと……」

ぶるぶると震え出したアネッサは、再びりあに抱きついてきた。そんなアネッサを、りあはやんわりと抱きしめ返す。

「……うん、びっくりさせてごめんね。ありがとう、アネッサ」

そんな二人のやりとりを、レクスが穏やかな表情で眺めている。

しばらくそうしていたら、広場の隅からクックの声がした。

「あたたた……ああ、ちくしょう。派手にやられたぜ」

壁にもたれていた状態から身を起こし、クックはよろりと立ち上がる。

「おい、お前ら。浮かれるのは後にしろ。戦況はどうなってるんだ？」

「マスター！」

りあとアネッサは声をそろえて、クックの方へと駆け寄る。

「大丈夫ですか？　ひどい怪我《けが》でしたよね」

「ユーノリアの魔法のおかげで、どうにか持ち直したよ。すごい魔法だな。いや、お前さんが白の番人だなんて、今も信じられないが……本当なんだなあ」

クックはじろじろとりあを眺めてから、後頭部をがりがりと掻《か》いた。

「それで戦況は？　まだ他にもいたろ？　ハーピーが……」

「広場の上空にいた敵は、私が魔法で撃墜《げきつい》しました。けど、他がどうなってるかまでは分かりません」

りあが首を横に振ると、レクスがのんきな口調で言った。

「大丈夫だろ。とっくに着いてる頃だろうし」

レクスの言葉を聞いて、りあ達は怪訝《けげん》な顔をする。

「は？　着くって何が……」

クックがそう言いかけた時、馬の足音が近付いてきた。見れば立派な軍馬にまたがった三人の騎士が、颯爽《さっそう》と広場にやってくる。

「あの旗……王国騎士団のものじゃないか」

アネッサがぽつりと呟《つぶや》いた。

一番最後にやってきた騎士の馬には、青地に金の縁取《ふちど》りが施《ほどこ》された、三角の旗がついている。

騎士達は辺りを見回した後、馬を下りてこちらへ歩み寄ってきた。そして、レクスの前で跪《ひざまず》く。

「レクス王子殿下！　ご命令に従い参上いたしました！　ハーピーの群れは、すでに我々が掃討《そうとう》いたしましたこと、ご報告申し上げます」

「ああ、ご苦労」

レクスは跪《ひざまず》く騎士達に、平然と返した。

りあ達三人は唖然《あぜん》としながら、騎士達とレクスを交互に見比べる。そしてじわじわと状況を理解し、そろって間抜けな悲鳴を上げた。

「「「ええーっ、王子ーっ!?」」」

◆

ハーピーの群れは全て退治されたが、襲撃による爪痕《つめあと》は、カノンの町に深く残された。

事態が収束して三日目の今日、りあは花降り亭の玄関で、マリアに別れの挨拶《あいさつ》をしている。

「今までお世話になりました。マリアさん、ララちゃん」

りあが深くお辞儀《じぎ》をしてから頭を上げると、マリアとララは、どちらも涙ぐんでいた。

「こっちこそ、ララの件では世話になったよ。町の皆が色々言ってごめんねぇ、ユーノリアちゃん」

りあの手を掴《つか》み、マリアははらはらと涙を流す。

「そんな、マリアさんが気にすることじゃないですよ。皆さんのお怒りも、ごもっともですし……」

りあは苦笑まじりにマリアを宥《なだ》めた。

あの癒《い》やしの魔法を奇跡だと称賛する人々がいる一方で、番人が自分の戦いに町を巻き込んだと非難する人々もいた。マリアが謝っているのは、後者のことだ。

マリアはキッと眉を吊り上げて憤《いきどお》る。

「何がごもっともだい！　番人だって、たまには町で休みたくなる時もあるだろ。それを悪いことみたいに……。あんたはなんにも悪くないよ！　また休みたくなったら、いつでもおいで！　いいね!?」

「はいっ」

鼻息荒く詰め寄られ、りあは思わず頷《うなず》いた。マリアの剣幕に押されてどぎまぎしていると、ララが紙袋を差し出してくる。

「ユーノリアちゃん、クッキーを作ったの。お腹が空《す》いたら食べて」

「ララちゃん、ありがとう」

りあは紙袋を受け取って、大事に籠《かご》バッグに仕舞った。

この世界において、お菓子はちょっとしたぜいたく品だ。そんな貴重なものを、ララが分けてくれたことが嬉しかった。

「ううん、こっちこそ。お薬、取ってきてくれてありがとう」

「どういたしまして。元気でね、ララちゃん」

「うん！」

ララと笑い合い、もう一度お辞儀《じぎ》をしてから、りあは扉の方を振り返る。

すると戸口で待っていたアネッサが、にこやかに笑って右手を上げた。

「ねえ、本当にいいの？　アネッサ。故郷に帰ってきたばかりなんでしょ？」

花降り亭を後にしたりあは、アネッサと並んで大通りを歩いていた。

旅についてきてくれるというアネッサは、からりと笑ってりあの心配を一蹴《いっしゅう》する。

「いいのいいの。今の私には決まった仕事もないしね。それに……」

アネッサは呆《あき》れたような表情で首を横に振る。

「君みたいな危なっかしいのを、一人で放り出したら夢見が悪い」

「ひどい！　これでも一応、立派な大人なのよ？」

「でも、この世界に来て間もないだろ。そんな世間知らずが一人旅？　宝石精霊《ほうせきせいれい》が一緒でも心配だよ。それとも私がいると迷惑？」

「そんなわけないじゃない。女友達がいてくれたら心強いわ」

りあが正直に答えると、アネッサは嬉しそうに笑みを深めた。そして急に真剣な顔になったかと思うと、大仰《おおぎょう》に一礼する。

「姫君、どうぞ私をお頼りください。騎士アネッサ、きっとお役に立ちましょう！」

「もおお、それやめてってば！」

「あははは」

りあは恥ずかしくて必死に抗議したが、アネッサは楽しそうに笑うだけだった。

やれやれと思いながら歩いていたりあは、やがて広場に差しかかる。すると、冒険者ギルドの前に集まっていた人々が、りあに気付いて寄ってきた。

「番人様、町をお発《た》ちになると聞きましたが……どうかここにいてください！　そして町を守ってほしいんです！」

「何を言うんだ、お前。またあんな風に魔物に襲撃されちゃたまらない！　……番人さんよ、早く出ていってくれ！」

「そうよ、町から出てって！」

「ちょっと皆さん、奇跡の魔法使い様に失礼だわ！　町にいてください、お願いしますっ」

彼らは押し合いへし合いしつつ、それぞれの主張を叫ぶ。激しい言い合いとなって、場が騒然《そうぜん》としてきた。

「え、えっと、皆さん、あのっ」

りあはおろおろしながら彼らを見回し、どうしたものかと頭を悩ませる。一方アネッサの方は冷たい目で人々を見ていた。

「ずいぶん勝手な言い草だね。行こう、ユーノリア。こんなの放っておけばいい」

「でもアネッサ……」

気にせず歩みを進めるアネッサに、りあは迷いながらもついていこうとした。だが、それに気付いた人々に回り込まれてしまう。

「町を守ってください、お願いしますっ」

「いいえ、すぐに出ていってください！」

真逆の願いを口々に叫ぶ彼らに、りあはたじろいだ。

「皆、いい加減に……っ」

アネッサの怒りが爆発しそうになった時、バアン！　と爆音が轟《とどろ》いた。

「ひいっ」

「また敵襲か⁉」

集まっていた人々が仰天《ぎょうてん》し、音の方を振り返る。

そこには、杖を掲《かか》げたラピスが立っていた。彼はにいっと目を細めて意地悪に笑う。

「にゃしししし、驚きましたかにゃ、皆様」

「今のは、そいつの魔法だから心配すんな」

ラピスの隣に立つレクスが、ぞんざいな口調で言った。ギルドの制服ではなく、灰色の旅装束《たびしょうぞく》を身につけ、大剣を背負っている。

彼は民衆を睥睨《へいげい》し、いかにも柄《がら》が悪そうに舌打ちした。

「ったく、女一人に寄ってたかって……目障《ざわ》りなんだよ、お前ら」

紅茶色の目には剣呑《けんのん》な光が宿り、すさまじい威圧感がある。人々は気圧《けお》され、自然に道を空《あ》けた。

「町を守るにしろ、出ていくにしろ、決めるのはそいつだ。ユーノリア、お前はどうしたいんだ？」

りあはたじろぎながらも、レクスの視線を正面から受け止める。

――あなたは何がしたいの？

その質問に、今まで一度も答えられなかった。でも、今のりあには答えられる。

「私はカノンを出て、旅をしたいです！　レクス教官と一緒に！」

りあの返事を聞いたレクスは、にっと歯を見せて笑う。

「だとさ、皆！　というわけで、俺達はカノンを出る。ああ、心配すんな。事態が落ち着くまで、王国騎士団の分隊を置いておくから」

白の番人だけでなく、Sランク冒険者が二人もいなくなることを心配していた人々は、レクスの言葉でようやく納得したようだ。アネッサが感心した様子でレクスに言う。

「ずいぶん根回しがいいことだな」

「権力ってのは、こういう時に使うべきだろ」

「……はあ。これが王子だなんて……夢が壊れる」

アネッサは額《ひたい》に手を当てて溜息《ためいき》を吐《つ》いた。

（まあ、私もちょっとないかなとは思うけど……）

りあは心の中で本音を呟《つぶや》く。レクスは王子というより、マフィアの方がしっくりくる。そんなことを言ったら怒られるから、絶対に言わないが。

苦い顔をしているりあとアネッサに、レクスは歩き出しながら声をかける。

「ほら、ぼーっとしてないでさっさと行くぞ。こんな調子じゃあ、町を出る前に日が暮れちまう」

「はいっ」

りあは元気よく返事をし、レクスを追って駆け出した。

「お前ら、気ぃつけてな～」

「お達者で！」

その声に振り向くと、冒険者ギルドの前で、クックとモニカが手を振っている。りあは笑顔で大きく手を振り返した。


カノンの北門から出ると、そこには黄色い花が咲く長閑《のどか》な草原が広がっていた。

戦いの余波で、ところどころ地面がえぐれたり焦げたりしているが、それほどひどくはない。いつもは草原をうろついているであろう魔物達も、りあ達の方が強いと分かっているからか、全く近寄ってこなかった。

緩《ゆる》やかな春の日差しの中、四人は北へ向かってのんびり歩く。

やがて、レクスがふうと息を吐いた。

「やっと静かになったぜ。しかしモテまくりだったなあ、ユーノリア」

「町を出ていけと言われるのは分かりますけど、守ってほしいと言われるのは予想外でしたよ」

りあは重たい溜息《ためいき》を吐《つ》く。驚くべきことに、りあをなじる人よりも、称賛する人の方が多かったのだ。おかげで門をくぐるまで、彼らの勧誘を振り切るのが大変だった。

「あの町は自分じゃ戦えない人が多いからね。それにあの癒《い》やしの魔法！　あれを体験したら、ずっといてほしいって言いたくなる気持ちも分かるよ。ああいう魔法はいつも神官がかけてくれるんだけど、あれだけ大勢の人を癒やすことはできないからね」

「アネッサさんのおっしゃる通りです。あんな広範囲に使える癒やしの魔法なんて、聞いたこともありませんよ。さすがは番人です。いやはや、ユーノリアさんがその番人だなんて、何度言われても信じられませんなあ」

ラピスはりあを見つめながら、いかにも信じたくなさそうにぼやく。

「そんなに何回も言わなくてもいいじゃないですか、ラピスさんってば」

思わずムッとするりあに、レクスが真面目な顔で言う。

「まあ、ラピスの気持ちも分かるぜ？　何もないところで転ぶような奴が、封印の書の番人だなんて……考えただけでゾッとする」

「もーっ、レクス教官もひどいです！」

りあが抗議すると、レクスは眉をひそめた。

「その教官っていうの、やめろよ。俺はもう教官は辞めたんだ」

「え？　じゃあ、レクス王子ですか？」

「それも却下。レクスでいい」

「レクス……。それなら私のことも、リアって呼んでください。アネッサとラピスさんも」

りあがそう頼むと、レクスは先ほどより怖い顔になった。

「なんでそいつらまで……」

「ブフッ」

噴き出すラピスの傍《かたわ》らで、アネッサはにやにやしている。

「ふふん、愛称で呼んでほしいだなんて、可愛らしいお願いだな。もちろんそう呼ばせてもらうよ、リア」

「あ、違うの。愛称じゃなくて、これが本当の名前なの。夕野が苗字で、りあが名前だから」

りあがそう説明すると、三人はきょとんとした。そしてレクスが不機嫌そうに言う。

「だったら早くそう言えよ」

「そんな怒らなくてもいいじゃないですか、別にユーノリア呼びでも困ってなかったですもん」

ゲームでのハンドルネームと同じだし、愛着もあるので、違和感は全くなかった。

膨《ふく》れるりあの頭を、レクスがポンと軽く叩く。

「分かったよ。それじゃあ改めてよろしくな、リア」

「はい！」

りあはにこっと笑って頷《うなず》いた。久しぶりに本当の名前を呼ばれたことが、なんだか嬉しい。

「それでリアさん、旅の目的地は塔群《タワーズ》ということでよろしいですか？」

ラピスが鞄《かばん》から、小さく折りたたんだ地図を取り出して尋《たず》ねる。

「ええ、そのつもりです。塔群に行って、帰る方法を探して……またユーノリアに会いたいんです」

しばらくは旅をしたいから、すぐ地球に戻りたいとは思わない。けれど、ユーノリアには早く会いたかった。

「そして、この世界は怖いことばっかりじゃなくて、楽しいこともあるよって、教えてあげたいんです」

「……うん、いいんじゃないか。あんた今、いい顔してるよ」

りあが今の目標を口にすると、レクスがうっすら微笑《ほほえ》んだ。りあはなんだか照れくさくなって、頬《ほお》を赤くする。レクスはめったに笑わないので、その笑顔はものすごい破壊力があった。

「でも、なんでレクスはついてきてくれるんですか？　ヴィクターはもういないのに」

「なんでってお前……」

虚《きょ》を突かれたような顔をして、レクスは首を傾《かし》げる。

「いや、なんでだろうな。とりあえずあんたのことが気になるんだよな。……目を離したら死にそうだからか？」

「私に聞かないでくださいよ。というか、あんまりです、その理由！」

「細かいことは気にするな。ホワイトローズ・マウンテンの大精霊が言ったことが本当なら、いつかヴィクターも蘇《よみがえ》るかもしれねえ。そうなったら、俺が傍《そば》にいた方が安心だろ」

「……ふむ。なるほど、その通りですね」

レクスが傍にいてくれれば、りあとしても安心だ。うんうんと頷《うなず》いていると、なぜだかラピスが笑い始めた。

「ブフフッ、レクス殿、頑張ってください。ブフフフ」

レクスは心底理解できないというような目でラピスを見る。

「なんで笑ってるんだ、こいつ」

「……さあ、分かりません」

りあにも謎だった。そこで忍び笑いをしていたアネッサが、急にパッと顔を明るくする。

「ねえねえ、いいこと思いついたんだけどさ」

「何を？」

他の三人が注目する中、アネッサはどこか浮かれた様子でアイディアを披露した。

「リアとレクスが結婚したら、リアは本物のお姫様になるじゃない？」

「え⁉」

ぎょっとするりあに構わず、アネッサは続ける。

「そうなったら、騎士になるっていう私の夢が叶うよ！　だから是非とも結婚してくれ。そして、私を姫付きの騎士にしてほしい」

りあは思いきり顔をしかめた。レクスとの結婚なんて、想像もできない。

「ええー、しないわよ。結婚なんて」

「ああ。気味の悪いことを言うな」

レクスも嫌そうに、胸の前で手を振った。

「たとえそうなったとしても、あんたみたいな騎士はお断りだ。面倒くさい」

「なんだと！　私のどこが面倒くさいんだ。面倒くさいのは、むしろ君の方だろう！」

アネッサがカチンときた様子で言い返せば、レクスも不愉快を露《あら》わにする。子どもの喧嘩《けんか》のような口論を始める二人の横で、りあは苦笑した。

「行きましょうか、ラピスさん」

「そうですね。いやあ、平和です」

はるか上空にある、薄紅色に染まった浮島から、花弁がひらひらと舞い降りてくる。

ゆっくりと街道を歩く四人の横を、穏やかな春風が吹き抜けていった。

書き下ろし番外編

ユーノリアの天界ダイアリー

狭間《はざま》で天界人と入れ替わったユーノリアは、目を覚ました。ベッドはふかふかしていて温かい。心地良さにぼんやりとして、白い天井を見つめる。

「お姉ちゃん!」

その時、十代後半ほどの少女がユーノリアを覗《のぞ》き込んだ。セミロングの黒髪と、真ん丸の黒い目を持った少女だ。ユーノリアと目があったことに気付くと、少女は今にも泣きそうな顔でまくしたてる。

「目が覚めたんだね、よかった。もうっ、びっくりした。おうちに遊びに行ったら、倒れてるんだもん。急いで救急車呼んで……あ、ここ、病院なんだけど」

「……誰?」

ユーノリアが問うと、少女はびっくりしたように動きを止めた。みるみるうちに真っ青になる。

「えっ、私だよ、るり。夕野るり。妹でしょ？」

「ユーノルリ？」

変わった名前だなと思いながら繰り返すと、るりはふらっと後ろによろめいた。その後、その場をぐるぐると回り始める。

「え、嘘。ど、どうしよ……、そうだ。先生！　せんせーっ」

るりは、ばたばたと部屋を飛び出していく。

これが、天界人夕野りあと入れ替わったユーノリアと、新しくできた家族との出会いだった。


それから、原因不明の記憶喪失と診断されて、ユーノリアは実家でしばらく生活した。見るもの全てが目新しく、不思議で、ユーノリアがいた世界よりもずっと平和な場所だ。魔物はいないし、命を狙われることもない。

「魔法はないんですか？」

しかしそう訊いた時、家族は唖然《あぜん》としていた。

「ま、魔法？」

「やばいよ、お父さん！　お姉ちゃん、厨二病《ちゅうにびょう》にかかっちゃったみたい！」

そして不可思議な病名を叫んで、るりはばたばたと部屋を駆け回る。ようやく落ち着きを取り戻すと、深い溜息《ためいき》を吐《つ》いた。

「前からぼんやりしたお姉ちゃんだったけど、現実との区別はついてると思ってたのに」

「ゲームのことじゃないか？」

父がそう言った。ロマンスグレーの穏やかそうなおじさんだ。きりっとした雰囲気の母が頷《うなず》く。

「そうかも……。ねえ、りあちゃん。これ分かる？」

ノートパソコンをテーブルに置いて、母が画面を示した。

「分かりません。なんですか、これ。すごい、箱の中に文字が……あっ、動いた！　どうなってるんですか。流石、天界人。箱の中の世界を監視してるんですね」

どういうわけか、ユーノリアが発言するたびに、家族はやばいという顔をする。

両親が対応に困る中、るりは果敢《かかん》に問う。

「ええと、天界人って何？」

「どうして天界人がそれを聞くんです？」

「もうっ、なんでもいいから設定を教えて！」

るりの血走った目が怖かったので、ユーノリアは今まで生きてきた世界の話をする。

そもそもユーノリアは、病院で目覚めた後、地界人である自分と彼らの娘である天界人とで中身が入れ替わったのだと説明したのだ。しかし医者ともどもなんとも言えない顔をしただけで信じてもらえなかった。

それでも理解しようとする彼らの優しさに、ユーノリアの冷え切った心は少し温かくなった。

(天界人って優しいのね)

雨で閉ざされた塔群《タワーズ》の人々は陰気くさくて冷たかった。それに比べてなんて良い人達だろう。

「ええと、なんだか長くなりそうだから、お茶を淹《い》れてこようかな」

「お願い、あなた」

父親が茶を淹れに席を立ち、母親は今にも倒れそうな様子でソファーに座った。それからユーノリアは出来る限り精一杯の説明をした。話し終えると、彼らは頭を抱えて、葬式みたいな空気でうつむいていた。

「……お姉ちゃん、そこまであのゲームに入れ込んでたのね」

るりが首を横に振って言った。

「ゲーム？　もしかして、神々の遊戯《ゆうぎ》？」

聞き覚えがある神話だと、ユーノリアは大真面目に問う。るりの頬《ほお》が引きつった。

「よく分からないけど、ええと、これだよ。パスワードは分からないから、ここしか出せないんだけど」

るりはノートパソコンを操作して、オンラインゲーム『4spells《フォースペルズ》』を開いた。

「これがアバターっていう、お姉ちゃんが操作してたキャラクターね」

「私だわ」

その人物は明らかに、地界にいた時のユーノリアそのものだった。言葉を失くす面々に気付かず、ユーノリアの胸は熱くなった。

(本当に、私だけを見ていてくれた人がいたんだ。神様……)

ずっと一人ぼっちだと思っていた。入れ替わった彼女を思い出して、ユーノリアの目がうるむ。

(ありがとう)

突然泣きだしたユーノリアの横で、家族が顔を見合わせる。母がユーノリアを抱きしめた。

「ああもう、よく分からないけど、精神的にいっぱいいっぱいなのかしら。泣かなくていいのよ、ゆっくり回復すればいいの」

「そうだよ、お姉ちゃん。私も来年から大学生だし、サポートするから」

「しばらく実家に戻ってきたらどうだ」

それぞれ励ます三人を前に、ユーノリアは涙を止めることができなかった。


右も左も分からないことばかりだったが、ユーノリアは文字の読み書きが出来た。

「この国って不思議な言語形態をしているのね」

未知のものを前に、ユーノリアの知的好奇心がうずく。るりはクローゼットの奥から引っ張り出した段ボールを開け、教科書を出しながら首を傾《かし》げる。

「そう？」

「かな、漢字、英語、ローマ字に、方言も混じってきて……とてもユニークだわ。それぞれを単語として使いこなしてる。なんて器用なのかしら」

「うーん、私は生まれた時から日本人だからなあ、よく分かんないけど、うちの国の言葉って習得しにくいって聞いたことあるよ。お姉ちゃん、たまたま小学校の教科書もとってたんだよ。これでどうかな」

ユーノリアがこくりと頷《うなず》くと、るりは不安げにユーノリアを覗《のぞ》き込む。

「なんだかお姉ちゃん、本当に違う人になったみたい。ぼんやりしてて危なっかしかったけど、ありがとうって笑ってくれるのは好きだったのにな」

るりが寂しそうにじっと見つめる。ユーノリアは自然と微笑《ほほえ》んだ。

「ありがとう、るりちゃん」

「うん！」

妹っていうのは可愛いのだなと、ユーノリアは新たな発見をした。

るりは甘え上手だった。褒《ほ》めて欲しい時は、自分でユーノリアの手を頭の上に移動させて、撫《な》でるように言う。自分の世界では、義理の親戚に蛇蝎《だかつ》のごとく嫌われていたので、他人でもこんなに可愛く思えるのだなと、なんとも不思議に思えた。

それから、子ども向けだという教本を手に、ユーノリアはこの世界の知識を頭に入れていった。元の天界人はあまり優秀ではなかったようで、家族はユーノリアが本に熱中していることに驚いていた。

研究者としてのめり込むタイプのユーノリアは、部屋に引きこもって、驚異的な集中力を発揮《はっき》した。

一ヶ月程、そんな生活を続け、ようやく満足して本を閉じる。

「……なるほど、図書館学というのはこういう仕組みなのね。分類法に、本の修繕、システムも興味深いわ」

たまに様子見に来ていたるりは、そんなユーノリアの様子に戦々恐々としている。

「お姉ちゃんってば、記憶喪失になって、何か脳に衝撃でも起きたのかな。まるで天才みたいだよ」

「でも、この英語というのまでは分からないわ。算数は地界の知識の応用がきくから理解できるけど……。パソコン操作も簡単に覚えたから、仕事に戻れるかもしれない」

「うーん、なるほど、馬鹿と天才は紙一重……。まだ厨二病《ちゅうにびょう》が残ってるのね」

るりは深刻そうに呟《つぶや》いたが、前の天界人がしていた仕事についてみたいというユーノリアの希望には反対しなかった。

「前と同じことをしていたら、ある日いきなり記憶が戻るかもってお医者さんも言ってたし、良いと思うよ？　もし邪魔者扱いされたら、すぐに辞めて戻ってくればいいよ」

するど母が部屋に顔を出した。

「お母さんも賛成よ。無理しないほうがいいと思うの。りあちゃん、お母さんはあなたが元気だったらそれでいいんだからね？」

「ありがとう」

この一月で、すんなりとお礼の言葉が出るようになった。

ユーノリアの目に涙が浮かぶ。

（こんなに穏やかな時間を過ごせる日が来るなんて思わなかった）

唯一寂しいとすれば、宝石精霊《ほうせきせいれい》のハナやエディと会えないことだ。ふとした時に、つい探してしまう。信頼できる味方で、塔群《タワーズ》の長《おさ》が亡き今、唯一のよりどころでもあった。

「私、ここで暮らしていってもいいんでしょうか？」

彼らはいまだに、ユーノリアが夕野りあと入れ替わったことを理解していない。でも、許されるなら……

「ここにいたいんです。こんなに優しくて温かい場所、離れがたいです」

母とるりは顔を見合わせる。そして母がユーノリアを抱きしめた。

「まったくもう、記憶喪失になってから泣き虫さんになったみたいね。実家に戻ってもいいし……いつでも来ていいのよ。あなたの家なんだから」

「そうだよ、お姉ちゃん」

「……ありがとう」

結局、また泣いてしまった。

心配した家族は会議を開いて、最初のうちはと、休みの日に交代でアパートに泊まることに決まった。

それからユーノリアは、図書館で司書の仕事についた。

家族から説明があったこともあり、職場の人達は復帰を喜んでくれたが、ユーノリアが誰のことも覚えておらず、業務もさっぱりときたので、労《いた》わりつつも困惑している空気があった。

以前から仲が良かったという理由で、先輩の伊藤泉や同期の山中香苗が率先して教えてくれた。ユーノリアは持ち前の記憶力を発揮《はっき》して、次々に把握していった。

昼休み、一緒に弁当を食べながら、香苗がユーノリアを褒《ほ》める。

「なんだかりあってば、記憶喪失になってからのほうが出来る人になった感じ。前のちょっと抜けてる感じも好きだったけど、今もなかなか良い味があるよ」

「はあ」

ユーノリアは合槌《あいづち》を返す。香苗の言うことはよく分からないが、友好的に見えた。るりと似たようなことを言っているなあと、妹の顔を思い浮かべる。

泉もにこにこと面白そうに付け足す。

「なんだかドラマみたいよね。ほら、事故にあって手術してから、記憶力に目覚めたサスペンスものがあったじゃない？」

「一回見ただけで覚えるやつでしょ」

「え……、一回は無理です。そんなことは出来ませんよ」

困ってそう言うと、香苗と泉は笑った。

「冗談よ」

「例えだってば。ふふっ、ジョークが通じないところはそのままなのねえ」

二人が嬉しそうなので、ユーノリアもまあいいかと頷《うなず》いた。

そこで急に、香苗が苦い顔をした。

「そういえば、あのおばさんが明日からまた来るみたいだから、気を付けなよ」

「あのおばさん……？」

「関口さんだよ、ボランティアでね、手伝ってくれるのはありがたいんだけど、自分のほうが仕事が出来るって、威張《いば》ってる人なの」

香苗の全く隠さない物言いに、泉が眉をひそめる。

「こら、駄目よ、香苗ちゃん。悪口は自分に返るっていうでしょ？——でも、嫌だなと思ったら、適当に理由をつけて逃げてきなさいね。復帰したばかりの人を虐《いじ》めるのは目に余るから」

「先輩も虐めるって言ってますけど」

「あっ」

おろおろしている泉を眺め、ユーノリアは首を傾《かし》げた。

――ボランティアってなんだろう。


後日、関口秋穂と会ったユーノリアは、同僚達が心配そうにしていた理由を知った。

「あなた、ずっと病欠だったんですって？　本当に良いご身分よね。その仕事につきたい人は他にもいるのよ。辞めるのが筋ってものじゃないかしら。それに業務を忘れてるなんて、他の人にも迷惑じゃない？」

なるほど、痛いところをついてくるのが上手いタイプの人のようだと、ユーノリアは若干の感心をこめて関口を観察する。だが、この手のタイプは塔群《タワーズ》にはごろごろしていたので慣れっこだ。聞き流しつつ、てきぱきと業務をこなしていく。

「先輩や同僚に教えてもらったので、この通り大丈夫です。分からなければ、あなた以外を頼るので、関口さんの負担にはならないと思いますよ」

「なんですって」

関口は顔を赤くした。そしてユーノリアが本を戻した書架を眺め、特に問題がなかったのか悔しそうに眉が寄った。

「あなたね、私のほうが年上なのに、なんなのその態度。それに私はここでボランティアをして長いのよ」

なんでもいいから、難癖をつけて優位に立ちたい人のようだ。ユーノリアは面倒になってきた。長々と傍《そば》にはりつかれて迷惑だ。

「ボランティアとは」

「え？」

急な切り出しに、関口はきょとんと目を丸くした。ユーノリアは気にせずに続ける。

「ラテン語のボランタス——自由意志が語源で、自発性による奉仕者をさす」

「なんなの、急に」

「善意性、無償性、他には自己犠牲を伴《ともな》うのが特性とされている。奉仕とは、利害を離れて尽くすこと……と、辞書に書いてありました」

「だから何よ」

じろりとにらんでくる関口に、ユーノリアは淡々と指摘する。

「関口さんは尊敬されるという利益を求めてらっしゃるようなので、ボランティアの定義からずれていると思います。褒《ほ》めて欲しい、優位に立ちたいというだけなら、ボランティアをやめてはいかがでしょうか」

「な……っ」

関口はぴしりと固まった。

「それでは失礼します」

ユーノリアは関口にお辞儀《じぎ》すると、ブックカートを押してその場を立ち去った。


その日の昼休み。香苗が会議室で大笑いしていた。

「りあ、あんた、最高よ！　助けようと思って近くまで行ったんだけど、つい聞き惚《ほ》れちゃったわよ」

「でもそれで関口さんが泣きついたから、館長に呼び出されたんでしょう？　どうだったの？」

心配する泉に、ユーノリアは返す。

「ボランティアさんにそんな言い方は良くないって叱られましたけど」

「「けど？」」

身を乗り出す二人。ユーノリアは首を傾《かし》げながら返す。

「部下一人も守れない長《おさ》なんて情けないですねって言ったら、固まってました。塔群《タワーズ》の長は、下位の者を命がけで守っていたものです。長たる誇りはないのかと問い詰めたら、逆に謝られましたよ」

「塔群《タワーズ》ってあんた……。それ、お気に入りのゲームの話じゃあ」

「ゲームの中に入り込んでるから変な発言をするかもってお話、本当だったのね」

香苗と泉は呆《あき》れた様子で顔を見合わせる。香苗が恐る恐る問う。

「で、どうなったの？」

「倒れた後遺症のせいだろうからって、お咎《とが》めなしに」

「……やっぱり」

「良かったわね。ええと、本人的には良いことなのか分からないけど」

二人は急に優しい笑顔になり、ユーノリアの肩や腕をポンと叩いた。

「何か問題あったら言ってね。助けるから」

「そうよ、頑張りましょう」

やけに生温かい目が気になったものの、ユーノリアは頷《うなず》いた。

（これなら、どうにかここでもやっていけそう）

味方ができたようだと、ユーノリアはほっとした。

そして窓の外へと目を向け、穏やかな空を眺める。

天界人のりあへの感謝の祈りを心の内でつぶやいて、これからの日々への期待に胸を膨《ふく》らませた。

新感覚ファンタジー
RB レジーナ文庫

引きこもり町娘の恋人は!?

レジーナブックス Regina

目隠し姫と鉄仮面1〜2

草野瀬津璃　イラスト：ICA

価格：本体640円＋税

過去のトラウマから、長い前髪で顔を隠しているフィオナ。「目隠し姫」と呼ばれ、日々大人しく暮らしていたけれど、ある日彼女に運命の出会いが!?　そのお相手は、「鉄仮面」と呼ばれるほど仏頂面の警備団副団長で――。対人恐怖症な女の子と不器用な青年が紡ぐ純愛ファンタジー！

詳しくは公式サイトにてご確認ください

http://www.regina-books.com/

携帯サイトはこちらから！

待望のコミカライズ!

ちょっと不器用な女子高生・野《の》咲《さき》 菫《すみれ》は、ある日突然、異世界トリップしてしまった！　状況が呑み込めない菫の目の前にいたのは、美貌《びぼう》の男性・ヴィオラント。その正体はなんと、大国グラディアトリアの元・皇帝陛下!?　しかも側には、意思を持った不思議な蔦が仕えていて……？　異世界で紡《つむ》がれる溺愛ラブストーリー！

＊B6判　＊定価：本体680円＋税　＊ISBN978-4-434-23965-6

アルファポリス 漫画　検索

本書は、2016年4月当社より単行本として刊行されたものに書き下ろしを加えて文庫化したものです。

レジーナ文庫

ログイン！ ゲーマー女子《じょし》のMMOトリップ日記《にっき》

草野瀬津璃《くさのせつり》

2018年 1月20日初版発行

文庫編集－福島紗那・塙綾子
発行者－梶本雄介
発行所－株式会社アルファポリス
〒150-6005 東京都渋谷区恵比寿4-20-3 恵比寿ｶﾞｰﾃﾞﾝﾌﾟﾚｲｽﾀﾜｰ5階
TEL 03-6277-1601（営業） 03-6277-1602（編集）
URL http://www.alphapolis.co.jp/
発売元－株式会社星雲社
〒112-0005東京都文京区水道1-3-30
TEL 03-3868-3275
装丁・本文イラスト－絲原ようじ
装丁デザイン－ansyyqdesign
印刷－株式会社暁印刷

価格はカバーに表示されてあります。
落丁乱丁の場合はアルファポリスまでご連絡ください。
送料は小社負担でお取り替えします。

ISBN978-4-434-24076-8 C0193